UMA HISTÓRIA MEIO QUE ENGRAÇADA

NED VIZZINI

UMA HISTÓRIA MEIO QUE ENGRAÇADA

NED VIZZINI

Tradução

LUIS REYES GIL

LeYa

Título original: It's kind of a funny story

Este livro foi revisado segundo o Novo Acordo Ortográfico da Língua Portuguesa.

Produção editorial e adaptação de capa: agwm produções editoriais

Dados Internacionais de Catalogação na Publicação (CIP)
Angélica Ilacqua CRB-8/7057

Vizzini, Ned
Uma história meio que engraçada / Ned Vizzini ;
tradução de [Luis Reyes Gil]. – São Paulo: LeYa, 2015.
296 p.

ISBN 978-85-441-0258-9
Título original: It's kind of a funny story

1. Literatura norte-americana 2. Romance I. Título II. Gil,
Luis Reyes

15-0674 CDD 813.6

Índice para catálogo sistemático:
1. Literatura norte-americana

Todos os direitos desta edição reservados à
LEYA EDITORA LTDA.
Avenida Angélica, 2318 – 13º andar
01228-200 – Consolação – São Paulo – SP – Brasil
www.leya.com.br

Para minha mãe

Você sabia que iria ter um, cedo ou tarde,
e, vendo como são difíceis de fazer,
achei melhor a gente fazer logo. Eu te amo.

PARTE 1: EM QUE PÉ ESTOU

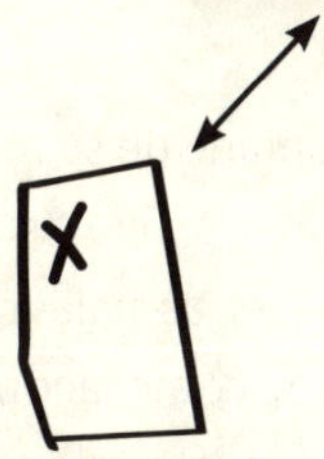

um

É muito difícil *falar* quando você tem vontade de se matar. Isso supera qualquer outra coisa, e não é um distúrbio mental – é algo físico, do mesmo jeito que é fisicamente difícil você abrir a boca e fazer as palavras saírem. Elas não saem fácil, nem acompanham o seu cérebro, como acontece com gente normal; saem um monte de cada vez, que nem naquelas máquinas de gelo picado; você tropeça nas palavras, elas se acumulam ali, atrás do lábio inferior. Então, você simplesmente fica quieto.

– Já percebeu que em todo anúncio de tevê tem sempre gente *vendo* tevê? – diz meu amigo.

– Bobagem – diz meu outro amigo.

– Não, cara, é verdade – diz meu outro outro amigo. – Tem sempre alguém num sofá, a não ser quando é anúncio de alergia; aí, então, os caras estão num campo.

– Ou andando a cavalo numa praia.

– Esses anúncios são sempre de herpes.

Risadas.

– Já pensou? E como é que você faz pra contar pra alguém que você tem esse negócio? – Esse é Aaron. Essa casa é dele. – Deve ser uma conversa muito esquisita: "Ei, antes de a gente partir pros finalmente, é bom você saber que...".

– ... a sua mãe não se incomodou nem um pouco com isso ontem à noite.

– *Ahhhh!*

– Filho da puta!

Aaron dá um soco em Ronny, o antagonista. Ronny é baixinho e usa joias; ele uma vez me falou: "Craig, quando um homem põe a primeira joia, não tem mais volta". Ele devolve o soco, com a mão em que usa um grande bracelete de ouro barato, acerta o relógio de Aaron, fazendo um clique metálico.

– Cara, olha só o que você está fazendo com o meu ouro! – Ronny sacode o pulso e volta de novo a atenção para a maconha.

Nunca falta maconha na casa de Aaron; ele tem um quarto com um sistema de ventilação de ar totalmente independente e porta com chave, um quarto que os pais podiam ter alugado como apartamento separado. Dá pra ver uns fiapos de gordura em volta do interruptor de luz, e o lençol da cama dele está cheio de buracos com as bordas queimadas. Também tem umas manchas ali, meio brilhosas, que indicam certas atividades que Aaron faz com a namorada dele. Olho pra isso (pras manchas e depois pro casal). Fico com ciúmes. Mas tudo bem, não ligo pra ciúmes.

– Craig? Você tá a fim?

Eles me oferecem o baseado, meio mal enrolado, mas eu passo a vez. Estou fazendo um experimento com meu cérebro, querendo ver se o problema não é a maconha; talvez tenha sido ela que entrou na jogada e me deixou mal. Faço isso de vez em quando, por algumas semanas, e depois fumo um monte, pra testar também se não foi a falta da maconha que me deixou mal.

– Tudo bem com você?

Esse é que devia ser meu nome, Tudo Bem. Eu podia ser um super-herói: Tudo-Bem-Man.

– Ahn... – eu gaguejo.

– Deixa o Craig em paz – diz Ronny. – Ele tá na dele. Dando uma de Craig.

– É isso aí. – Mexo meus músculos para me obrigar a sorrir. "Tô só... meio que... você sabe... – Bem, vocês já estão vendo como funciona essa história das palavras. Elas driblam sua boca e vão embora.

– Você tá bem, cara? – pergunta Nia. Nia é a namorada de Aaron. Ela fica em contato físico com Aaron o tempo inteiro. Agora mesmo está sentada no chão encostada na perna dele. Ela tem olhos enormes.

– Tô bem – digo pra ela. O brilho azulado da tela plana da TV na frente da gente rebate em seus olhos quando ela se vira de novo pra assistir. A gente está vendo um especial de natureza, sobre o fundo do oceano.

– Porra, olha só isso, cara! – diz Ronny, soltando a fumaça. Não sei como, mas o baseado já foi parar de novo na mão dele. Tem um polvo na tela, com umas orelhas gigantescas, translúcido, nadando, iluminado pela luz fria de um submarino.

"Os cientistas, bem-humorados, chamam essa espécie de Dumbo", diz o narrador da TV.

Eu rio pra mim mesmo. Tenho um segredo: adoraria ser esse Dumbo, o Polvo. Adaptado às gélidas temperaturas dos oceanos profundos, eu ficaria passeando lá embaixo, em paz. As grandes preocupações da minha vida seriam que tipo de limo do fundo do mar eu poderia comer – não é muito diferente da vida que tenho agora – e eu não teria nenhum predador natural; bem, de novo, também não tenho nenhum agora, e isso tampouco é tanta vantagem assim. Mas de repente faz sentido: eu gostaria de estar no fundo do mar, que nem um polvo.

– Já volto – digo, levantando do meu lugar no sofá, que é tomado imediatamente por Scruggs, um amigo que estava relegado a sentar no chão e que desliza pra cima num movimento rápido.

– Você não falou "o lugar é meu" – diz ele.

– "O lugar é meu?" – tentei.

– Tarde demais. Perdeu o lugar.

Dei de ombros e fui saltando por cima de roupas e pernas de gente até a porta bege, estilo porta-da-frente-de-apartamento; atravessei e virei à direita: o banheiro quentinho de Aaron.

Tenho meu próprio sistema com banheiros. Passo um monte de tempo dentro deles. São santuários, locais públicos de paz, distribuídos ao redor do mundo para pessoas como eu. Quando eu colo na casa de Aaron, continuo minha rotina normal de jogar tempo fora. Primeiro, apago a luz. Depois, suspiro. Então, dou meia volta, encaro a porta que acabei de fechar, abaixo a calça e desabo na privada – eu não sento: desabo, como uma carcaça, sentindo a bunda se acomodar nas bordas da privada. Então, coloco a cabeça entre as mãos e suspiro, e aí... bem, você já imagina, aí eu mijo. Sempre tento curtir isso, sentir o xixi saindo e perceber que é o meu corpo fazendo uma coisa que ele tem que fazer, que é como comer, se bem que eu não sou muito bom nisso. Enterro o rosto nas mãos e adoraria que isso continuasse pra sempre, porque a sensação é muito boa. Você faz e pronto. Não requer esforço nem planejamento. Você nunca deixa de fazer. Isso seria realmente foda, acho. Se você tivesse tantos problemas que não conseguisse mijar. Que nem ser anoréxico, só que com urina. Como se você quisesse guardar aquilo dentro, como uma autopunição. Será que tem gente que faz isso?

Termino e dou descarga, esticando o braço atrás de mim, a cabeça ainda abaixada. Então, levanto e acendo a luz. (Será que alguém notou que eu estava aqui no escuro? Será que viram a falta de luz na fresta de baixo da porta e perceberam isso, como as baratas? Será que Nia viu?) Então, me olho no espelho.

Pareço bem normal. A mesma aparência de sempre, do mesmo jeito que eu era antes do outono do ano passado. Cabelo escuro e olhos escuros e um dente meio torto. Sobrancelhas grandes, que se juntam no meio. Nariz comprido, meio torto também. Pupilas naturalmente grandes – nada a ver com a maconha –, que se fundem ao castanho-escuro e formam dois olhos grandes como pires, os meus buracos. Uns chumacinhos de pelos em cima do lábio superior. Esse é Craig.

E sempre parece que estou a ponto de chorar.

Abro a torneira de água quente e jogo no rosto, pra sentir alguma coisa. Em alguns segundos, vou ter que voltar e encarar de novo a galera. Mas posso ficar sentado no escuro do banheiro mais um pouco, né? Sempre dou um jeito de fazer com que uma ida minha ao banheiro dure uns cinco minutos.

dois

– E como tem passado? – pergunta a doutora Minerva.

O consultório dela tem uma estante de livros, como todo consultório de médico de doido. Antes eu evitava chamar psiquiatra de "médico de doido", mas agora que já passei por tantos sinto-me autorizado a isso. É um termo de adulto, e é desrespeitoso, mas eu já sou mais de dois terços adulto e sou bem desrespeitoso; então, foda-se.

Continuando, eu dizia que, como todo consultório de médico de doido, esse aqui tem A Estante de Livros, cheia das leituras obrigatórias. Em primeiro lugar está o MED, o *Manual de estatística e diagnóstico*, que lista todo tipo de distúrbio psicológico conhecido – é divertido ler. Um livrão bem grosso. Não tenho ideia de tudo o que está lá – só tenho um daqueles grandes problemas que estão lá –, mas dei uma olhada por cima. Tem coisas muito interessantes. Existe uma doença chamada "maldição de Ondina", na qual o corpo perde a capacidade de *respirar* involuntariamente. Já imaginou? Você precisa ficar o tempo todo pensando: "respire, respire", senão você para de respirar. A maioria das pessoas que pega isso morre.

Se o consultório é chique, então a médica (geralmente é *ela*, de vez em quando é *ele*) vai ter *um monte* de *MEDs*, porque eles saem em edições diferentes – a 3ª, a 4ª e a 5ª são as mais utilizadas. Não acho que você vai encontrar a 2ª edição do MED. Ele saiu em 1963, por aí. Leva uns dez anos pra eles lançarem a edição seguinte, e hoje eles estão na VI.

É, acho que eu poderia ser médico de doido.

Bom, além dos *MEDs*, há uma variedade de livros específicos sobre distúrbios psiquiátricos, coisas como *Manual da libertação da depressão* ou *Ataques de ansiedade e de pânico: causas e curas*, e também *Os sete hábitos de pessoas altamente eficazes*. São sempre de capa dura. Não tem brochura em consultório de médico de doido. Em geral, tem pelo menos um livro sobre abuso sexual na infância, como *O coração ferido*, e teve uma médica de doido que eu frequentava que uma vez me pegou olhando esse livro e falou: "Esse livro é sobre abuso sexual na infância".

Aí eu fiz: "A-hã..."

E ela disse: "É pras pessoas que sofreram abuso".

E eu fiz que sim com a cabeça.

"Você sofreu?"

Ela tinha um rostinho pequeno de senhora idosa, essa médica aí, com uma mecha de cabelo branco, nunca mais a vi. Isso é pergunta que se faça? É *óbvio* que eu não havia sofrido abuso. Se tivesse sofrido, as coisas seriam muito mais simples. Eu teria uma razão pra frequentar consultórios de médico de doido. Teria uma justificativa e alguma coisa pra trabalhar em cima. Mas o mundo não ia me dar algo assim prontinho.

– Estou ótimo. Quer dizer, não tão ótimo assim... afinal, estou aqui.

– Você vê algo de errado nisso?

– De jeito nenhum.

– Já faz um tempo que você vem aqui.

A doutora Minerva sempre veste roupas incríveis. Não que seja particularmente sexy ou bonita; ela simplesmente se arruma bem. Hoje está com uma malha vermelha e batom vermelho exatamente do mesmo tom. É como se tivesse passado na loja de tintas pra combinar bem as duas coisas.

– Gostaria de não precisar vir aqui.

– Bom, você está num processo. Como tem se saído?

Essa é sempre sua primeira pergunta. Médico de doido tem sempre uma primeira pergunta pronta. Tive alguns que perguntavam: "E aí?", "Como estamos?", e até: "O que anda acontecendo no mundo de Craig?". Eles nunca variam. É como se fosse o jingle deles.

– Não acordei muito bem hoje.

– Dormiu bem?

– Dormi.

Ela parece completamente chapada, olhando fixo à frente. Não sei como eles fazem isso: cara de psicopôquer. Psicólogos deviam jogar pôquer. Talvez joguem. Talvez sejam eles que ganham sempre nesses programas de TV. E ainda têm o desplante de cobrar cento e vinte dólares a hora da minha mãe. Eles são muito ambiciosos.

– O que aconteceu quando você acordou?

– Eu estava sonhando. Não lembro o que era, mas, quando acordei, tive essa percepção terrível de estar acordado. Foi como tomar um pontapé no saco.

– Certo, como um pontapé no saco.

– Eu não queria acordar. Estava muito melhor dormindo. E isso é muito triste. Foi como um pesadelo ao contrário, como quando você sente alívio ao acordar por sair de um pesadelo, só que eu acordei e *entrei* num pesadelo.

– E que pesadelo é esse, Craig?

– A vida.

– A vida é um pesadelo.

– É.

Paramos. Momento cósmico, acho eu. *Aaaaaah*, quer dizer que a vida é realmente um pesadelo? Precisamos gastar uns dez segundos contemplando isso.

– O que você fez quando percebeu que tinha acordado?

– Fiquei deitado na cama. – Havia mais coisas pra lhe contar, coisas que eu escondi, como o fato de estar *com fome* na cama aquela manhã. Não tinha comido nada na noite anterior. Fui pra cama exausto de ficar fazendo lição e quando pus a cabeça no travesseiro soube que iria pagar por isso de manhã, que iria acordar com *muita fome*, que iria cruzar a linha a partir da qual meu estômago fica tão precisado que eu não consigo comer nada. Acordei e o estômago gritava, consumindo-se debaixo do meu pequeno peito. Não quis fazer nada a respeito. Não quis comer. A ideia de comer me doía ainda mais. Não conseguia pensar em nada – nem sequer num solitário item de comida – com o qual fosse capaz de lidar, exceto iogurte de café, e eu já estava *enjoado* de iogurte de café.

Fiquei rolando em cima do estômago e apertando os punhos contra a barriga, como se estivesse rezando. Os punhos pressionaram o estômago contra ele mesmo e conseguiram enganá-lo, fazendo-o achar que estava cheio. Mantive essa posição, quente, o cérebro girando, os segundos passando, zunindo. Foi pura compulsão, a única coisa que nunca me abandona, o que me tirou da cama cinquenta minutos mais tarde.

– Levantei quando precisei fazer xixi.

– Entendo.

– E isso foi ótimo.

– Você gosta de fazer xixi. Já mencionou isso antes.

– Pois é. É uma coisa simples.

– Você gosta de coisas simples.

– Todo mundo gosta, né?

– Algumas pessoas se dão bem com a complexidade, Craig.

– Bom, não é o meu caso. Quando vinha pra cá, fiquei pensando... Eu tenho essa fantasia de trabalhar como mensageiro de bike.

– Ah!

– Seria muito simples, e direto, e eu seria pago por isso. Seria como uma Âncora.

– E como vai a escola, Craig? A escola é uma Âncora para você.

– A escola ocupa espaço demais. Ela sai fazendo espiral, virando um milhão de coisas diferentes.

– Seus Tentáculos.

Não tive como não deixar que ela soubesse; a doutora Minerva sacou minha gíria bem rápido. *Tentáculos* é um termo meu – os Tentáculos são aquelas tarefas horríveis que infestam a minha vida. Por exemplo, minha aula de história americana da semana passada, que me fez escrever um trabalho sobre as armas da guerra revolucionária, me fez ir até o Metropolitan para checar algumas das armas antigas, me fez pegar metrô e ficar longe do meu celular e e-mail por quarenta e cinco minutos, o que significou que não consegui responder a um e-mail geral enviado pelo meu professor perguntando quem precisava de créditos adicionais, o que significou que outros garotos agarraram rapidinho esses créditos adicionais, o que significou que eu não iria conseguir 98 na matéria, e que fiquei mais longe da média de 98,6 (temperatura corporal, é isso o que você precisa conseguir), o que significou que eu não vou entrar numa Boa Faculdade, o que significou que não vou arrumar um Bom Emprego, o que significou que eu não vou ter plano de saúde, o que significou que vou ter que pagar tubos de dinheiro para os médicos de doido e os remédios de que meu cérebro precisa, o que quer dizer que eu não vou ter dinheiro suficiente para pagar um Bom Estilo de Vida, o que quer dizer que vou sentir vergonha, o que quer dizer que vou ficar deprimido, e esse é o grande problema, porque eu sei o que isso faz comigo: faz com que eu não saia mais da cama, o que vai me levar à derradeira coisa – virar um sem-teto. Se você fica muito tempo sem conseguir sair da cama, vem um pessoal e leva sua cama embora.

O oposto dos Tentáculos são as Âncoras. As Âncoras são coisas que ocupam minha mente e me fazem sentir bem temporariamente. Pedalar minha bike é uma Âncora. Brincar com fichas de estudo é uma Âncora. Ver pessoas jogando videogame na casa do Aaron é uma Âncora. As respostas são simples e sequenciais. Não envolve tomar decisões. Não envolve Tentáculos. É só uma pilha de tarefas que você tem que fazer. Você não precisa lidar com outras pessoas.

– Há um monte de Tentáculos – eu admito. – Mas acho que sou capaz de lidar com eles. O problema é que sou muito preguiçoso.

– Preguiçoso de que jeito, Craig?

– Eu jogo fora uma hora por dia pelo menos deitado na cama. Depois eu desperdiço tempo brisando. Desperdiço tempo pensando. Desperdiço tempo ficando quieto e sem falar nada, por medo de gaguejar.

– Você tem esse problema de gaguejar?

– Quando estou deprimido, a fala não sai direito. Eu empaco no meio da frase.

– Sei. – Ela escreve alguma coisa no seu papel timbrado. *Craig, isso vai para a sua ficha permanente.*

– Eu não... – sacudo a cabeça. – A história da bicicleta.

– Como? O que você ia me dizer? – Esse é outro truque dos médicos de doido. Eles nunca deixam você parar no meio do pensamento. Se você abre a boca, eles querem saber exatamente o que você tinha a intenção de dizer. O princípio é que algumas das verdades mais profundas a nosso respeito são coisas que a gente para de dizer na metade, mas acho que eles fazem isso pra gente se sentir importante. Uma coisa é certa: não tem ninguém mais na minha vida que diga pra mim: "Pois não, Craig, o que você ia dizer mesmo?".

– Eu ia dizer que não acho que essa história de gaguejar seja uma coisa, assim, tipo um problema de verdade. Eu só acho que é um dos meus sintomas.

– Como transpirar.

– Certo. – Isso de transpirar é horrível. Não é tão ruim quanto não comer, mas é *esquisito*... suar frio, por toda a testa, ter que me enxugar a cada dois minutos, ficar com cheiro de concentrado de pele. As pessoas percebem. É uma das poucas coisas que as pessoas percebem.

– Mas você não está gaguejando agora.

– Isso aqui é pago, né? Não quero ficar desperdiçando tempo.

Pausa. Agora a gente trava uma daquelas nossas batalhas silenciosas; olho pra doutora Minerva e ela olha pra mim. É uma competição pra ver quem desiste primeiro. Ela põe sua cara de pôquer; eu não tenho nenhuma cara adicional pra colocar, só o meu rosto normal de Craig.

A gente fica olho no olho. Fico esperando ela dizer algo profundo – estou sempre esperando isso, mesmo que nunca aconteça. Fico esperando ela dizer:

"Craig, o que você precisa é fazer tal coisa", e que então a Mudança aconteça. Quero muito que aconteça uma Mudança. Quero sentir que meu cérebro cai de volta no mesmo compartimento que deveria estar, descanse lá do jeito que era antes do outono do ano passado, quando eu ainda era jovem, e bem-humorado, e meus professores diziam que eu era uma promessa incrível, e eu *era* uma promessa incrível, e eu falava muito na classe, porque ficava animado e me sentia vivo no mundo. Eu quero a Mudança, muito. Estou esperando pela frase que irá invocá-la. Vai ser como um milagre na minha vida. Mas será que a doutora Minerva sabe fazer milagres? Não. Ela é uma senhora magra, bronzeada, da Grécia, com batom vermelho.

Ela rompe o silêncio primeiro.

– Sobre seus passeios de bike, você disse que queria ser mensageiro.

– Isso mesmo.

– Você já tem bicicleta, certo?

– Certo.

– E você anda muito com ela?

– Não muito. A Mãe não deixa eu ir de bike pra escola. Mas eu fico andando pelo Brooklyn nos fins de semana.

– Como você se sente quando está andando de bike, Craig?

Faço uma pausa. – ... Geométrico.

– Geométrico.

– É. Tipo assim: *Você precisa evitar esse caminhão. Não vá levar uma pancada na cabeça desses canos de ferro. Dobre à direita*. As regras estão definidas, é só você seguir.

– Que nem num videogame.

– É isso aí. Eu adoro videogame. Mesmo que seja só olhar. Desde que eu era pequeno.

– Aquele tempo ao qual você costuma se referir dizendo: "antes, quando eu era feliz"?

– Isso mesmo. – Eu passo a mão na camisa, alisando-a. Também me arrumo pra esses pequenos encontros. Uma boa calça cáqui e uma camisa social branca. A gente se veste um pro outro. Na verdade, eu e ela devíamos ir tomar um café juntos e fazer um escândalo – a terapeuta grega e seu namorado do ensino médio. A gente ia ficar famoso. Isso me daria dinheiro. Isso poderia me fazer feliz.

– Você se lembra de alguma das coisas que fazem você feliz?

– Os videogames. – Eu rio.

– O que isso tem de engraçado?

– Outro dia eu estava andando pelo meu quarteirão e atrás de mim tinha uma mãe com o filho dela, e a mãe dizia: "Que coisa, Timmy! Não quero mais ver você reclamando disso. Você não pode ficar jogando videogame vinte e quatro horas por dia!" E Timmy dizia: "Mas eu *quero*!" Então, me virei e disse pra ele: "Eu também".

– Você quer jogar videogame vinte e quatro horas por dia?

– Ou então ficar vendo. Eu só quero não ser eu. Seja dormindo ou jogando videogame ou andando de bike ou estudando. Desistir do meu cérebro. Isso é que é importante.

– Você é bastante claro a respeito do que quer.

– Sim.

– O que você queria quando era menino? Antes, quando você era feliz. O que você queria ser quando crescesse?

A doutora Minerva é uma boa médica de doido, acho. Isso não é a resposta. Mas é uma pergunta muito boa. O que eu queria ser quando crescesse?

três

Quando eu tinha quatro anos, as coisas eram assim:

Nossa família morava em um apartamento meio ruinzinho em Manhattan. Eu não sabia que era ruinzinho na época, porque não conhecia ainda apartamento melhor para poder comparar. Mas tinha encanamento aparente. Isso não era bom. Você não gostaria de criar seu filho numa casa com encanamento aparente. Lembro que tinha um cano verde, um cano vermelho e um cano branco, que se juntavam perto do fim do corredor, pouco antes do banheiro, e, assim que aprendi a andar, comecei a investigar eles todos, ficava em pé junto deles e punha a palma da mão a uns dois milímetros de distância de cada cano para testar se era quente ou frio. Um era frio, outro, quente, e o vermelho, *realmente* quente. Dois milímetros não eram suficientes. Eu me queimei no cano e o Pai, que não havia entendido bem ("Só deveria ficar quente à tarde..."), cobriu o cano com uma espuma cinza-escuro e fita isolante, mas a fita isolante nunca foi um obstáculo pra mim e eu achava a espuma muito divertida e ficava arrancando pedaços e mascando, e quando vinham outros meninos na minha casa eu os desafiava a encostar a mão no cano, que tinha ficado de novo aparente; eu dizia que todo mundo que vinha em casa *tinha* que encostar a mão no cano, senão era um *bundão*, que era uma palavra que eu aprendi com o Pai vendo TV, e que eu achava o máximo porque era uma palavra com dois sentidos: o de bunda grande e o daquilo que você chamava as pessoas para que elas fizessem determinadas coisas. Do mesmo jeito que *galinha* tinha também dois sentidos: o daquela ave que anda ciscando pelo galinheiro e o daquela coisa branca que você come. Tinha gente que se você ameaçasse chamar de *galinha* também enfiava a mão no cano quente.

Eu tinha meu quarto, mas não gostava de ficar sozinho nele; o único lugar em que eu gostava de ficar era na sala, debaixo da mesinha onde estavam todas as enciclopédias. Fiz dela meu pequeno forte; punha um cobertor em cima de mim e me enfiava embaixo, com uma luz que meu pai puxou até lá. Ficava olhando mapas. Adorava mapas. Sabia que a gente morava em Manhattan e eu tinha um mapa do lugar, um *Hagstrom five borough atlas*, com todas as ruas desenhadas. Sabia exatamente onde a gente morava, na esquina da Rua 53 com a Terceira Avenida. A Terceira Avenida era uma rua amarela, porque era avenida, grande e comprida e importante. A Rua 53 era uma rua branca pequena, que atravessava Manhattan. As ruas eram de lado, e as avenidas eram pra cima e pra baixo; era só isso que você precisava lembrar. (O Pai também me ajudava a lembrar quando a gente saía pra comer panqueca. Ele perguntava: "Você quer que eu corte como ruas ou como avenidas, Craig?" E eu dizia: "Sim!", e ele cortava as panquecas como uma grade, e então a gente ia dando os nomes de cada rua e avenida, sem se esquecer de chegar até a Terceira Avenida, esquina com a Rua 53.) Era muito simples. Se você fosse realmente adiantado (como eu era, *ah!*), já sabia que o trânsito nas ruas pares ia para leste (Leste é Par) e as ruas ímpares iam para oeste (Oeste é Ímpar). Então, para cada grupo de ruas havia as ruas largas, amarelas como as avenidas, que tinham duas mãos. Eram as ruas famosas: a 42, a 34. A lista completa de baixo para cima era das ruas Chambers, Canal, Houston, ruas 14, 23, 34, 42, 57, 72 (não havia nenhuma grande rua na década de 1960; elas ficaram esquecidas), 79, 86, 96, e aí você estava no Harlem, onde, na verdade, Manhattan terminava para garotinhos brancos que inventavam fortes debaixo de enciclopédias e estudavam mapas.

Assim que vi o mapa de Manhattan, eu quis desenhá-lo. Eu tinha que ser capaz de desenhar o lugar onde morava. Então pedi à Mãe papel vegetal e ela arrumou pra mim e eu levei até meu forte e direcionei a luz pra baixo, bem em cima do primeiro mapa do *Hagstrom Atlas* – o centro, onde ficava Wall Street e onde o mercado de ações operava. As coisas eram malucas por ali; não havia nenhum tipo de rua e avenida; só os nomes, e pareciam aquele jogo de pega-varetas. Mas, antes mesmo que eu começasse a me preocupar com as ruas, tinha que entender a questão do terreno. Manhattan era sem dúvida construída sobre terra. Às vezes, quando faziam obras na rua, você olhava lá embaixo e via... terra de verdade! E o terreno fazia uma curva no final da ilha, como uma cabeça de dinossauro, acidentada à direita e plana à esquerda, uma baixada majestosa.

Eu segurava o papel vegetal e tentava traçar a linha da parte baixa de Manhattan.

Não conseguia.

Quer dizer, ficava ridículo. Minha linha não tinha nada a ver com a linha de verdade. Eu não entendia – eu estava segurando firme o papel vegetal. Olhava pra minha mãozinha. "Fique paradinha", eu dizia. Aí eu amassava o papel e tentava outra vez.

De novo, a linha não saía certa. Não ficava com aquela curva.

Amassava o papel e tentava de novo.

Cada linha ficava pior que a anterior. Manhattan parecia quadrada.

Tentava de novo.

Xi, meu, agora ela ficou parecendo um pato!

Amassa.

Agora parecia um *cagalhão*, outra palavra que eu aprendi com o Pai.

Amassa.

Agora parecia um pedaço de fruta.

Parecia tudo menos o que devia parecer: Manhattan. Eu não era capaz de fazer. Não sabia então que para desenhar uma coisa você precisa ter uma *mesa* de desenho, iluminada por baixo, e grampos para segurar o papel bem liso, em vez de uma mão trêmula de menino de quatro anos; portanto, eu simplesmente concluía que era um fracasso. Eles sempre diziam na TV que você podia fazer qualquer coisa que quisesse, mas lá estava eu tentando fazer algo e não dava certo. Nunca vou ser capaz de fazer isso. Amassei a última folha de papel vegetal e comecei a soluçar, a cabeça enfiada entre as mãos, lá dentro do meu forte.

A Mãe ouviu.

– Craig?

– O quê? Vá embora.

– O que foi, meu anjinho?

– Não abra a cortina! *Não abra!* Eu tenho umas coisas aqui dentro.

– Por que você está chorando? Qual o problema?

– Não consigo fazer.

– Qual é o problema?

– Nenhum!

– Conta pra Mamãe, vamos. Eu vou abrir o cobertor.

– Não!

Pulei no rosto da Mãe assim que ela puxou o cobertor de lado e ele ficou preso debaixo das enciclopédias. A Mãe ainda teve tempo de levantar a mão e segurar os livros, para que não caíssem todos em cima da gente. (Uma semana mais tarde, ela mandou o Pai mudar as enciclopédias de lugar.) Enquanto ela ficou lá, ocupada, corri pela sala, lágrimas rolando pelo rosto, querendo ir pro banheiro, sentar na privada com a luz apagada e jogar água quente no rosto. Mas a Mãe foi mais rápida. Com um empurrão, colocou as enciclopédias de volta no lugar e galopou pela sala, erguendo-me em seus bracinhos magros, com a pele do cotovelo que pendia e dava pra você puxar. Fiquei dando tapas nela.

– Craig! Não é legal bater na Mamãe!

– Eu não consigo, eu não consigo, *eu não consigo*! – e batia nela.

– *Mas o quê*? – Ela me abraçava forte e me deixava sem espaço pra bater. – *O que* você não consegue fazer?

– *Não consigo desenhar Manhattan!*

– Hã? – A Mãe afastou o rosto e ergueu-o, olhando bem nos meus olhos. – É *isso* que você estava tentando fazer lá embaixo?

Eu confirmei, fungando.

– Você estava tentando desenhar Manhattan no papel vegetal que eu comprei pra você?

– Não consigo.

– Craig, *ninguém* consegue. – Ela riu. – Não é possível fazer isso à mão livre. É impossível!

– Então, como é que eles fazem os mapas?

Mamãe parou.

– Olha! Olha! Tem gente que consegue!

– Mas eles têm *equipamento*, Craig. São adultos e eles têm ferramentas especiais, que eles usam.

– Bom, então eu preciso dessas ferramentas.

– Craig.

– Vamos comprar.

– Meu amor.

– Custa muito dinheiro?

– Meu amor.

Mamãe me pôs no sofá, que virava uma cama para ela e o Pai à noite, e sentou do meu lado. Eu não estava mais chorando. Não estava mais batendo. Meu cérebro funcionava bem naquela época; eu não ficava empacando em buracos.

– Craig – ela suspirou e olhou pra mim. – Eu tenho uma ideia. Em vez de gastar tempo tentando desenhar mapas de Manhattan, por que você não faz seus próprios mapas de *lugares imaginários*?

E isso foi o mais perto que eu cheguei na vida de uma epifania.

Eu podia inventar minha própria cidade. Usar minhas ruas. Colocar um rio onde quisesse. Colocar o oceano onde achasse melhor. Colocar as pontes onde quisesse e abrir uma grande estrada bem no meio da cidade, como Manhattan deveria ter, mas não tem. Podia construir meu próprio sistema de metrô. Inventar nomes de ruas. Podia estender minha grade de ruas até as bordas do mapa. Eu sorri e abracei Mamãe.

Ela me arrumou um papel grosso – cartolina branca. Mais tarde acabei preferindo o papel normal de computador. Voltei pra debaixo do forte, acendi a luz e comecei meu primeiro mapa. E fiquei fazendo isso durante os cinco anos seguintes – sempre que estava na aula, em vez de ficar rabiscando, desenhava mapas. Centenas deles. Quando terminava, amassava e jogava fora; fazer é que era importante. Fiz cidades em cima de oceanos, cidades com dois rios que se juntavam no meio, cidades com um grande rio que fazia curvas, cidades com pontes, entroncamentos malucos, rotatórias e avenidas arborizadas. Eu fazia cidades. Isso me deixava feliz. Essa era a minha Âncora. E até completar nove anos e passar para os videogames era isso que eu queria ser quando crescesse: cartógrafo.

quatro

– Eu queria fazer mapas – conto à doutora Minerva.

– Mapas do quê?

– De cidades.

– No computador?

– Não, à mão.

– Sei.

– Acho que não tem muito mercado pra isso – digo, sorrindo.

– Talvez não, talvez sim.

Típica resposta de médico de doido.

– Eu não posso ficar na base do talvez. Preciso ganhar dinheiro.

– A gente vai falar mais sobre dinheiro na próxima sessão. Precisamos parar agora.

Olho para o relógio: 7h03. Ela sempre dá uns três minutos a mais.

– O que você vai fazer saindo daqui, Craig?

Ela sempre pergunta isso. O que é que eu faço sempre? Vou pra casa e piro. Vou e sento com a minha família e tento não falar de mim e do que anda errado. Vou lá e tento comer. Depois, tento dormir. Tenho pavor disso. Não consigo comer e não consigo dormir. Não estou indo bem em termos de chegar a ser um humano funcional, sabia?

Ei, soldado, qual é o problema?

Não consigo dormir e não consigo comer, senhor!

E se eu encher você de chumbo, soldado, será que isso irá motivá-lo?

Não sei dizer, senhor! É provável que eu ainda não seja capaz de dormir ou comer, simplesmente fique um pouco mais pesado por causa do chumbo.

Então, levante-se e lute, soldado! O inimigo está ali!

O inimigo é forte demais. Não posso lutar contra ele. Eles são espertos demais.

Você também é esperto, soldado.

Não sou esperto o suficiente.

Então, você simplesmente vai desistir?

Esse é o plano.

– Vou tentar segurar minha onda – digo à doutora Minerva. – É só o que eu posso fazer. Segurar a onda e esperar melhorar.

– Você está tomando o remédio?

– Estou.

– Está indo ver o doutor Barney?

O doutor Barney é o psicofarmacologista. É o cara que me prescreve remédios e me manda pra pessoas como a doutora Minerva. Ele é uma figura, um Papai Noel baixinho e gordo, com anéis enfiados nos dedos.

– Sim, mais pro fim da semana.

– É bom você seguir o que ele diz.

Sim, doutora. Vou fazer o que você disser. Vou fazer o que todos vocês disserem.

– Tá aqui – entrego à doutora Minerva o cheque da minha mãe.

cinco

Minha família não precisaria ter que me aguentar. São boa gente, bem estruturada, feliz. Às vezes, quando estou com eles, tenho a impressão de estar na televisão.

A gente mora num apartamento – bem melhor que aquele de Manhattan, mas, ainda assim, nada que seja *motivo de orgulho* – no Brooklyn. O Brooklyn é uma bolha gorda de formato feioso, do outro lado de Manhattan; parece o Jabba the Hutt[1] contando o dinheiro dele. O bairro é ligado por pontes a Manhattan e cortado por canais e córregos – listras verdes e sujas de água que fazem você lembrar que aquilo era um pântano. Tem aquelas casas de pedra marrom, de calcário castanho, que parecem mourões de cerca, e sempre tem peões de origem indígena reformando-as, e todo mundo fica louco por essas casas, paga milhões de dólares pra morar nelas. Mas, afora isso, é um lugar muito bonito, sem status. Foi uma pena a gente ter ido embora de Manhattan, onde moram as pessoas que de fato têm poder.

A caminhada do consultório da doutora Minerva até nosso apartamento é curta, mas cheia de lojas que me humilham. Lojas de comida. Sem dúvida, a pior parte de ser deprimido é a comida. A relação de uma pessoa com a comida é um de seus vínculos mais importantes. Não acho que a sua relação com os pais seja tão importante. Tem gente que nunca conheceu os pais. Não acho que as relações com os amigos sejam importantes. Mas sua relação com o ar – isso, sim, é crucial.

Você não pode brigar com o ar. É como se vocês dois estivessem grudados. A água é só um pouco menos crucial. E depois vem a comida. Você não abre mão de comer pra ir passear com alguém, por exemplo. Você tem que entrar em acordo com a comida.

1 Personagem de *Guerra nas estrelas.* [N. T.]

Nunca gostei de comer as coisas americanas tradicionais: costeleta de porco, filé, espetinho de cordeiro... E ainda não gosto. Legumes, nunca dei muita bola. Costumava gostar dessas comidas que vêm em formatos abstratos: nuggets de frango, *Fruit roll-ups*[2], cachorros-quentes. Gostava de porcaria. Era capaz de acabar com um saquinho inteiro de salgadinho de queijo; o gosto do salgadinho de queijo permanecia tão entranhado na ponta dos dedos que eu podia ficar sentindo seu gosto o resto do dia. Portanto, me dava bem com comida. Pensava nela do jeito que todo mundo pensa; pintou fome, eu comia um pouco.

Então, aconteceu o último outono, e parei de comer.

Agora me sinto humilhado por essas mercearias, pizzarias, sorveterias, lanchonetes, restaurantes chineses, padarias, casas de sushi, McDonald's. Eles ficam na rua tentando me empurrar o que eu não sou capaz de curtir. Acho que meu estômago encolheu; não cabe muita coisa dentro, e, se eu forço uma certa quantidade, ele rejeita, me manda pro banheiro pra vomitar no escuro. É como uma azia, como se alguém puxasse uma corda amarrada no final do esôfago. Tem um homem lá embaixo e ele quer comida, mas ele só sabe pedir dando um puxão na corda, e, quando faz isso, fecha a entrada; então, não consigo botar nada pra dentro. Se ele simplesmente relaxasse, soltasse a corda, eu seria capaz de lhe dar toda a comida que ele quisesse. Mas ele fica lá embaixo me deixando enjoado e cansado, dando uns puxões a mais toda vez que passo na frente de algum restaurante que solta aquele cheiro de fritura.

Quando acabo comendo, pode acontecer uma de duas experiências: uma Batalha ou uma Chacina. Quando estou mal – quando o Ciclo está rolando no meu cérebro –, é uma Batalha. Cada mordida dói. Meu estômago não quer nenhum pedaço daquilo. Tudo é forçado. A comida quer ficar no prato e, assim que ela se vê dentro de mim, quer voltar pro prato. As pessoas me lançam olhares estranhos: *Qual é o problema, Craig, por que você não come?*

Mas depois tem horas em que a coisa se assenta. A Mudança ainda não aconteceu, talvez nunca aconteça, mas às vezes – um número de vezes suficiente para me dar esperança – meu cérebro encaixa de novo no lugar que deve ficar. Quando sinto uma dessas alterações (eu as chamo de Falsas Mudanças), eu deveria sempre comer, mas não faço isso; às vezes, por teimosia,

2 É a marca registrada de um lanche com sabor de frutas que surgiu nos Estados Unidos em 1983. [N. E.]

estupidez, fico tentando preservar essa sensação e ir resolvendo minhas coisas enquanto minha mente ainda é capaz de operar, e aí me esqueço de comer e então volto pro lugar que estava. Mas, veja bem, quando volto a ficar bem e acontece de estar rodeado de comida, atenção! Aí entra de tudo. Ovos e hambúrgueres e fritas e sorvete e goiabada e docinhos e biscoitos e brócolis... e macarrão e molho. Fodam-se; vou comer *todos* vocês. Eu sou Craig Gilner e vou ficar forte às custas de vocês. Não sei quando a química do meu corpo vai se alinhar e me deixar comer de novo; portanto, todos vocês vão ser enfiados dentro de mim, agora.

E isso me faz sentir muito bem. Como tudo, e o homem então fica longe da corda. Fica ocupado lá embaixo, comendo tudo o que cai dentro de mim, correndo em círculos como um frango de cabeça decepada, a cabeça no chão, também mastigando sua comida. Todas as minhas células ingerem a comida e adoram, e adoram também o meu cérebro por causa disso, e eu sorrio e fico satisfeito; fico satisfeito e funcional e posso fazer qualquer coisa, e, depois de comer – essa é a parte impressionante –, depois de comer eu *durmo*, durmo como deveria, como um caçador que acabou de trazer a caça pra casa... mas aí acordo e o homem está lá de novo, meu estômago esticado, e eu nem sequer sei o que me levou a ter essa experiência de comer do tipo Chacina. Não é a maconha. Não são as meninas. Não é minha família. Começo a achar que é simplesmente a química, e, nesse caso, o problema é que estamos perseguindo a Mudança e ainda não a encontramos.

seis

A noite já chegou, exceto por uma fina faixa de cinza na borda do céu, e as árvores estão pesadas de chuva e o chuvisco mija em cima de mim enquanto vou pra casa. Não há pôr do sol na primavera. Eu me inclino e toco a campainha, um painel de bronze riscado por anos de uso – a campainha mais usada do prédio.

– Craig?

– Oi, Mãe.

Bzzzzzzzzt. Um ronco profundo, amplificado pelo saguão da entrada. (Saguão nada. É mais uma saleta, um simples compartimento pra abrigar as caixas de correio.) Abro uma porta, depois outra. Está quente em casa, e tem cheiro de amido cozido. Os cachorros vêm me receber.

– Oi, Rudy. Oi, Jordan. – São cachorros pequenos. Minha irmã é que pôs nome neles; ela tem nove anos. Rudy é um vira-lata; meu pai diz que é cruzamento de chihuahua com pastor-alemão, isto é, deve ter rolado um bom sexo selvagem entre os cachorros. Espero que o pastor-alemão tenha sido o rapaz. Caso contrário, a mocinha pastor-alemão provavelmente não deve ter ficado muito satisfeita. Rudy tem um maxilar inferior bem projetado; parece que são dois cachorros, um deles comendo a cabeça do outro por baixo, mas, quando eu o levo pra passear, as meninas se encantam com ele e falam comigo. Aí percebem que eu sou muito novo e/ou muito detonado, e caem fora.

Jordan, um spaniel tibetano, parece um leãozinho marrom. Pequeno e bonito, mas completamente doido. A sua raça foi concebida no Tibete, com a finalidade de guardar os mosteiros. Quando ele chegou em casa, decretou imediatamente que a casa era um mosteiro, que o banheiro era a cela monástica mais sagrada e que a minha mãe era a Abadessa. Você não consegue chegar perto dela sem que ele venha protegê-la. Quando ela vai pro banheiro, de manhã, Jordan tem que estar lá dentro com ela, a postos no balcão perto da pia, enquanto ela escova os dentes.

Jordan fica latindo pra mim. Desde que comecei a perdê-lo, ele começou a latir pra mim. Mas nenhum de nós dois toca nesse assunto.

– Craig, como é que foi com a doutora Minerva? – pergunta a Mãe, saindo da cozinha. Ela continua alta e magra, cada ano com uma aparência melhor. Sei que é esquisito pensar nisso, mas foda-se – ela é apenas uma mulher, que por acaso é minha mãe. É impressionante como ela vai parecendo mais imponente e confiante conforme fica mais velha. Vi fotos dela do tempo do ensino médio e não era lá grande coisa. A cada ano que passa, a decisão que o Pai tomou parece melhor.

– Foi... foi tudo bem. – Dou um abraço nela. Ela tem cuidado muito de mim desde que fiquei mal; devo tudo a ela e a amo e digo isso a ela atualmente, se bem que toda vez que eu falo isso parece que a coisa fica um pouco mais diluída. Acho que a gente vai ficando mais pobre em *eu te amos*.

– Você está feliz com ela?

– Estou.

– Porque, se não estiver se sentindo bem com ela, eu arrumo outra.

Você não tem como pagar alguém melhor, penso eu, olhando pra rachadura da parede atrás dela. Essa rachadura no hall de entrada está lá faz uns três ou quatro anos. O Pai mete uma pintura por cima e ela volta a aparecer. A gente já tentou pôr um espelho em cima, mas é um lugar esquisito de pôr um espelho – fica num dos lados do corredor –, e minha irmã botou apelido nele de Espelho do Vampiro, aquele que diz se as pessoas que entram na sua casa são vampiros, e depois de umas semanas ele caiu no chão, um dia que eu cheguei em casa chapado e bati nele. Agora a rachadura está exposta de novo. Acho que nunca vai dar pra consertar.

– Não, não. Não precisa arrumar outra.

– Como está sua alimentação? Está com fome?

Acho que estou. Vou comer a comida que a minha mãe fez pra mim. Ainda estou no controle da minha mente e continuo tomando remédio e vou ser capaz de dar conta disso.

– Tô.

– Ótimo! Pra cozinha, então!

Entro, e o lugar está todo arrumado pra mim. Meu Pai e minha irmã, Sarah, estão sentados à mesa, redonda, garfo e faca na mão, fazendo pose pra mim.

– Que tal? – pergunta o Pai, batendo os talheres na mesa. – Parece que a gente está com fome?

Meus pais estão sempre procurando novas maneiras de dar um jeito em mim. Eles tentaram acupuntura, ioga, terapia cognitiva, fitas de relaxamento, vários tipos de exercício (até que descobri minha bike), livros de autoajuda, tae bo[3] e feng shui no meu quarto. Gastam uma grana comigo. Fico com vergonha.

– Comer! Comer! Comer! – diz Sarah. – A gente tava esperando você.

– Será que precisa isso tudo? – pergunto.

– A gente só está tentando deixar as coisas mais agradáveis pra você. – A Mãe traz uma frigideira pra mesa. Tem um cheiro quente e suculento. Dentro da frigideira tem umas laranjas cortadas ao meio.

– Temos abóbora – ela volta pro forno –, arroz e frango. – Ela traz uma panela de arroz com pedaços de legumes espalhados por cima e um prato de empadinhas de frango. Vou nas empadinhas – uma em forma de estrela, outra em forma de dinossauro. Sarah pega a de formato de dinossauro ao mesmo tempo que eu.

– Os dinossauros são meus!

– Tudo bem – eu concordo com ela. Ela me dá um chutinho por baixo da mesa.

– Como é que você está? – cochicha ela.

– Não muito bem.

Ela inclina a cabeça. Sarah sabe o que isso significa. Quer dizer que ela vai me ver no sofá à noite, me debatendo e rolando e suando, enquanto a Mãe me traz um leite quente. Quer dizer que ela vai me ver vendo TV, mas sem estar vendo de verdade, só olhando e sem reação, e que não vou ter feito a lição de casa. Quer dizer que ela vai me ver naufragando e fracassando. Ela reage bem a isso. Faz a lição com mais empenho e se diverte mais. Não quer acabar como eu. Pelo menos estou dando a alguém um exemplo a não ser seguido.

– Que chato isso! Eles estão tentando fazer o melhor por você.

– Dá pra perceber.

– E aí, Craig, como foi a escola hoje? – pergunta o Pai. Dá uma garfada na abóbora e olha pra mim por trás dos óculos. Ele é baixo e usa óculos, mas, como ele mesmo diz, pelo menos tem cabelo – uma coisa densa, escura, que eu herdei. Diz que sou abençoado; que os genes são bons de ambos os lados, e que, se eu me vejo como deprimido agora, imagine se soubesse que ia ficar careca como todo mundo! Ah!

---

3 Tipo de exercício físico que mistura boxe, artes marciais e aeróbica. [N. E.]

– Foi tudo bem – digo.

– O que você fez hoje?

– Fiquei sentado na aula e segui as instruções.

Começamos a comer. Pego meu primeiro bocado – uma garfada cuidadosamente construída de frango, arroz e abóbora – e enfio na boca. *Vou comer isso.* Mastigo e sinto que tem gosto bom e empurro a língua para trás e mando pra baixo. Faço força pra segurar. Beleza. Já está dentro.

– O que você aprendeu hoje em... vejamos... história americana?

– Essa aula não foi muito boa. O professor me chamou e eu não consegui falar.

– Ah, Craig... – exclama a Mãe.

Comecei a construir outra garfada.

– Como assim, você não conseguiu falar? – pergunta o Pai.

– Eu sabia a resposta, mas... eu simplesmente...

– Você travou – diz a Mãe.

Faço que sim com a cabeça e engulo a garfada seguinte.

– Craig, você não pode continuar fazendo assim.

– Querido – intervém a Mãe.

– Quando você sabe a resposta de alguma coisa, tem que se expressar e pronto; como é que isso não fica claro pra você?

O Pai enfia na boca uma supergarfada de abóbora e fica mastigando como se fosse uma fornalha.

– Não pegue no pé dele – diz a Mãe.

– Não estou pegando no pé dele, estou sendo amigo. – O Pai sorri. – Craig, você foi abençoado com uma mente muito boa. Só precisa ter confiança nela e falar quando as pessoas perguntarem. Como você costumava fazer. Isso antes, quando as pessoas precisavam dizer pra você parar de falar.

– Agora é diferente... – Terceira garfada.

– A gente sabe. Sua mãe e eu estamos fazendo todo o possível para ajudá-lo. Certo? – Ele olha pra Mãe, do outro lado da mesa.

– Certo.

– Eu também – diz Sarah. – Estou fazendo tudo o que eu posso também.

– Isso mesmo, querida. – A Mãe estende o braço e faz um carinho no cabelo dela. – Você está se saindo muito bem.

– Ontem eu podia ter fumado maconha, mas não fumei – digo, levantando o olhar, debruçado em cima do prato.

– Craig! – repreende o Pai.

– Não vamos falar disso agora – diz a Mãe.

– Mas vocês deviam saber; é importante. Estou fazendo testes com a minha mente, pra descobrir como é que acabou ficando do jeito que está.

– Do que você está *falando*?

– Não na frente da sua irmã – diz a Mãe. – Eu preciso contar a vocês umas novidades sobre o Jordan. – Ouvindo o nome dele, o cachorro entra na cozinha e assume seu posto ao lado da Mãe. – Levei o Jordan no veterinário hoje.

– Então, você não foi trabalhar?

– Isso mesmo.

– E por isso cozinhou.

– Exatamente.

Fico com ciúmes dela. Sei que é estranho ficar com ciúmes da própria mãe por ela ser capaz de dar conta das coisas. Eu não posso tirar um dia de folga, levar um cachorro pro veterinário e cozinhar o jantar. Isso é três vezes coisas demais pra eu fazer num dia. Desse jeito, como é que vou poder algum dia ter minha própria casa?

– Então, vocês querem saber o que aconteceu no veterinário?

– É muito doido – diz Sarah.

– A gente levou por causa das convulsões que ele vem tendo – diz a Mãe. – E vocês não vão acreditar no que o veterinário disse.

– O que foi?

– Eles fizeram um exame de sangue da última vez, e os resultados chegaram. Eu estava sentada na salinha com o Jordan; ele estava bem bonzinho. O veterinário entra e olha os exames e diz: “Esses números não são compatíveis com a vida”.

Eu rio. Vejo uma garfada de comida na minha frente. Ela treme. – O que você quer dizer com isso?

– Foi o que eu perguntei pra ele. E acontece que o nível de açúcar no sangue de um cachorro tem que estar entre quarenta e cem. Sabe quanto deu o nível do Jordan?

– Quanto?

– Nove.

– *Au-Au!* – Jordan late.

– Depois – a Mãe agora ri –, tem outro tipo de contagem, do nível de uma certa enzima, que o normal é entre dez e trinta, e o exame do Jordan deu *oitenta!*

– Beleza de cachorro! – diz o Pai.

– O veterinário não sabe o que fazer com isso. Ele falou para eu continuar dando os suplementos e as vitaminas, mas que basicamente ele é um milagre da medicina.

Dou uma olhada no Jordan, o spaniel tibetano. Focinho amassado, felpudo, nariz preto, olhos pretos grandes como os meus. Ofegando e babando. Descansando em cima das patas anteriores peludas.

– Ele não deveria estar vivo, mas está – diz a Mãe.

Olho de novo pro Jordan. Por que se preocupar? Você tem uma desculpa. Tem o sangue ruim. Deve gostar de viver; acho que eu também gostaria, se fosse você. Indo de uma refeição a outra, tomando conta da Mãe. É um jeito de viver. Não tem que se preocupar com provas ou com lição de casa. Não precisa comprar coisas.

– Craig?

Você não deveria ser capaz de estar vivo, mas está. Quer trocar comigo?

– Eu... Eu acho que é legal isso.

– Muito legal – diz a Mãe. – Ele vive por obra e graça de Deus.

Ah, sei, Deus! Havia me esquecido dele. Segundo a Mãe, ele definitivamente terá um papel na minha recuperação. Mas acho que Deus é um médico de doido ineficaz. Ele adota aquele método de terapia "não faça nada". Você conta seus problemas pra ele e ele... bem, ele não faz nada.

– Acabei – diz Sarah. Ela pega o prato e sai trotando da cozinha, chamando o Jordan. Ele vai atrás.

– Não consigo comer mais nada – digo a eles. Dei cinco garfadas. Meu estômago está dando um nó e fechando, rapidamente. É uma comida superinofensiva; eu não deveria ter problemas com ela. Deveria ser capaz de comer três pratos. Sou um garoto em fase de crescimento; não deveria ter problemas pra dormir; deveria estar praticando esportes! Deveria estar saindo com garotas. Deveria estar descobrindo de que coisas eu gosto neste mundo. Deveria estar comendo e dormindo e bebendo e estudando e vendo TV e sendo *normal*.

– Tente um pouco mais, Craig – diz a Mãe. – Sem pressão, mas você precisa comer.

Está certo. Vou comer. Corto a parte de cima da abóbora, em ruas e avenidas, um bom pedaço, e espeto no meu garfo e enfio na boca. *Vou comer você*. Eu mastigo, é macio e dócil, molda-se com facilidade num formato que desce bem pela minha garganta. Tem um gosto doce. *Agora segure*. Está no meu estômago. Estou suando. O suor piora perto dos meus pais. Meu estômago entrou naquela história. Meu estômago está lotado com seis garfadas dessa refeição. Eu sou capaz de aguentar seis garfadas. Não vou perder. Não vou perder essa refeição que minha mãe preparou. Se o cachorro consegue viver, eu consigo comer. Eu seguro. Fecho os punhos. Contraio os músculos.

– Você está bem?

– Só um segundo – digo eu.

Eu perco.

Meu estômago dá um nó e eu saio da mesa.

O que você está tentando fazer, soldado?

Estava tentando comer, senhor!

E o que aconteceu?

Eu me peguei pensando em alguma merda, senhor!

Que tipo de merda?

Que eu queria muito viver menos que o cachorro dos meus pais.

Ainda está concentrado no inimigo, soldado?

Acho que não.

Você, no mínimo, sabe quem é o inimigo?

Acho que... sou eu.

Exatamente.

Preciso me concentrar em mim.

Sim. Mas não já, porque agora você está indo ao banheiro vomitar! É difícil lutar quando você está vomitando!

Entro tropeçando no banheiro, apago a luz, fecho a porta. O mais horrível é que eu gosto dessa parte, porque, quando termina, eu sei que vou ficar quentinho; vou ter em mim o calor de um corpo que acaba de passar por um trauma. Eu me debruço na privada no escuro – sei exatamente onde fica – e meu estômago dá um nó de novo e fecha a porta na minha cara, e eu abro e gemo. Ponho tudo pra fora e ouço minha mãe do lado de lá, fungando, e meu pai murmurando alguma coisa, provavelmente amparando-a. Dou descarga algumas vezes, fico alternando entre encher a privada e dar descarga. Quando terminar, vou dormir, e não vou fazer nenhuma lição; essa noite não vai dar.

E fico pensando, enquanto estou nisso: "A Mudança está chegando. A Mudança tem que estar chegando. Porque se você continuar vivendo desse jeito você vai morrer".

PARTE 2: COMO CHEGUEI A ISSO

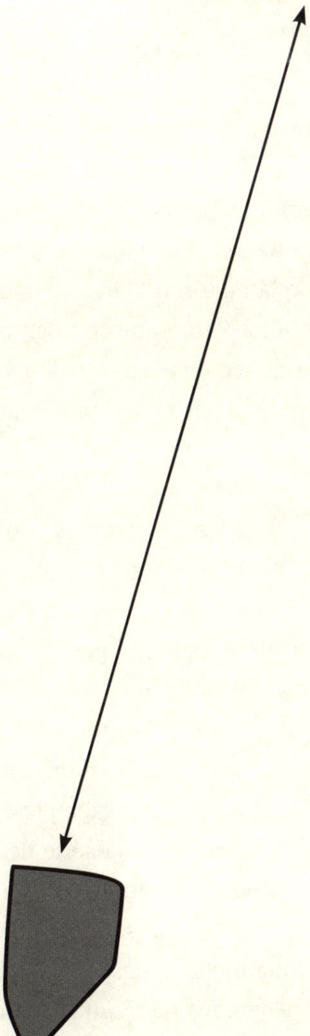

sete

Mas, enfim, por que estou deprimido? Essa é a pergunta que vale um milhão de dólares, querida, a pergunta que não quer calar; essa aí, ninguém sabe a resposta. Nem eu. Tudo o que eu sei é a cronologia.

Há dois anos entrei numa das melhores escolas de ensino médio de Manhattan: a Executive Pre-Professional High School. É uma escola nova, criada pra formar os líderes de amanhã; tem estágios obrigatórios em empresas; os figurões da Merrill Lynch vão lá falar nas classes e dão brindes, como canecas de viagem, essas coisas. O bilionário filantropo Bernard Lutz criou a escola em convênio com o sistema público de ensino, como se fosse uma escola dentro da escola – tudo o que você precisa fazer pra entrar é passar num teste. Então, todo o seu ensino médio fica pago e você tem acesso a oitocentos dos estudantes mais inteligentes e interessantes do mundo – sem falar dos professores e dos visitantes ilustres. Você pode sair da Executive Pre-Professional High School e ir direto para a Wall Street, se bem que não é isso o que você *deve* fazer; o que você *deve* fazer é sair e ir pra Harvard e depois pra escola de direito. É desse jeito que acaba virando, digamos, presidente.

Admito: eu meio que gostaria de ser presidente.

Então, esse teste – eles chamam de Exame Filantrópico Bernard Lutz, em homenagem ao seu lado filantrópico – virou algo bem importante na minha vida. Mais importante do que... sei lá, a comida, por exemplo. Comprei o livro pra esse exame – a Bernard Lutz oferece sua própria série de livros preparatórios com simulados – e comecei a estudar três horas por dia.

Estava no oitavo ano e pela primeira vez me sentia confortável no meu quarto – eu voltava pra casa com minha mochila pesada e jogava em cima da cama, e a via bater nos travesseiros, e sentava na minha cadeira, e abria meu livro de exames simulados. Pegava o celular e ia até FERRAMENTAS: ALARME e me programava para um simulado de duas horas. Havia cinco simulados no livro, e, depois que fiz todos eles, achei o máximo quando descobri, na contracapa do livro preparatório Bernard Lutz, um anúncio de mais doze livros Bernard Lutz com exames simulados. Fui até a Barnes & Noble; não tinham todos no estoque – nunca ninguém tinha pedido todos eles –, então fizeram um pedido pra mim. Mas aí *o jogo começou*. Passei a fazer um exame simulado por dia. As questões eram aquele lixo-padrão que eles põem em testes pra ter certeza de que você não é um idiota:

Compreensão de texto. *Ohh. Você é capaz de ler esse trecho e dizer que tipo de árvore eles estão tentando salvar?*

Vocabulário. *Você comprou um livro cheio de palavras estranhas e aprendeu todas elas?*

Matemática. *Você é capaz de desligar sua mente do mundo e enchê-la de símbolos que obedecem a regras?*

Transformei esse teste no meu problema. Dava um gás nos simulados, dormia com os livros debaixo do travesseiro e transformei meu cérebro numa máquina furiosa, uma serra circular capaz de lidar com qualquer coisa. Dava até pra sentir que estava ficando mais inteligente, debaixo da luminária da escrivaninha. E me sentia como se estivesse me preenchendo.

E, então, depois que entrei no modo Executive Pre-Professional, parei de sair com um monte de amigos. Bem, não eram tantos assim – tinha os garotos com quem eu sentava na hora do almoço, aquele mínimo essencial –, mas, desde que comecei a carregar fichas de estudo comigo, eles meio que passaram a me evitar. Não sei qual era o problema deles; eu só queria aproveitar ao máximo o meu tempo. Quando terminei de estudar todos os livros de exames simulados, arrumei uma professora particular como reforço pro exame. Na metade das aulas, ela disse que eu não precisava daquilo, mas ficou com os 700 dólares da minha mãe.

Fiz 800 pontos no exame, de um total de 800.

O dia em que recebi o resultado do exame, um dia frio, triste, de fim de outono, em Nova York, foi meu último dia bom. Desde então tive alguns bons momentos esparsos, períodos em que achava que estava melhor, mas aquele foi o último dia em que me senti *triunfante*. A carta da Executive Pre-Professional High School chegou pelo correio, e a Mãe a deixou na mesa da cozinha pra quando eu chegasse da aula de tae bo depois da escola, que era algo que eu pretendia continuar no ensino médio, pra fazer constar como atividade extracurricular quando fosse pra faculdade, que seria o próximo desafio, o próximo passo.

– Craig, adivinha o que tem aqui?

Joguei a mochila no chão e passei correndo pelo Espelho do Vampiro até a cozinha. Estava lá: um envelope marrom. O tipo certo de envelope. Se você não era aprovado no teste, recebia um envelope pequeno; se entrasse, recebia um envelope grande.

– *Yeesssss* – gritei. Abri. Tirei o kit de boas-vindas roxo e dourado e fiquei segurando como se fosse o santo graal. Poderia tê-lo usado pra iniciar minha própria religião. Poderia... sei lá, ter feito amor com ele. Eu o beijei e acariciei até que a Mãe falou: – Craig, pare com isso. É meio doentio. Que tal você chamar seus amigos?

Ela não sabia, porque eu nunca havia contado que meus amigos estavam um pouco afastados. Ficaram sendo uma espécie de amigos suplementares, algo assim. Quero dizer, tudo bem, são *importantes* – todos sabemos disso; a TV diz que é assim –, mas eles vão e vêm. Você perde um amigo, arruma outro. Tudo o que você tem a fazer é falar com as pessoas, e isso era antes, quando eu conseguia falar com todo mundo. Meus amigos, quando eu tinha amigos, a maior parte do tempo ficavam me zoando ou pegando meu lugar no sofá quando eu saía da sala. Por que eu precisaria chamar eles agora, aqui?

Exceto Aaron. Aaron era um amigo de verdade; acho que poderia chamá-lo de meu melhor amigo. Era um dos caras mais velhos da minha classe, nascido naquele limite em que você pode ser o cara mais novo de uma classe de mais velhos ou o cara mais velho de uma turma mais jovem, e os pais dele fizeram o certo e o puseram nesta última. Era inteligente e corajoso, com um chumaço de cabelo encaracolado castanho, e o tipo de óculos que fazia as garotas gostarem dele, aquele quadrado e preto. Ele tinha sardas e falava muito. Quando a gente se juntava, saía fazendo projetos: pegar um despertador, desmontar e espalhar as peças numa parede, produzir um vídeo quadro a quadro de pessoas feitas de Lego fazendo sexo, bolar um site de internet para fotos de banheiros.

Conheci Aaron num dia que eu vinha zanzando até a mesa na hora do almoço, com a cabeça enfiada nas fichas de estudo, e então sentei e um dos amigos dele me perguntou o que eu estava fazendo ali, e aí Aaron chegou, cheio de tacos, para me salvar, perguntou o que eu estava estudando. Aí deu que nós dois íamos fazer a mesma prova, mas ele disse que não tinha estudado nada – não acreditei nisso. Ele me incluiu na conversa que estava rolando na mesa, sobre como a princesa Zelda devia ser na cama – eu disse que ela devia ser terrível, porque tinha ficado enfiada em masmorras desde a puberdade, mas Aaron disse que isso devia tê-la deixado *superexcitada*.

Aaron me ligou naquela sexta-feira à noite.

– Quer dar um pulo aqui em casa pra ver uns filmes?

– Beleza! – Eu tinha passado no meu teste prático daquele dia.

Aaron morava num pequeno apartamento de um prédio enorme no centro de Manhattan, perto do City Hall. Peguei o metrô (minha mãe teve que ajeitar tudo primeiro com a mãe do Aaron, o que foi um mico), me identifiquei para o porteiro barrigudo do prédio do Aaron e peguei o elevador até o andar dele. A mãe do Aaron me cumprimentou e me levou até o quarto ventilado dele (passando pelo pai, que estava escrevendo num quartinho que parecia uma cela de prisão, e de vez em quando batia a cabeça na mesa, enquanto a mãe de Aaron lhe trazia um chá) e então desabei na cama dele, que ainda não estava coberta pelo tipo de manchas que iriam defini-la no futuro. Eu sou bom em desabar em cima das coisas.

– E aí? – disse Aaron. – Tá a fim de fumar um?

Ah, tá! Então, era *isso* que queria dizer "ver uns filminhos". Uma rápida recapitulação do que eu sabia sobre drogas: minha mãe falou pra eu nunca experimentar; meu pai falou pra experimentar só depois do vestibular. A Mãe ganhou do Pai, então jurei que nunca ia provar – mas e se alguém me *fizesse* experimentar? Eu achava que droga era uma coisa que as pessoas faziam você provar, como alguém te espetando com uma agulha enquanto estivesse fazendo suas coisas.

"E se alguém me fizer experimentar, Mãe?", perguntei uma vez pra ela; a gente estava tendo essa conversa sobre drogas num playground. Eu tinha dez anos. "E se eles puserem uma arma na minha cabeça e me obrigarem a tomar drogas?"

"Não é bem assim que funciona, querido", respondeu ela. "As pessoas tomam drogas porque elas *querem*. Você simplesmente tem que não querer."

E agora lá estava eu com Aaron, querendo. O quarto dele cheirava que nem algumas áreas do Central Park, perto do lago, onde ficam uns garotos brancos de dreadlocks tocando bongô.

Minha mãe ficava pairando na minha cabeça.

– Não quero – falei.

– Não tem problema. – Ele abriu um saquinho com cheiro bem forte e colocou um naco do seu conteúdo num pequeno dispositivo fascinante, que parecia um cigarro, mas era feito de metal. Acendeu com um isqueiro a gás, que fez uma chama quase tão comprida quanto meu dedo médio. Soltou a fumaça bem contra a parede.

– Será que não é bom você abrir uma janela?

– Não, é o meu quarto; posso fazer o que eu quiser aqui.

– Sua mãe não liga?

– Ela está muito ocupada com o Pai.

Aquele pedaço de parede em cima do qual ele soltou a fumaça iria ficar desbotado ao longo dos dois anos seguintes. No final, como o resto do quarto, ficaria coberto de pôsteres de rappers com dentes de ouro.

Aaron deu umas duas ou três tragadas do cigarro de metal e fez o quarto ficar com um cheiro meio bolorento e quente, e então anunciou:

– Vamos lá, meu! O que você quer ver?

– Ação. – *Ah!* Eu estava no oitavo ano.

– Tudo bem! Sabe o que eu quero? – Os olhos de Aaron se iluminaram. – Quero um filme que tenha montanha.

– Filme com gente escalando montanhas?

– Não precisa ser *sobre* gente escalando montanha. Só precisa ter pelo menos uma cena onde os caras estão lutando e alguém é jogado lá de cima.

– Você ouviu falar de Paul Stojanovich?

– Quem é esse cara?

– É o produtor que inventou a série de tevê *As caçadas policiais mais incríveis do mundo*.

– Sério? O apresentador?

– Não, o produtor. O apresentador também é legal.

Aaron saiu do quarto, eu atrás, passou pelo pai dele – digitando, pingando de suor, para todos os efeitos uma extensão do computador – e chegou até a porta da frente, onde a mãe dele, que tinha um cabelo loiro-escuro e vestia um macacão, parou a gente e nos deu uns biscoitos e os nossos casacos.

– Adoro minha vida – disse Aaron. – Tchau, Mãe. – Entramos no elevador com a boca cheia de biscoito.

– E, então, o que você estava falando mesmo? Eu adoro a série *As caçadas policiais mais incríveis do mundo* – engoliu Aaron. – Adoro quando o cara diz assim – Aaron empostou a voz, num tom sério e afetado: "Esses dois bandidos pés de chinelo achavam que podiam fazer vista grossa para a lei, mas o delegado de Broward County obrigou-os a enxergar melhor – e eles *foram parar direto na cadeia*".

Eu morri de rir, cuspindo pedacinhos de biscoito por todo lado.

– Eu sou bom imitando vozes. Quer ver eu fazendo o Jay Leno chupando o capeta? Eu peguei isso daquele humorista, o Bill Hicks.

– Você nunca deixa eu terminar a história do Paul Stojanovich! – disse eu.

– Quem?

O elevador chegou ao saguão. – O produtor de *As Caçadas policiais mais incríveis do mundo.*

– Ah, é mesmo. – Aaron empurra e abre a porta de vidro do saguão. Fui atrás dele pela rua, levantando o capuz para me proteger do frio.

– Ele estava posando com a noiva para uma foto... sei lá, de casamento? E estavam fazendo isso no Oregon, na beira de um rochedo bem alto. E o fotógrafo ficava lá: "Mais pra trás um pouco, agora mais pra esquerda". E eles se mexendo e de repente ele *despencou do rochedo.*

– Ai, meu Deus! – Aaron balançou a cabeça. – Onde você viu isso?

– Internet. – Eu sorri.

– É bom demais. O que aconteceu com a garota?

– Com ela, nada.

– Ela devia processar o fotógrafo. Eles processaram o cara?

– Não sei.

– Deviam. Eu processaria. Sabe, Craig – Aaron olhou fixo pra mim, com os olhos vermelhos, mas bem vivos e brilhantes –, eu vou ser advogado.

– É mesmo?

– Vou. Foda-se meu pai. Ele não ganha dinheiro nenhum. É miserável. A gente só está morando aqui ainda porque o irmão da minha mãe é advogado e eles conseguiram o apartamento há muito tempo. Era do meu tio. Agora ele trabalha no prédio; então, eles fizeram um acordo com a minha mãe. Tudo o que eu tenho de bom é por causa de advogados.

– Acho que eu talvez também queira ser advogado – disse eu.

– E por que não? Dá a maior grana!

– É! – Levantei a cabeça. A gente estava numa calçada clara, fria e cinza de Manhattan. Tudo custa muito dinheiro. Olhei pro homem do cachorro-quente, que era a coisa mais barata que eu vi por ali – você não sai de lá sem gastar uns três ou quatro dólares.

– A gente devia ser advogado junto – disse Aaron. – Pardis e... qual é seu sobrenome?

– Gilner.

– Pardis e Gilner.

– É isso aí.

Apertamos as mãos, mantendo o passo, e quase a gente, sem querer, dá uma gravata numa garotinha toda arrumada que vinha andando em sentido contrário. Então, viramos na Rua Church e alugamos esse DVD de cenas reais, *A vida contra a morte*, que tinha *um monte* de rochedos, além de incêndios, ataques de animais e acidentes com acrobacias aéreas. Sentei apoiado na cama do Aaron, ele fumando maconha e eu recusando, pegando carona com ele, dizendo pra ele que achava que estava tendo um barato quando, na verdade, estava só me vendo entrar numa nova rotina. Nas melhores partes do filme a gente pausava e dava um zoom: bem no centro das explosões, ou nas rodas que ficavam girando depois das batidas de caminhões, ou num cara enlouquecendo dentro da jaula de um gorila dando pedrada nele. Ficamos pensando em fazer um filme nosso um dia.

Só fui dormir às quatro, mas estava na casa de outra pessoa; então, acordei cedo – às oito – com aquela energia maluca de quem acorda numa casa que não é a sua. Passei pelo pai de Aaron debruçado no computador e tirei um livro da estante deles, na sala – *Radicais latinos*. Estudei *Radicais latinos* a manhã inteira, para o exame.

A gente continuou fazendo isso. Virou uma coisa regular. Nunca formalizamos, nunca demos um nome... mas às sextas Aaron me ligava e pedia para ver filmes com ele. Acho que ele se sentia sozinho. Seja lá o que fosse, ele virou a única pessoa com quem eu queria manter contato depois de terminar o primeiro grau. E, agora, um ano depois, eu estava na minha cozinha segurando minha carta de aprovação e imaginando se ele tinha conseguido uma também.

– Vou ligar pro Aaron – disse eu pra Mãe.

oito

– E aí, meu? Você entrou?!

– Entrei.

– *Maraviiiilha!*

– *U-huuuuuuuuuu!*

– *E eu também!*

– Demais!

– Mas você estudou, e eu não estudei nada – disse ele.

– Verdade. Eu devia me sentir um cara sortudo de falar com você. Você é uma espécie de Hércules.

– Sei, limpando os estábulos[4]. Vou dar uma festa.

– Quando? Hoje à noite?

– É isso aí. Meus pais estão fora. Eu tenho a casa inteira pra mim. Você vem, né?

– Uma festa de verdade? Sem bolo e velinha?

– Acertou.

– Beleza! – Eu estava no nono ano e tinha entrado no ensino médio e estava indo pra uma festa? Pronto pra vida!

– Você pode trazer umas biritas?

– Tipo... bebida alcoólica?

– Craig, se liga! Claro que é bebida. Você pode trazer?

– Eu ainda sou menor.

– Craig, *todo mundo* aqui é menor! Eu estou falando se você pode pegar alguma bebida dos seus pais.

---

4 Referência a um dos trabalhos de Hércules, que, em apenas um dia, limpou os estábulos, com três mil bois, do rei de Élida, que não eram limpos há trinta anos; para isso, desviou o curso dos rios Alfeu e Peneu, fazendo-os passar por dentro dos estábulos. [N. E.]

– Acho que eles não têm nada aqui... – Mas eu sabia que isso não era verdade.

– Eles têm que ter *alguma* bebida.

Cobri o celular com a mão pra Mãe não ouvir. – Uísque. Eles têm uma garrafa de uísque.

– Que tipo de uísque?

– Xii, meu, não sei!

– Tudo bem, traz. Você pode chamar algumas minas?

Eu tinha passado um ano inteiro no meu quarto estudando. – Não.

– Tudo bem, eu trago as minas. Você pode pelo menos me ajudar a preparar a festa?

– Claro!

– Então, vem pra cá.

– Estou indo pra casa do Aaron! – avisei a Mãe enquanto fechava o celular. Eu ainda estava com o kit de boas-vindas na mão; dei pra ela deixar no meu quarto.

– O que é que você vai fazer lá? – perguntou ela, olhando pro kit e depois pra mim.

– Hmmm... vou dormir fora.

– Você vai comemorar? Porque você precisa comemorar.

– Sim, eu vou.

– Olha, Craig, vou ser sincera, eu nunca vi alguém batalhar tanto como você batalhou pra entrar nessa escola. Você merece dar um tempo e merece se sentir orgulhoso de você. Você é talentoso, e o mundo está começando a perceber isso. Esse é só o primeiro passo de uma caminhada brilhante...

– Tá bom, Mãe, chega, por favor! – Fiz um carinho nela.

Apanhei um casaco e sentei à mesa da cozinha, fingindo que estava mandando uma mensagem no celular. Quando a Mãe saiu, assaltei o armário em cima da pia, catei a única garrafa de uísque (Glenlivet) e peguei, no fundo do armário, a garrafa térmica que eu usava nos almoços do nono ano. Isso ia pegar superbem na festa. Despejei um pouco de uísque dentro dela e pus um pouco de água na garrafa de uísque, para o caso de eles checarem o nível; enfiei a garrafa térmica no bolso grande da jaqueta e, antes de sair de casa, gritei pra Mãe que mais tarde eu ligava pra ela.

Peguei o metrô pra ir pra casa do Aaron sem levar nenhum livro pra estudar – pela primeira vez em um ano. Desci na estação perto da casa dele, subi as escadas até as ruas cinzentas, entrei no prédio, fiz sinal pro porteiro avisar e afundei o polegar no botão do elevador, que ficou meio torto, mas com algum estilo. No décimo sexto andar, lá estava Aaron, segurando a porta aberta, o som ligado no rap sobre matar gente e ele me passando o cigarro de metal.

– Puxa um fumo aí, pra comemorar.

Eu parei.

– Se qualquer hora é hora, então por que não agora?

Concordei.

– Entra aí, vou te mostrar. – Aaron me pôs pra dentro do apartamento, me fez sentar no sofá e mostrou como segurar o cigarro sem que o metal me queimasse. Explicou que era pra puxar a fumaça pra dentro do pulmão, não pro estômago – "Não engole, Craig, senão não acontece nada" –, e disse que era pra deixar a fumaça sair o mais devagar possível pela boca ou pelo nariz. O segredo era prender bastante tempo a fumaça. Mas também não era pra prender *demais*. Senão você *tossia*.

– Como é que eu acendo? – perguntei.

– Eu acendo pra você – disse Aaron. Ele se ajoelhou na minha frente – dei uma olhada na sala, as paredes cobertas de estantes de livros do teto ao chão, e tinha lá uma mesinha de café, um cinzeiro alto de pedestal, acanelado, um cachorro de porcelana e um piano elétrico pequeno –, e tentei gravar como era tudo, se as coisas mudassem. A única coisa que eu tinha feito que as pessoas diziam que era *mais ou menos* que nem fumar maconha era balançar bem forte no balanço do playground, e Aaron comentou que quem dizia isso era porque com certeza estava muito doido quando brincava no balanço.

O isqueiro acendeu.

Traguei o cigarro de metal como se um médico estivesse me mandando fazer isso.

Minha boca se encheu daquele gosto que eu conhecia tão bem do quarto do Aaron – um gosto meio de química, meio chapante, leve. Fiquei olhando Aaron nos olhos, com as bochechas inchadas. Ele cortou a chama, sorrindo.

– Não deixa a fumaça na boca, não! – disse ele. – Você fica parecendo Dizzy Gillespie! É no pulmão! Leva pro pulmão.

Eu estava trabalhando com novos músculos. A fumaça dentro de mim parecia uma bolha de gesso.

– Aí, sim. Segura, segura...

Meu olhos começaram a lacrimejar, esquentar.

– Segura. Segura. Quer mais?

Sacudi a cabeça, negando, em pânico. Aaron riu.

– Tudo bem. Cara, você é ponta firme. Você é ponta firme mesmo!

Pfffffffffflt. Soltei toda a fumaça na cara do Aaron.

– Nossa! Meu, isso foi *muito bom!* – Aaron deu um tapa na nuvem de fumaça que saiu de mim. – Tem certeza que nunca fez isso antes?

Fiquei ofegante, inalando o ar, ainda cheio de fumaça. – O que é que vai acontecer? – perguntei.

– Provavelmente, nada. – Aaron ficou em pé, pegou de volta o cigarro, pôs em cima do cinzeiro de pedestal. Então, abaixou, com a mão esticada na minha direção; achei que era pra me cumprimentar, mas ele me puxou do sofá. – *Parabéns.*

A gente se abraçou, minha boca na orelha dele. Abraço de moleque, com tapinha e tudo. Eu me inclinei pra trás e sorri, agarrando os braços dele.

– Pra você também, cara. Vai ser muito legal.

– Vou dizer pra você o que é que vai ser legal: essa *festa* – disse Aaron, e começou a andar, contando nos dedos. – Preciso que você saia e vá buscar água com gás, pra fazer os *spritzers* de vinho branco. A gente também precisa guardar os livros e as coisas que meu pai está escrevendo, senão alguém pode acabar estragando. Outra coisa: ligue pra essa mina; o pai dela ameaçou chamar a polícia se eu ligasse de novo; fala que você é do Greenpeace.

– Pera aí, eu não vou conseguir lembrar tudo isso – disse eu, pegando um pedacinho de papel da mesinha do café. Eu estava escrevendo a lista com uma hidrográfica, começando pelo 1, quando a maconha bateu.

– Uuuiaa! Uau!

– U-uh – fez Aaron. Olhou pra mim.

– *Uau!*

– Bateu?

Será que meu cérebro está saindo pra fora da cabeça?, pensei.

Olhei pro papel que dizia: *1) água com gás*, e vi *1) água com gás* todo torto, como se as letras fossem cair do papel. Olhei pras estantes e parecia tudo igual, só que, conforme eu me virava, elas se mexiam quadro a quadro. Não era aquela coisa lenta como quando a gente está debaixo d'água; era como se eu estivesse debaixo de *ar* – um ar denso e pesado que parecia a fim de ficar me seguindo. Se ficar *chapado* era isso, eu não estava achando nada demais, apenas me sentindo muito pesado.

– Bateu? – perguntou Aaron de novo.

Olhei pro cinzeiro de pedestal, abarrotado de cigarros amassados e daquele outro cigarro claro, brilhante, de metal.

– Parece o rei das bitucas! – disse eu.

– Ai, ai, ai, cara – disse Aaron. – Craig, você tem certeza que é capaz de providenciar as coisas pra festa?

Se eu era capaz? Era capaz de *qualquer coisa*. Aqui dentro eu fazia comentários inteligentes, como esse, do "rei das bitucas de cigarro"; lá fora, então, *vai lá saber* o que eu não seria capaz de fazer.

– O que é que eu providencio primeiro? – perguntei.

Aaron me deu umas notas de dinheiro pra comprar as águas, mas, assim que abri a porta pra sair pro mundo, a campainha tocou.

– É a Nia – disse Aaron, e deu um pulo até o interfone da cozinha, que estava cheia de toranja e de armários de madeira escura.

– *Ela* vem? – perguntei.

Nia era da nossa classe; meio chinesa, meio judia; vestia-se bem. Todo dia vinha com alguma coisa diferente – uma corrente em volta do pescoço com brinquedinhos do Bob Esponja da Burger King; um brinco de argola assimétrico, gigante, de plástico vermelho; círculos pretos de palhaço, pintados nas bochechas. Acho que os acessórios dela eram um cuidado pra distrair a atenção do seu corpo pequeno, magro, e carinha de boneca. Se ela deixasse tudo natural, se deixasse simplesmente o cabelo solto do jeito que ficaria se ela tivesse crescido num campo com o vento, iria deixar nós, meninos, todos malucos.

– A Nia é muito tesuda – disse Aaron, pendurando o interfone.

– Ela é legal.

Sentamos olhando pra porta, como se estivéssemos esperando a mamãe pássaro trazer comidinha pra gente. Ela bateu.

– *Eiiiii!* – gritou Aaron, se antecipando.

– Oi! – disse eu. Corremos os dois pra maçaneta; Aaron deu uma olhada, abriu a porta e lá estava ela – num vestidinho verde, com um arco-íris de tornozeleiras variadas numa perna. Os olhos dela eram tão grandes e escuros que ela parecia ainda menorzinha e mais magra, com um salto alto que fazia ela vir pra frente, na nossa direção, e deixava o vestido marcando os peitos pequenininhos.

– Meninos – disse ela. – Acho que alguém andou fumando um ba-se-a-do.

– Não... – disfarçou Aaron.

– Minhas amigas estão chegando. Quando é que começa a festa?

– Começou faz cinco minutos – disse Aaron. – Quer jogar palavras cruzadas?

– Palavras cruzadas! – Nia colocou a mochila, que tinha o formato de um hipopótamo, no chão. – Quem joga palavras cruzadas?

– Bem, eu jogo, e ahn... o Craig joga também – na verdade, eu não jogo – e a gente é bem inteligente, tanto que a gente passou.

– Eu *soube!* – Nia pegou a mochila de hipopótamo e acertou Aaron. – Eu também! – Menos espontânea, ela me acertou também. – Parabéns!

– Abraço grupal! – anunciou Aaron e nos juntamos, um trio em camadas: a cabeça da Nia batia no meu queixo; minha cabeça batia no queixo de Aaron. Coloquei minha mão em volta da cintura da Nia e senti o calor dela e como era estreitinha. A mão dela ficou curvadinha no meu ombro. Ficamos apertando nossos corpos numa espécie de balé. Eu podia sentir a respiração da Nia entre a gente. Me virei pra olhar...

– Palavras cruzadas – disse Aaron. Ele atravessou a sala, pegou o jogo numa das estantes. Pôs no chão e sentamos, Aaron entre mim e Nia, o cinzeiro ocupando o quarto lugar.

– Regras da casa – disse Aaron virando as peças do jogo. – Se você não tem nenhuma palavra pra pôr no tabuleiro, pode inventar uma, desde que tenha uma definição de verdade pra essa palavra na cabeça. Se a sua definição fizer as outras pessoas rirem, você ganha os pontos, senão perde esses mesmos pontos.

– A gente pode inventar palavras? – perguntei. Isso fervia de possibilidades. Eu podia inventar *niado* – o que acontece quando Nia toca em você, você fica *niado*. Isso iria fazer ela dar risada. Ou não.

– E palavras chinesas, pode? – perguntou Nia.

– Você tem que saber o que elas significam e ser capaz de explicá-las.

– Ah, *isso* não é problema. – Ela sorriu de modo perverso.

– Quem joga primeiro?

– A gente pode fumar?

– Menina exigente... – Aaron passou o cigarro de metal pra ela; dessa vez eu recusei; já tinha sido suficiente pra mim.

Como primeira palavra dela, Nia escreveu B-O-T-A-L.

– Que é isso? – perguntei.

– Uma palavra chinesa.

– Quer dizer o quê?

– Hmmm, gato.

– Isso é ridículo. Como é que a gente pode saber se *botal* existe mesmo? – disse eu, olhando pro Aaron.

Ele deu de ombros. – Damos o benefício da dúvida?

Nia mostrou a língua pra mim, e, *que coisa!*, era uma linguinha linda. Será que era algum toque?, pensei. Não pode ser. Espera... já foi.

– Eu *juro* que é gato – disse ela. – "Venha cá, meu pequeno *botal!*" Entendeu?

– Vou conferir sua próxima jogada – disse eu.

– A internet está ali – disse Aaron.

– Mas, enquanto você vai ver, a gente fica aqui dando todas as consoantes. – Nia sorriu.

– Minha vez? – escrevi B-O-T-A-R a partir de B-O-T-A-L. Dez pontos.

Aaron escreveu B-E-I-T-E-R a partir de B-O-T-A-R. – É uma mistura de beijar e bater. Tipo: "Eu vou *beiter* em você".

Nia riu e riu. Eu dei uma risadinha mesmo sem querer. Aaron ficou com os pontos.

Nia escreveu T-R-I-N-O-H.

– Que é isso? – perguntei.

– É um trino, sabe como?, que nem um trinado na flauta, só que com um H no final!

– Isso não vale, teria que ser trino, e não trin-oh!

– Tá bom, vai. – Ela trocou as letras. Agora ficou T-R-O-N-H-I.

– Tronhi!? Mas que raios é tronhi?

– Um ato não mencionável.

Aaron riu tanto que simplesmente desabou em cima da Nia, caindo no ombro dela. Ela empurrou-o de volta, dando um toco de lado nele.

Eu vi para onde isso estava indo. Fiz um contato visual com a Nia e eis o que os olhos dela disseram:

Craig, estamos todos indo pra mesma escola. Eu vou precisar de um namorado comigo, pra me dar alguma estabilidade, um pouquinho de apoio, entende? Nada sério. Você é legal, mas não é tão legal que nem o Aaron. Ele tem maconha e é muito mais tranquilo que você; você passou o último ano inteiro estudando pra esse exame; ele não mexeu um dedo pra isso. Isso quer dizer que ele é mais inteligente que você. Não que você não seja inteligente, mas inteligência é uma coisa muito importante num garoto – na realidade, é a coisa mais importante, junto com o senso de humor. E ele também tem um senso de humor melhor que o seu. E também ajuda que ele seja mais alto. Portanto, vou ser sua amiga, mas por enquanto vamos deixar isso se desenvolvendo. E não fique com ciúmes. Seria uma perda de tempo pra todos.

Continuamos jogando. Aaron e Nia foram se chegando mais perto até que os joelhos deles se encostaram, e eu fiquei só imaginando a energia que devia estar rolando entre aqueles joelhos. Achei que talvez eles fossem se inclinar pra dar um primeiro beijo (ou seria um segundo? Não, Aaron teria me contado) bem na minha frente, quando a campainha tocou de novo.

Era a amiga de Nia, Cookie. Ela tinha trazido garrafas de cerveja. Levamos uns dez minutos tentando abrir, e acabamos batendo a tampinha contra a beirada do balcão da cozinha para arrancá-la. Então, Nia disse que a Cookie devia ter comprado as "de girar", e ela perguntou o que eram cervejas "de girar", e todo mundo deu risada. Cookie tinha cabelo loiro e purpurina espalhada por todo o pescoço. Não tinha sido aprovada na Executive Pre-Professional, mas, tudo bem, porque ela ia fazer o ensino médio no Canadá. O carinha do armazém da esquina vendeu cerveja pra ela, mas desde que ela se inclinasse pra frente no balcão – ela se desenvolvera precocemente e tinha aqueles peitos grandes e sedutores, que se moviam ritmados quando ela andava.

A gente deixou as palavras cruzadas de lado – ninguém ganhou. O rap parecia linkado com algum tipo de playlist da internet e continuava tocando, sem repetir música, conforme mais e mais convidados iam chegando. Tinha Anna – ela estava tomando Ritalina e inalou um pouco do seu pequeno espelhinho de cosmético antes do exame; Paul – ele tinha uma pontuação de nível nacional no jogo de videogame Halo 2 e treinava cinco horas por dia com sua "equipe" em Seattle (ele disse que ia incluir esse dado nas suas solicitações de vaga na faculdade); Mika – o pai dela era um figurão do Comitê de Táxis e Limusines e possuía uma espécie de crachá que lhe permitia andar de graça de táxi em qualquer lugar, a qualquer hora. Começou a chegar gente que eu não tinha a menor ideia de quem fosse, como um garoto branco gorducho, numa jaqueta Eight Ball, que, segundo disse ao entrar, era uma jaqueta tão popular na década de 1990 que você podia até levar uma facada se tivesse uma e que ninguém tinha uma original que nem a *dele*.

Inexplicavelmente, alguém veio com uma máscara do Batman. O nome dele era Race.

Um baixinho briguento de bigode, chamado Ronny, chegou com uma mochila cheia de maconha e montou a lojinha dele na sala.

Uma garota com braceletes de Cannabis em diferentes tons sutis proclamava que a gente precisava ouvir *40oz to freedom* da banda Sublime e, quando Aaron se recusou a pôr pra tocar, ela começou a rodopiar e lançou o que ela dizia ser uma maldição demoníaca nele, dizendo: – Diablo Tantunka – e pondo os dedos em ponta imitando chifrinhos: – *Fffffffft! Fffffffft!*

Fumei mais maconha. A festa era que nem um filme – poderia muito bem ter sido um filme. Era o melhor filme que eu já tinha visto – afinal, onde mais você encontra copos quebrando, um garoto tentando dançar break na sala, um dicionário sendo atirado em cima de uma barata, um menino enfiando a cabeça dentro do freezer e dizendo que isso dava barato, vômito de laranja espalhado em semicírculo na pia da cozinha, pessoas gritando pela janela que "escola é um pé no saco", rap com uma letra que dizia "quero tomar cerveja e fumar algum bagulho" e uma pobre alma cheirando Pixie Stik[5], e depois expelindo um pó roxo na privada...? Em lugar nenhum.

5 Guloseima em pó em forma de canudo, doce ou azeda, embalada em papel de palha, muito popular nos Estados Unidos. Também pode ser misturada à bebida alcóolica. [N. E.]

nove

Aaron e Nia conversavam no sofá. Peguei minha garrafa térmica de uísque – só pra ter alguma coisa na mão; não abri – e fiquei olhando os dois se mexendo, balançando pra perto e pra longe um do outro, com incrementos que eu duvido que eles chegassem a perceber. Eles pararam de ser pessoas aos meus olhos; sofreram uma metamorfose e viraram órgãos sexuais de macho e fêmea em rota de colisão.

– E aí, o que tá rolando, meu? – perguntou Ronny. Ronny ainda não tinha adquirido sua primeira joia, como se estivesse ainda numa espécie de estágio larval. – Curtindo?

Eu estava curtindo tudo menos Aaron e Nia. E o uísque. Queria que ele achasse que eu estava curtindo pelo menos o uísque.

– Você gosta desse negócio? – perguntei, abrindo a garrafa térmica.

– Que é isso? – Ele cheirou. – É, cara, isso é legal. Você precisa dar um gole.

Coloquei nos meus lábios. Eu não cheguei nem a tomar nada, só deixei filtrar um pouco e senti como era quente. Era cortante, ruim e de cheiro amargo...

Ronny enfiou a garrafa na minha boca.

– *Dá um gole!*

– Que é isso, cara! – Dei um passo pra trás e o uísque caiu na minha camisa; senti que era mais leve, mais escorregadio e mais quente que água. – Como você é *mala,* cara!

– Pausa! – Ele saiu correndo pela sala e acertou um soco naquele menino, o Asen, mandou ele ir foder com a mãe e atirou uma almofada no Aaron e na Nia, que estavam agora grudados pelos lábios no sofá.

Eu não estava puto com o que estava acontecendo. Eu só estava puto por não ter visto *como* tinha acontecido. Não tinha visto ele se inclinar, ou ela; queria saber isso pro futuro, pra poder fazer com alguma mina que não fosse tão desejável. Mas agora pelo menos eu tinha uma demonstração; consegui ver de que jeito Aaron mexia as mãos. Ele colocava a mão direita no rosto dela, várias vezes, suavemente, enquanto a esquerda deslizava pelo lado dela e agarrava as costas mais firme. As mãos dele faziam o jogo policial bonzinho e policial malvado.

Ainda tinha sobrado um pouco de uísque na garrafa térmica. Tomei. O gosto não me incomodava mais, depois que Ronny enfiou a garrafa na minha boca.

– Não sabia que você bebia, Craig! – ouvi uma voz atrás de mim. Julie, que sempre usava calça de moletom onde estava escrito *"Nice Try"*, em formato de arco, nas nádegas, bateu com uma cerveja na minha garrafa.

– Na verdade, não é bem assim – disse eu.

– Achei que você ainda estava ocupado estudando. Ouvi dizer que você conseguiu entrar na escola. O que você vai fazer agora?

– Ir lá.

– Não, quero dizer, com o seu *tempo*.

Dei de ombros. – Bem, eu vou dar duro na escola, conseguir boas notas, ir pruma boa faculdade, arrumar um bom emprego.

– Foi muito louco o que você estudou. Você andava sempre com aquelas fichas!

Olhei para o uísque. Meu esôfago estava queimando, mas tomei mais.

– Você viu Aaron e Nia de rolo? Eles são tão lindos!

– Eles estão *de rolo*? – Fiquei chocado.

– Estão. Você não viu?

– Eu vi os dois *ficando* – expliquei, enquanto olhava pros dois lá da cozinha. – Não achei que estivessem *transando* já.

– Mas não estão!

– Achei que estar "de rolo" era ter sexo.

– Nossa, Craig, nada disso! Estar de rolo com alguém é estar de rolo.

– É a mesma coisa que ficar?

– Bem, ficar também pode significar ter sexo. Você confundiu tudo.

Aaron e Nia estavam totalmente ocupados agora. Uma das mãos dele estava oculta, explorando lugares mágicos de cor bege.

– Você devia anotar isso numa das suas fichas.

– Eh. – Eu sorri.

Julie avançou um passo na minha direção. – Eu adoraria ficar de rolo com alguém neste exato instante.

– Legal.

– Faz tempo que estou procurando alguém, procurando...

– Hmmm... – Dei uma olhada nela. Seu cabelo curto loiro emoldurava um rosto que era um pouco largo embaixo, e dentuço, e um pouco vermelho todo ele. Eu não queria ficar ou estar de rolo com ela ou seja lá o que for. A pessoa que eu queria estava a uns três metros de mim. Esse teria sido meu primeiro beijo, *se* ela tivesse dado chance. As meninas gostam de dizer que adorariam ficar com "alguém" quando não tem mais ninguém perto a não ser você. Então, Julie inclinou a cabeça pra trás, fechando os olhos. Olhei os lábios dela, tentando me fazer beijá-los, mas parei. No meu primeiro beijo, não queria me forçar. Julie abriu os olhos.

– Você está bem, cara?

– Estou, estou bem. É só que... – Ufa. *Eu tô bêbado e chapado, Julie. Me dá um tempo.*

– Tudo bem. – Ela saiu da sala e logo depois foi embora da festa. Eu tinha magoado a mina, descobri mais tarde; eu não sabia que tinha esse poder.

Fiquei zanzando perto do laptop que abastecia o estéreo de música. Ao lado dele estava a coleção de discos do pai de Aaron, guardada na estante, discos antigos de vinil. De repente, precisei de alguma informação confidencial para enfiar no meu cérebro, para expulsar o que estava dentro dele, então puxei um disco da estante.

Led Zeppelin III.

Era grande – do tamanho de um laptop – e a capa era uma vertigem de imagens: cabeças de homens cabeludos, arco-íris, balõezinhos (achei que deviam ser os zepelins), flores, dentes. A beirada do disco saía um pouco pra fora, que nem naquelas agendas com cinco divisões, então eu experimentei girar. Ela girou e, quando girou, o círculo todo dentro girou também, e as imagens que apareciam pelos buraquinhos também mudaram: os arco-íris viraram estrelas, os dirigíveis viraram aviões, as flores viraram libélulas. Era doido, impressionante. Um dos símbolos era parecido com os níveis do Q-Bert, um dos melhores videogames antigos – não sabia que o Led Zeppelin tinha inventado o Q-Bert!

Levantei os olhos – Aaron e Nia ainda estavam naquilo. Agora ele estava com a mão no cabelo dela e puxando-a na direção dele, como se fosse uma máscara de gás. Segurei a capa do disco mais alto para cobrir a cabeça dos dois. Pois é.

Eu abaixava o disco. Aaron e Nia. Levantava o disco. Mais imagens. Era como se eles fossem parte do disco.

A casa ficou cheia de gente. As pessoas começaram a fazer fila pra entrar num dos closets, cheio de livros. Não estavam *de rolo* nem nada – um garoto chamado John anunciou que tinha espalhado spray de pimenta lá dentro e as pessoas entravam para ver se conseguiam aguentar aquilo. Meninos, e algumas meninas também, saíam de lá tropeçando e dizendo: "Ai, meus olhos!", e lacrimejando e correndo atrás de água, mas ninguém que estava na fila desistia. Parece que todo mundo da festa entrou lá, exceto eu.

Fiquei olhando outros álbuns, como o *White Album* dos Beatles, que eu nunca pensei que fosse realmente branco, e, toda vez que eu levantava os olhos, Aaron e Nia estavam num estágio mais avançado de emaranhamento. De repente, fiquei muito sonolento e quente, acho que foi o uísque, e então sentei e encostei na estante de discos, simplesmente para tentar descansar os olhos um pouco. Quando acordei, olhei instintivamente para Aaron e Nia; tinham desaparecido. Estiquei o pescoço lá do meu lugar de descanso e olhei para o relógio em cima da TV; não sei como, já eram 2:07 da madrugada.

dez

A casa tinha esvaziado.

Nossa! Levantei. A playlist do laptop havia parado. Fim da minha noite. A única coisa que eu havia feito foi olhar os discos e quase ficar com uma garota, mas de certo modo me senti satisfeito.

– Ei, Ronny? – chamei.

Ronny estava jogando PlayStation no sofá. O cabo do PlayStation estava estendido pela sala. Ele levantou os olhos.

– Que foi?

– Cadê todo mundo?

– Fazendo sexo com a sua mãe.

Ao lado de Ronny, uma garota chamada Donna dormia enrolada feito uma bola numa ponta do sofá. O cara da jaqueta Eight Ball tinha desabado numa cadeira. Alguém gritou para pôr mais música; Ronny gritou um "cala a boca, meu". A casa estava cheia de canecas e copos por toda parte, como se tivessem se multiplicado durante a festa.

– Alguém sabe onde está Aaron?

– Pausa – foi tudo o que Ronny conseguiu dizer.

– Aaron!

– Cala a boca, cara! Ele está com a gatinha dele.

– Estou aqui, estou aqui! – Aaron saiu do quarto dele terminando de ajeitar a calça. – Nossa! – Ele deu uma olhada geral no estrago. – E aí? Descansou bem?

– Descansei. Cadê a Nia?

– Dormindo.

– Deu um trato nela? – perguntou Ronny. – Invasão asiática.

– Fica quieto, Ronny.

– Contágio asiático.

– Fica quieto.

– Persuasão asiática.

Aaron arrancou o controle do PlayStation.

– Seu filho da... ! – Ronny tentou pegar o controle.

– Você não quer dar uma voltinha? – me perguntou Aaron.

– Claro! – Peguei minha jaqueta.

Aaron acordou o cara da jaqueta Eight Ball e a Donna, e pôs os dois pra fora; obrigou Ronny a sair também, sob muitos protestos. Todos pegamos o elevador para descer; o da jaqueta Eight Ball e Ronny foram pro Centro; Donna e dois outros se enfiaram num táxi; eu e Aaron, instintivamente, fomos em direção à cintilante Ponte do Brooklyn, que esculpia seu lugar na noite a umas três quadras da casa dele.

– Quer atravessar a ponte a pé? – perguntou Aaron.

– Até o Brooklyn?

– É. Daí você pode ir pra sua casa ou então a gente pega o metrô de volta pra minha.

– Daqui quantas horas vai clarear o dia?

– Daqui umas três, quatro horas.

– Vamos nessa! Depois eu vou a pé pra casa e tomo café da manhã.

– Beleza!

Fomos andando na boa. Meus pés não estavam nem um pouco frios.

Minha cabeça flutuava. Olhei para as árvores desfolhadas e achei lindas. Só poderia ser melhor se estivesse nevando. Nesse caso eu teria flocos caindo em cima de mim e poderia catá-los na boca. Não iria nem ligar do Aaron me ver fazendo isso.

– E aí, como você se sente? – perguntei.

– A respeito do quê? – respondeu ele.

– Você sabe – disse eu.

– Espera um segundo. – Aaron viu uma garrafa de Snapple na sarjeta; parecia estar cheia de urina, o que acontece muito em Manhattan – não sei por quê, mas os sem-teto enchem as garrafas de mijo e não fazem nem o favor de jogá-las fora –, mas, então, voltando, poderia ser Snapple de maçã – será que existe? Ele pegou a garrafa e mandou ela voando para o outro lado da rua com um chute de três pontos; ela caiu na sarjeta do outro lado e se espatifou em cacos amarelos sob a luz do poste.

– *Raaarrrgh*! – gritou Aaron. Então, olhou em volta. – Não tem guarda por aqui, não é? Ou será que tem?

Eu ri. – Tem, não. – Chegamos ao começo da ponte.

– E aí, fala sério, como foi?

– Ela é incrível. Quer dizer, ela gosta de tudo. Ela realmente gosta da coisa. Ela gosta de... *sexo*.

– Fez sexo com ela?

– Não, mas dá pra saber. Ela gosta de todo o resto.

– Que foi que você fez?

Ele me contou.

– Não acredito! – Dei um empurrão nele enquanto a gente subia a ponte. O ar do gélido porto de Nova York soprava na gente, e eu puxei o capuz para cobrir a cabeça e dei um laço no cordão todo mordido. – Como é?

– É a coisa mais maluca – disse Aaron. – É que nem a parte de dentro da bochecha.

– Sério? – Tirei uma das mãos do bolso.

– Juro!

Enfiei um dedo na minha boca e empurrei de lado. – Isso?

– Exatamente – disse Aaron. Ele estava com o dedo dele na bochecha também. – Falando sério. É quentinho.

– Tá!

Ficamos andando em silêncio, com os dedos na boca.

– Você ficou com alguém? – perguntou ele.

– Não. A Julie até queria.

– Bacana ela. Ela passou alguma coisa pra você?

– Como assim? Não passou nada.

– Porque a certa altura você desabou legal num canto.

– Eu tava tomando o uísque da minha mãe e dando uma olhada nos elepês do seu pai.

– Você é uma figura, Craig!

– Tá frio aqui fora.

– É, mas também é bem legal.

A gente não tinha andado nem um décimo do trajeto pela ponte, mas, de fato, era bem legal. Atrás de nós a passarela se estendia até o City Hall, onde a prefeitura tinha colocado umas lâmpadas para iluminar a cúpula do edifício. Parecia uma pérola branca aninhada entre gigantes como o edifício Woolworth, que, como eu tinha aprendido numa aula de inglês, havia sido descrito pela Ayn Rand como um "dedo de Deus", e isso era mais ou menos verdade – verde e branco no topo, como se fosse a bala de hortelã mais enfeitada do mundo. À nossa esquerda ficavam as outras pontes de Manhattan, dispostas uma contra a outra como curvas de seno e cosseno alternadas, transportando uma camada de caminhões madrugadores cujas carrocerias deixavam um rastro de neblina.

À direita ficava a melhor vista: o porto de Nova York. Quase tudo preto. A Estátua da Liberdade estava iluminada, mas ela sempre me pareceu uma coisa meio vulgar, lá em pé, toda bonitinha. O interessante ficava dos lados: Manhattan tinha aquele centro prático, objetivo, onde as pessoas ganhavam dinheiro, e do outro lado ficava o Brooklyn, sonolento e escuro, mas com uma carta na manga – os guindastes de contêiner, iluminados não por ostentação ou orgulho por parte do governo, mas porque havia trabalho sendo feito, mesmo àquela hora –, navios descarregando mercadorias que todos diziam que não eram checadas quanto a possíveis ameaças terroristas, mas que por algum motivo ainda não tinham explodido todos nós. O Brooklyn era um porto. Nova York era um porto. A gente cumpria com a nossa parte. Eu também havia cumprido com a minha.

Entre o Brooklyn e Manhattan, a quilômetros pela água, vimos a última cortina da cidade de Nova York – a Ponte Verrazano-Narrows. Ela abrangia a entrada do porto, como um par de lábios superiores de cor azul-aço saudando a escuridão.

Eu podia fazer qualquer coisa em qualquer parte, em todas as quatro direções.

– Craig? – me chamou Aaron.

– Que foi?

– Que há com você? Você está bem?

– Estou *feliz* – disse eu.

– Por que não?

– Você não entendeu. Eu disse que *estou feliz*.

– Eu sei. Eu disse: e por que não deveria estar?

Chegamos à primeira torre da ponte, onde havia uma placa identificando seu construtor; parei para ler. John Roebling. Auxiliado por sua esposa e depois por seu filho. Ele morreu durante a construção. Mas, peraí, a Ponte do Brooklyn deverá ficar aqui por uns oitocentos anos. Queria deixar algo como isso pra trás. Não sabia como fazê-lo, mas sentia como se tivesse dado os primeiros passos.

– A coisa que é mais legal na Nia... – estava dizendo Aaron e começou a entrar em detalhes de anatomia, coisas a respeito dela que eu não precisava ouvir; eu desliguei dele; sabia que estava falando pra ele mesmo. Era isso que estava deixando ele feliz. E eu estava feliz por outra coisa. Estava feliz porque algum dia estaria andando por esta ponte olhando pra esta cidade, sendo dono de algum pedaço dela, tendo *valor* aqui dentro.

– A bunda dela é que nem... acho que foi do formato da bundinha dela que eles tiraram o logo do coração...

Chegamos à metade da ponte. De ambos as lados passavam carros assobiando; as pistas, vermelhas à esquerda e brancas à direita, eram separadas por armações finas de metal que se estendiam a partir da passarela de pedestres.

Senti necessidade urgente de pular por cima das armações e me inclinar sobre a água, pra me declarar ao mundo. Depois que isso entrou na minha cabeça, não consegui mais tirar.

– Não sei se era real – dizia Aaron.

– Eu quero ficar de pé em cima da água – disse eu.

– *O quê?*

– Venha comigo. Você quer fazer também?

Ele parou.

– Certo – disse ele. – Certo, acho que estou entendendo o que você pretende fazer.

Havia passarelas montadas no alto das armações, que era por onde os que trabalhavam na ponte tinham acesso aos cabos para consertá-los. Escalei uma delas, do lado do porto, o lado coroado pela Verrazano, agarrei nos corrimões e fiquei equilibrando os pés, um na frente do outro, em cima de uma peça de metal de uns dez centímetros de largura. Abaixo de mim, táxis e utilitários passavam zunindo. Diante de mim, o preto da água e o preto do céu e o frio.

– Você é doido – disse Aaron.

Dei mais alguns passos. Foi fácil. Coisas assim sempre são. As coisas que os adultos dizem pra você não fazer são as mais fáceis.

Embaixo de mim havia três pistas de tráfego; passei pela primeira, cheguei à metade da segunda, quando Aaron berrou:

– Que você está querendo fazer aí?!

– Só vou ficar pensando um pouco! – respondi.

– Pensar no quê?

Neguei com a cabeça. Não sabia explicar. – É só um minuto! – Aaron voltou atrás. Eu avancei, indo além da segunda pista, e mantive os olhos no horizonte.

Sem tirar os olhos do horizonte, segui até ficar em cima da última pista, alternando as mãos, uma na frente da outra, num ritmo regular. Cheguei à beirada da ponte e fiquei meio surpreso ao ver que não havia nenhuma cerca. Não havia nada para evitar que você caísse, apenas suas mãos e sua vontade. Agarrei as barras de ambos os lados – estavam congelando – e então soltei as mãos e abri bem os braços, e senti o vento batendo e me empurrando, conforme me inclinava sobre a água como se fosse... sei lá, o Cristo, acho eu.

Fechei e abri os olhos e a única diferença era a sensação do vento no globo ocular, porque quando eu fechava os olhos ainda podia ver os pontos de luz perfeitamente. Joguei a cabeça pra trás e berrei. Quando era menino, eu lia aqueles livros, os da Redwall, histórias sobre um bando de ratos guerreiros, e os ratos tinham aquele grito de guerra que eu sempre achei o máximo: "Eulalia".

Então, que nem um idiota, foi isso o que eu gritei lá de cima da Ponte do Brooklyn:

– *Eulaaaaaaaaaaaaaaaalia!*

Eu poderia ter morrido naquela hora. E, considerando como as coisas andaram, realmente deveria ter.

onze

A depressão começa devagar. Depois de ficar uivando na Ponte do Brooklyn, fui andando pra casa e me senti ótimo. Aaron foi embora e pegou um metrô de madrugada de volta pra Manhattan, onde teve que passar maus momentos limpando o apartamento e devolvendo Nia aos pais dela; fui até uma lanchonete e comi ovos com torradas de pão integral. Cheguei em casa às dez da manhã, dizendo pra Mãe que tinha dormido no Aaron, e em seguida me enfiei na cama. Quando acordei, de tarde, havia alguns formulários para assinar e fazer a matrícula na Executive Pre-Professional, e marcar um exame médico – uma glória. Pela primeira vez eu via com bons olhos o fato de ter um médico segurando minhas bolas e me mandando tossir, o que é algo que eu ainda não entendi por que é que eles fazem.

O final do ensino fundamental foi moleza. Eu não precisei fazer nada a não ser me certificar de não perder nenhuma aula, o que me faria ser "dispensado" da Executive Pre-Professional; então, comecei a dar um rolê com Aaron todo dia. Agora que a gente havia derrubado a barreira da maconha, a coisa virou uma grande zorra, de ficar falando absurdos na frente da TV; paramos de falar "ver filmes"; começamos a falar "relaxar".

"Tá a fim de relaxar?", perguntava Aaron, e então eu colava na casa dele.

Ronny estava sempre por ali. Seus insultos nunca pararam, apenas se tornaram mais simpáticos, mas isso não importava, porque ele acabou virando um fornecedor confiável. Ele não iria para o ensino médio conosco – pelo que a gente sabia, ele não ia pra ensino médio nenhum –, ia montar uma loja de joias, vender drogas e inventar batidas, isso era certeza.

Nia estava sempre junto também. Ela e Aaron passavam mais ou menos tanto tempo distantes um do outro quanto eu da minha mão direita. Achei que já estava tranquilo em relação a isso, mas assim que via os dois – sentados lado a lado, sentados um em cima do outro, se abraçando, pegando na bunda um do outro, sorrindo e se beijando, no quarto do Aaron ou em público – eu começava a ficar cada vez mais puto. Era como se eles estivessem jogando isso na minha cara, embora eu soubesse que nenhum dos dois tinha essa intenção, mais ou menos como eu havia jogado na cara das pessoas meu desempenho nos estudos, sem ter tido essa intenção. Senão, por que outro motivo eles ficariam dizendo o quanto gostavam um do outro aos cochichos quando estavam na minha frente? Por que outra razão Aaron teria me contado, com todos os detalhes, como foi a primeira vez que eles fizeram sexo? Um dia Aaron anunciou pra mim e pro Ronny enquanto a gente via a MTV:

– Desde que eu estou com a Nia, esqueci como é bater punheta, sabia?

– Eu também, desde que conheci sua mãe – disse Ronny.

– Certo – disse eu. Meu estômago deu um tranco.

– Falando sério, eu nem sei mais como se faz!

Aaron riu.

Ótimo, cara. Maravilhoso. Eu aprendi a me masturbar nos últimos meses do ensino fundamental, quando entrei na internet e comecei a falar com garotas com nomes como LolitaDelícia42. Não sabia se eram mesmo garotas. Sabia apenas que me sentia sozinho e que queria transar, porque, assim, quando eu estivesse com alguém, teria alguma ideia do que fazer.

O problema era que, não importa com que garota eu estivesse falando on-line, quando eu chegava ao final do processo todo, eu ia correndo pro banheiro. E quando ajoelhava diante da privada, nos últimos milissegundos, eu pensava na Nia.

Eu tinha trabalhos da escola pra fazer em casa, mesmo antes de começarem as aulas. Eles me deram aquela lista insana de leituras para o verão, que incluía *À sombra do vulcão* e *David Copperfield*. Tentei ler os livros; tentei mesmo, mas não eram como fichas de estudo. Levava dias. A Mãe chegou a ler as cartas que a escola mandava e me disse que parte da missão deles era nos tornar cultos e *portadores liberalmente instruídos da visão do amanhã*; portanto, era melhor que eu me preparasse tanto pro inglês quanto pra matemática, mas eu me vi com ciúmes das pessoas que haviam escrito os livros. Elas estavam mortas e mesmo assim ainda tomavam meu tempo. Quem elas pensavam que eram? Preferia relaxar na casa do Aaron, sentar no meu quarto, correr para a internet e depois para o banheiro, lavar, reciclar, repetir. Acabei não terminando de ler nenhum dos livros da lista de leituras de verão.

Isso não foi bom quando começaram as aulas. No primeiro dia, fizeram perguntas sobre o que eu supostamente teria lido durante o verão. Tirei 70, algo que eu nunca tinha visto numa folha de papel na minha vida. Onde é que você vê o número 70? Não há notas de 70 dólares; não há motivo pra você receber um cheque de 70 dólares. Olhei pro 70 como se me tivessem roubado alguma coisa.

Aaron, que acabou ficando na mesma classe que eu em oito das minhas nove matérias, tirou 100 nesse teste inicial sobre leituras. Ele havia lido os livros na Europa, aonde precisou ir durante o verão, porque os livros *do pai dele* estavam indo bem ali. Ele voltou não só bronzeado e cheio de conhecimento e de fotos, mas cheio de histórias sobre as garotas europeias com quem tinha transado. Disse que ele e a Nia tinham conversado e que ela tinha se mostrado totalmente tranquila em relação às outras garotas; ele disse também que estava agora empenhado em transformá-la numa *aberração*, em alguém que se sujeitasse a *qualquer coisa*. Quando a gente se via agora, eu já não dizia metade do que eu falei naquela primeira noite; só ouvia e ficava impressionado, e tentava controlar minha metade de baixo quando Nia estava junto, apenas gravando a imagem dela em diferentes poses pra usar mais tarde à noite.

A Executive Pre-Professional High School era bem *puxada*. Os professores todos me disseram que eu teria que passar umas quatro horas por noite fazendo lição de casa, mas eu não botei fé – além do mais, achei que podia tirar isso de letra. Eu tinha entrado na escola; com certeza seria capaz de encarar qualquer coisa que ela me apresentasse, certo?

No primeiro semestre, além da lista de leituras, eu tinha aquela matéria chamada Introdução à Wall Street, que me obrigava a ler o *New York Times* e o *Wall Street Journal* todo dia. Fiquei sabendo que a expectativa era que eu também tivesse lido os dois jornais durante o verão – uma espécie de sugestão que eu não tinha captado na carta que eles mandaram. Eu precisava criar um portfólio de artigos sobre eventos da atualidade e mostrar como eles se relacionavam com os preços das ações, e para isso teria que consultar edições anteriores. Não podia usar a internet; o professor me fez ir até a *biblioteca* e usar microfichas, que é como você tentar ler a Constituição dos Estados Unidos num selo de correio, e, quando fiquei duas semanas atrasado nisso, acumulei mais duas semanas de jornais pra ler. Os jornais eram *longos* demais; era inacreditável a quantidade de notícias publicadas todos os dias. E eu teria que escanear tudo aquilo? Como é que alguém conseguia fazer isso? Os jornais iam se empilhando no meu quarto, e todo dia, ao voltar pra casa, eu olhava pra eles e sabia que podia dar conta, que se eu simplesmente abrisse o primeiro seria capaz de ler todos eles e cumprir a tarefa.

Só que, em vez disso, eu deitava na cama e esperava o Aaron ligar.

Foi mais ou menos por essa época que comecei a rotular as coisas de Tentáculos. Eu tinha um monte de Tentáculos. Precisava cortar fora alguns. Mas não conseguia; eles eram todos fortes demais e me envolviam com muita pressão; e para cortá-los eu teria que fazer algo maluco, como admitir que não estava preparado pra aquela escola.

Os outros garotos eram gênios. Achei que eu era grande coisa por ter tirado 800 no exame – só que a classe inteira tinha tirado essa nota. Fiquei sabendo que o teste havia sido "modificado" no meu ano; estavam ajustando-o para deixá-lo menos padronizado – isto é, menos propenso a deixar que pessoas como eu entrassem. Havia garotos do Uruguai e da Coreia que tinham acabado de aprender inglês, mas que já faziam créditos adicionais pro trabalho sobre eventos de atualidades na matéria Introdução à Wall Street, e que já liam o *Barron's* e o *Crain's Business Daily*. Havia calouros fazendo cálculo enquanto eu ainda estava empacado na matemática que vem depois da álgebra, que, como o professor tinha anunciado no primeiro dia, era matemática "banal" e, portanto, não havia razão pra gente não tirar 100 em tudo. Eu tirei 85 na minha primeira prova e ganhei uma careta do professor.

Além disso, havia as matérias extracurriculares. Alguns garotos faziam tudo: participavam da comissão de alunos; praticavam esportes; apresentavam-se como voluntários; trabalhavam no jornal da escola; tinham um clube de cinema; um clube de literatura; um clube de xadrez; participavam de competições nacionais para a construção de robôs com palitos de sorvete; ajudavam os professores depois das aulas; frequentavam aulas em faculdades locais; auxiliavam nos "dias de orientação". Eu não fazia nada, só ia à escola e fazia tae bo, em que eu atingi um limite. Eles tiravam sarro de mim na aula, deixavam que eu fizesse de conta que lutava e que praticasse meus abdominais meia-boca, mas o professor sabia que aquilo não era algo que eu realmente curtisse. Caí fora. Foi o único Tentáculo que cortei na vida.

Por que os outros garotos estavam se saindo melhor que eu? Porque eram *melhores*, só por isso. E era isso que eu constatava toda vez que entrava na internet ou pegava o metrô pra ir à casa do Aaron. Os outros não estavam fumando e batendo punheta, e os que estavam eram bem dotados – capazes de viver e de competir, as duas coisas ao mesmo tempo. Eu não era bem dotado. A Mãe estava enganada. Eu era simplesmente inteligente e havia batalhado muito. Tinha enganado a mim mesmo, achando que era alguém importante pro resto do mundo. Outras pessoas eram cúmplices nessa artimanha. Ninguém tinha me dito que eu era comum.

Isso não quer dizer que eu fosse mal no ensino médio – eu tirava 93. Isso parecia muito bom pros meus pais. O problema é que, no mundo real, 93 é um lixo de nota; as faculdades sabem o que significa – que você se limita a fazer apenas o suficiente pra ficar na turma dos 90. Você é médio. Tem um monte de gente igual a você. Você não vai chegar ao topo; se não fizer nenhuma matéria extracurricular, você está acabado. Pode mudar as coisas anos mais tarde, mas com 93 no seu ano de calouro você vai ter que ralar muito.

Em dezembro, três meses depois de ter entrado na Executive Pre-Professional, eu tive vômito por estresse pela primeira vez. Estava com meus pais num restaurante, comendo filé de atum com espinafre. Eles tinham me levado pra comer fora, para comemorar o início das férias e conversar comigo. Eles não tinham ideia. Eu sentei ali olhando pra comida e pensando nos Tentáculos que esperavam por mim em casa, e pela primeira vez o homem no meu estômago apareceu e falou que eu não ia comer nada daquilo; era melhor eu desistir, mano, porque senão a coisa ia ficar feia.

– Como está indo a aula de biologia? – perguntou a Mãe.

A aula de biologia era um inferno. Eu tinha que memorizar aqueles hormônios e o que eles faziam e não tinha sido capaz de fazer fichas de estudo porque estava ocupado demais fazendo *clipping* dos artigos de jornal.

– Está indo muito bem.

– E a aula de Introdução à Wall Street? – perguntou o Pai.

Um rapaz da Bear Stearns tinha ido à nossa classe, magro e careca, com um relógio de ouro. Ele disse pra nós que, se estivéssemos interessados em entrar pras finanças, teríamos que *trabalhar duro* e *ser espertos*, porque agora havia um monte de máquinas capazes de tomar decisões inteligentes de investimento, e no futuro os programas de computador iriam comandar tudo. Ele perguntou quantos de nós da classe estávamos tendo aulas de ciência da computação, e todos, exceto eu e a única garota da classe que não falava inglês, levantaram a mão.

– Ótimo, excelente – disse o rapaz. – Vocês dois estão fora do emprego! He-he. Aprendam ciência da computação.

Por favor, morra agora, murmurei na minha cabeça, onde cada vez mais atividade tinha lugar. O Ciclo tinha começado a se desenvolver, embora ainda não tivesse me atingido em cheio, e eu ainda não soubesse bem o que ele era.

– Wall Street está indo bem – eu disse ao Pai, que estava na minha frente, na mesa. O restaurante era um daqueles do Brooklyn que apareceram num artigo do *Times* que eu ainda precisava ler para o trabalho sobre eventos da atualidade. Eu não acho que coubesse muito no nosso bolso, então nem pedi entrada.

O espinafre com atum rondava pelo estômago. Todo o meu corpo estava tenso. Por que eu estava aqui? Por que não estava em algum lugar estudando?

Soldado, qual é o problema?

Não consigo comer isso. Sei que deveria ser capaz de comer.

Supere isso. Coma.

Não consigo.

Você sabe por que acontece isso?

Por quê?

Porque você está desperdiçando seu tempo, soldado! Existe uma razão pela qual o Exército dos Estados Unidos não é formado por maconheiros! Você passa todo o seu tempo na casa do seu amigo taradinho e quando chega em casa não consegue fazer o que tem que fazer!

Eu sei. Não sei como consigo ser tão ambicioso e tão preguiçoso ao mesmo tempo.

Eu vou lhe dizer, soldado. É porque você não é ambicioso. Você é só preguiçoso.

– Vocês me dão licença um minuto – disse eu aos meus pais e saí andando pelo restaurante com aquele passo rápido de quem vai vomitar – uma corrida ansiosa para chegar ao banheiro – que eu aprendi a aprimorar ao longo do ano seguinte. Cheguei ao banheiro cromado e despejei tudo na privada. Depois sentei, apaguei a luz e mijei. Não queria mais levantar. O que havia de errado comigo? Onde eu tinha perdido o fio da meada? Precisava parar de fumar maconha. Precisava parar de andar com Aaron. Precisava ser uma máquina.

Só saí do banheiro quando alguém bateu na porta.

Voltei à mesa e disse aos meus pais: – Acho que devo estar, vocês sabem, deprimido.

doze

O primeiro médico foi o doutor Barney. Era gordo e baixinho e tinha um rosto amarrotado e sem expressão, como um gnomo sério.

– Qual é o problema? – Ele se recostou na pequena poltrona cinza. Soava como uma maneira dura de colocar as coisas, mas do jeito que ele falou, em voz baixa e preocupado, gostei dele.

– Acho que estou com uma depressão grave.

– A-hã.

– Tudo começou no último outono.

– Muito bem. – Ele fez uma anotação rápida num bloco. Perto do bloco havia um frasco onde se lia Zyprexa, que eu achei o nome de remédio de sonoridade mais doida que já tinha ouvido (soube depois que era um remédio para psicóticos, imaginei que talvez uma pessoa psicótica tivesse chamado o médico de "zyprexa" e que foi assim que acabaram definindo o nome). Tudo no consultório do doutor Barney tinha marca – nos bloquinhos de post-it estava escrito Paxil; suas canetas eram Prozac; o calendário de mesa tinha a marca Zoloft em cada mês.

– Eu entrei nesse ensino médio e tinha todas as razões para ser o cara mais feliz do mundo – continuei. – Mas eu simplesmente comecei a pirar e a me sentir cada vez pior e pior.

– A-hã. Você preencheu sua folha, estou vendo.

– Preenchi. – Ergui a folha que eles haviam me dado na sala de espera. Era uma folha padrão, que, ao que parece, eles davam a todos os novatos do Anthem Mental Health Center, o edifício no centro do Brooklyn onde era feita a avaliação cerebral. A folha tinha um monte de perguntas sobre as emoções que você havia tido ao longo das duas últimas semanas e quatro quadradinhos diante de cada pergunta. Por exemplo, *Sentiu desesperança e fracasso. Teve dificuldades com apetite. Sentiu-se incapaz de lidar com as coisas do dia a dia*. Para cada uma, você devia marcar 1) Nunca, 2) Às vezes, 3) Quase todos os dias ou 4) Sempre.

Fui preenchendo a lista, marcando principalmente as alternativas 3 e 4.

– Eles gostam de avaliar essas folhas toda vez que você vem, para ver como tem se saído – continuou o doutor Barney –, mas na sua folha, neste momento, há um item preocupante que a gente precisaria discutir.

– Ah, é?

– "Sentiu-se suicida ou com vontade de se ferir". Você marcou: 3) Quase todos os dias.

– Certo, quer dizer, tentar me ferir, não. Eu não me cortaria ou faria alguma coisa estúpida nessa linha. Mas, se quisesse fazer, eu simplesmente faria.

– Suicídio.

Era estranho ouvir isso. – Certo.

– Você tem algum plano para isso?

– A Ponte do Brooklyn.

– Você pularia da Ponte do Brooklyn.

Sacudi a cabeça, confirmando. – Eu tenho familiaridade com ela.

– Há quanto tempo você vem tendo esse tipo de sentimento, Craig?

– Principalmente desde o ano passado.

– E antes disso?

– Bom... *Tenho tido* isso há anos. Só que menos intenso. Achei que era parte... sabe como é, simplesmente parte do crescimento.

– Sentimentos suicidas.

Assenti.

O doutor Barney ficou me olhando fixo, seu lábio fazendo bico. Com que será que ele estava tão preocupado? Quem é que *não pensou* em se matar quando garoto? Como é que você pode crescer nesse mundo e não pensar nisso? É uma opção que *muita* gente bem-sucedida escolheu: Ernest Hemingway, Sócrates, Jesus. Mesmo antes do ensino médio eu achava que podia ser uma coisa legal de fazer se eu alguma vez ficasse realmente famoso. Se eu tivesse continuado a fazer mapas, por exemplo, e algum colecionador de arte tivesse conhecimento deles e decidisse fazer com que valessem centenas de milhares de dólares, se eu me matasse no auge disso, eles passariam a valer *milhões* de dólares, e eu não seria mais responsável por eles. Eu teria deixado algo que falaria por si, como a Ponte do Brooklyn.

– Eu achava... que para uma pessoa ter *vivido* realmente, ela, alguma vez, deveria ter pensado na hipótese do suicídio – disse eu. – Achava, por exemplo, que seria bom ter um botão do tipo reset, como nos videogames, para começar de novo e ver se você pode seguir um caminho diferente.

O doutor Barney disse: – Parece que você vem lutando com essa depressão há bastante tempo.

Fiquei quieto. Não, eu não tinha... *Sim, eu tinha.*

O doutor Barney ficou em silêncio.

Depois ele disse: – Você tem um afeto plano.

– Que é isso?

– Você não expressa muita emoção ao falar dessas coisas.

– Ah... Bom, são coisas muito grandes.

– Entendo. Vamos falar um pouco da sua família.

– A Mãe desenha cartões-postais; o Pai trabalha com planos de saúde – disse eu.

– Eles estão juntos?

– Sim.

– Algum irmão ou irmã?

– Uma irmã. Mais nova. Sarah. Ela está preocupada comigo.

– Como assim?

– Ela fica sempre perguntando se eu estou bem ou mal, e quando eu digo que estou mal ela diz: "Craig, por favor, melhore, todo mundo está se esforçando". Coisas desse tipo. Me parte o coração.

– Mas ela se preocupa com você.

– Sim.

– Sua família aprova o fato de você vir aqui?

– Quando eu falei com eles a esse respeito, não perderam tempo. Disseram que era um desequilíbrio químico, e que, se eu tomasse a medicação certa, ficaria bem. – Dei uma olhada em volta no consultório pros nomes dos remédios certos. Se eu tomasse todos os remédios dos quais o doutor Barney era representante, eu ficaria que nem os velhinhos: contando comprimidos toda manhã.

– Você está no ensino médio, certo?

– Certo.

– E sua irmã?

– No quinto ano.

– Você sabe que há um monte de formulários de autorização dos pais que precisam ser preenchidos para que nós possamos ajudá-lo...

– Eles vão assinar tudo. Eles querem que eu melhore.

– Ambiente familiar de apoio. – O doutor Barney rabiscou no bloco. Ele se virou e deu sua versão de um sorriso, que era algo levemente afirmativo, os lábios só um pouco curvados, o lábio inferior sobressaindo.

– Nós vamos superar isso, Craig. Agora, de um ponto de vista pessoal, por que você acha que sente essa depressão?

– Não consigo competir na escola – disse eu. – Todos os outros garotos são bem mais inteligentes.

– Qual é a sua escola?

– A Executive Pre-Professional High School.

– Certo. Já ouvi falar dela. Muita lição de casa.

– Isso. Quando eu volto pra casa, depois da escola, sei que tenho todos aqueles trabalhos pra fazer, e então minha cabeça começa o Ciclo.

– O Ciclo.

– Passar pelos mesmos pensamentos infinitas vezes. É quando meus pensamentos ficam correndo uns atrás dos outros em círculo.

– Pensamentos suicidas?

– Não, só pensamentos sobre o que eu tenho que fazer. Lição de casa. E então isso surge no meu cérebro e eu olho e penso: “Não vou ser capaz de fazer isso”, e então o pensamento recua e vem o pensamento seguinte. E então aparecem coisas como “Você deveria estar fazendo mais atividades extracurriculares”, porque eu *deveria mesmo*, e não faço nem de longe o suficiente, e então esse pensamento é removido e substituído pelo maior de todos: “Para qual faculdade você está indo, Craig?”, e isso é como se fosse a questão do Dia do Juízo Final, porque eu não vou conseguir entrar numa boa faculdade.

– O que seria uma boa faculdade?

– Harvard. Yale. Por aí.

– A-hã.

– E então os pensamentos continuam rodando e eu deito na cama e penso. E, antes, eu não era capaz de deitar em lugar algum; costumava estar sempre fazendo alguma coisa, mas quando o Ciclo começa eu posso passar horas simplesmente deitado e olhando pro teto, e o tempo passa devagar e, na realidade, passa também depressa ao mesmo tempo, e de repente é meia-noite e eu preciso ir dormir porque, não importa o que eu faça, tenho que estar na escola no dia seguinte. Não posso deixar que eles saibam o que está acontecendo comigo.

– Você tem dificuldade para dormir?

– Às vezes, não. Mas quando acontece é muito ruim. Fico lá deitado pensando em como tudo o que eu fiz é um fracasso, morte e fracasso, e não há esperança pra mim a não ser virar um sem-teto, porque eu nunca vou ser capaz de manter um emprego, porque todos os outros são muito mais inteligentes.

– Mas não são *todos*, não é, Craig? Alguns deles certamente não são tão inteligentes quanto você.

– Bem, mas são aqueles com os quais eu não preciso me preocupar! Mas tem um monte de gente que é mais inteligente que eu, e eles vão dar um pé na minha bunda onde eu estiver. Como o meu amigo Aaron...

– Quem é ele?

– Meu melhor amigo. Ele tem uma namorada, que é minha amiga também.

– Como você se sente em relação a ela?

– Não sei bem... às vezes me sinto de um jeito; outras vezes, de outro.

– A-hã. – O doutor Barney anotou no bloco.

– Bem, seja como for... – tentei resumir. Eu estava mentindo pra aquele cara; isso queria dizer que a gente realmente conhecia um ao outro. – É tudo questão de conseguir ter uma vida sustentável. Não acho que eu seja capaz disso.

– Uma vida sustentável.

– Certo, com um emprego de verdade e uma casa de verdade e tudo o mais.

– E uma família?

– Claro! Você precisa de uma família. Que tipo de cara bem-sucedido você vai ser se não tiver uma?

– A-hã.

– Portanto, para ter isso, eu preciso começar a moldar as coisas já, mas não consigo por causa desse lixo que fica passando na minha cabeça. E eu *sei* que essas coisas em que fico pensando não fazem sentido e então eu digo: "Pare!".

– Mas não consegue parar.

– Não consigo parar.

– Bem. – Ele bateu de leve a caneta Prozac dele. – Você sabe que seus pensamentos não são pensamentos que você gostaria de ter. Isso é uma coisa boa.

– Sim.

– Você às vezes ouve vozes?

Ho-hou. Agora estamos pondo o dedo na ferida. O doutor Barney era suficientemente receptivo, mas eu tinha certeza de que se você lhe desse uma camisa de força ele seria capaz de colocá-la em você numa boa, convencendo-o a vesti-la e levando-o até uma sala *muito confortável*, com paredes almofadadas e um banco onde você poderia sentar e ficar olhando para um espelho transparente enquanto dizia às pessoas que você era o Tio Patinhas (por sinal, como será que eles fazem esses espelhos?). Eu sabia que tinha problemas, mas sempre soube que não era doido. Eu não era esquizo. Não ouvia vozes. Bem, eu ouvia só aquela voz, do cara do exército, mas essa era a *minha* voz, era simplesmente eu tentando me motivar. Eu não ia aceitar ser jogado na bacia dos lunáticos.

– Vozes, não – disse eu. Menti, tecnicamente. Menti de novo.

– Craig, você sabe algo a respeito da química cerebral?

Fiz que sim com a cabeça. Eu havia até pulado essa parte no manual de biologia.

– Sabe como funciona a depressão?

– Sim. – Era uma explicação simples. – Você tem essas substâncias químicas no cérebro que carregam mensagens de uma célula cerebral a outra. São chamadas neurotransmissores. E um deles é a serotonina.

– Excelente!

– E é ela que os cientistas acham que é o neurotransmissor relacionado com a depressão... Se você tem falta dessa substância química no seu sistema, pode começar a ficar deprimido.

O doutor Barney assentiu com um movimento da cabeça.

– Então – continuei –, depois que a serotonina transmite uma mensagem de uma célula cerebral para a seguinte, ela é chupada de volta para a primeira célula cerebral, para poder ser usada de novo. Mas o problema é que às vezes as suas células cerebrais ficam chupando demais – dei uma risadinha – e não deixam serotonina suficiente no seu sistema para transmitir as mensagens. Então, há essas medicações chamadas inibidores seletivos da recaptação da serotonina, que evitam que o cérebro absorva serotonina demais para sobrar mais no seu sistema. E então você se sente melhor.

– Excelente, Craig! Você conhece bastante. Nós vamos lhe dar uma medicação que irá fazer exatamente isso.

– Legal.

– Antes que eu lhe dê a receita, tem alguma pergunta que você gostaria de fazer?

É claro que eu tinha. O doutor Barney parecia feliz. Ele tinha um belo anel de ouro e óculos reluzentes.

– Como é que o senhor decidiu ser médico? – perguntei. – Eu sempre me interesso em saber como é que as pessoas começaram.

Ele se inclinou pra frente, e a pança dele sumiu na sombra dele próprio. Ele tinha sobrancelhas grisalhas imensas e um rosto melancólico.

– Depois da faculdade, tive também uma merda dessas e concluí que nenhum sofrimento físico no mundo pode ser comparado à aflição mental – disse ele. – E quando consegui resolver meu problema decidi ajudar as outras pessoas.

– Conseguiu resolver seu problema?

– Consegui.

– Qual era o seu problema?

Ele suspirou. – O mesmo que o seu.

– Jura?

– Sem tirar nem pôr.

Inclinei o corpo pra frente e nossos rostos ficaram a três palmos de distância. – Como você deu jeito nisso? – perguntei, quase implorando.

Ele entortou o canto da boca para cima. – Do mesmo jeito que você vai fazer: sozinho.

O quê? Que tipo de resposta era essa? Olhei feio pra ele. Eu estava ali precisando de *ajuda*; não estava ali pra descobrir isso por minha conta; se eu quisesse descobrir por minha conta, pegava um ônibus e fazia uma excursão pro México...

– Vamos começar com o Zoloft – disse o doutor Barney.

Ho-hou?

– É um ótimo remédio; ajuda um monte de gente. É um ISRS[6], vai agir na serotonina do seu cérebro como você descreveu, mas não espere um efeito instantâneo, porque ele leva semanas para entrar no sistema.

– *Semanas?*

– Três a quatro semanas.

– Não tem uma versão de ação rápida?

– Você vai tomar o Zoloft com a comida, uma vez ao dia. Vamos começar com cinquenta miligramas. Os comprimidos vão deixar você com um

6 Os inibidores seletivos da recaptação da serotonina (ISRS ou SSRI) são uma classe de fármacos usados no tratamento de síndromes depressivas, transtornos de ansiedade e em alguns tipos de transtorno de personalidade. [N. E.]

pouco de tontura, mas esse é o único efeito colateral, além dos efeitos colaterais relacionados ao sexo. – O doutor Barney levantou os olhos. – Você é sexualmente ativo?

Ha, ha, ha, ha, ha, ha, ha. – Não.

– Muito bem. Outra coisa, Craig: acho que seria bom você fazer uma visita a determinada pessoa.

– Eu sei! Não pense que não tentei. É que realmente não sou muito bom de papo com as meninas.

– Meninas? Não! Estou falando em *terapeutas*. Você deveria começar a fazer terapia.

– Que tal com você?

– Eu sou um psicofarmacologista. Posso indicar um terapeuta.

Que saco. – Tudo bem.

– Vamos procurar um. – Abriu o que parecia ser as páginas amarelas em cima da mesa e começou a metralhar nomes e endereços para mim, como se eles fizessem alguma diferença. O doutor Abrams no Brooklyn, o doutor Fieldstone em Manhattan, o doutor Bok em Manhattan... Achei doutor Bok um belo nome, então marcamos uma consulta com ele – que eu perdi, porque, mais tarde, naquela semana, eu tinha um trabalho de história, e fiquei tão desconcertado que nem liguei pra cancelar com o doutor Bok, que acabei nem conhecendo. Na consulta seguinte com o doutor Barney tivemos que escolher outro médico de doido, e depois outro, e outro, entre eles a pequena senhora que me perguntou se eu havia sido abusado sexualmente, e a linda ruiva que me perguntou por que eu tinha tantos problemas com mulheres, e o homem de bigodão pontudo que me sugeriu hipnose. Era como se eu marcasse encontro com namoradas, só que eu não comia nenhuma delas – e era bi, porque também me encontrava com homens.

– Gosto de conversar com o senhor – disse ao doutor Barney.

– Bem, você vai me ver de novo daqui um mês, para eu avaliar de que modo a medicação está agindo em você.

– O senhor não trabalha com terapia?

– Os outros médicos são ótimos, Craig. Irão ajudá-lo muito.

O doutor Barney ficou em pé – media um metro e cinquenta e cinco, mais ou menos – e apertou minha mão com um cumprimento molenga, carnudo. Entregou-me a receita do Zoloft e disse para eu começar a tomar imediatamente, o que eu fiz, mesmo antes de pegar o metrô pra casa.

treze

O Zoloft funcionou, e não demorou semanas – funcionou assim que tomei, no primeiro dia. Não sei como, mas de repente me senti de bem com a vida – que coisa? Eu era um garoto; tinha muito mais que fazer; tinha passado por um período horrível, mas estava aprendendo com isso. Aqueles comprimidos estavam me trazendo de volta pro meu velho eu, capaz de lidar com tudo, funcional e eficiente. Eu iria conversar com as meninas da escola e contar que tinha andado mal, que tinha tido alguns problemas, mas que havia lidado bem com eles, e elas iriam me achar corajoso e sexy e iam pedir pra eu ligar pra elas.

Pode ter sido um efeito placebo, mas foi um efeito placebo excelente. Se efeitos placebos fossem tão bons como esse, eles deviam só fazer placebos para tratar da depressão – talvez era isso mesmo que eles estivessem fazendo; talvez o Zoloft fosse maisena. Meu cérebro disse: *Sim, estou de volta,* e achei que a coisa toda estava superada.

Essa foi a minha primeira experiência com uma Falsa Mudança. Que coisa mais covarde – você vai bem numa prova; você faz uma garota dar risada; você tem uma experiência particularmente intensa no baixo-ventre depois de um bate-papo on-line e de correr para o banheiro; você acha que tudo passou. E isso serve apenas pra piorar as coisas no dia seguinte, quando você acorda e o negócio voltou como uma vingança pra mostrar quem é que manda.

– Estou me sentindo ótimo! – disse à Mãe quando cheguei em casa.

– O que o doutor falou?

– Que é pra eu tomar Zoloft! – Mostrei pra ela o frasco.

– Sei. Um monte de gente do meu escritório toma isso.

– Acho que está fazendo efeito!

– Não faz efeito assim tão rápido, querido. Calma!

Tomei Zoloft todos os dias. Alguns dias eu acordava e levantava da cama e escovava os dentes como qualquer ser humano normal; outros dias eu acordava e ficava deitado na cama olhando pro teto e pensando que raio de sentido tinha levantar da cama e escovar os dentes como qualquer ser humano normal. Mas sempre dava um jeito de tomar o remédio. E também nunca tentei tomar mais de um comprimido; não era um remédio desse tipo. Não fazia você sentir nada, mas, aí, depois de um mês, exatamente como eles diziam, comecei a sentir que havia uma boia me mantendo em pé quando eu ficava mal. Se o Ciclo começava, havia um botão de emergência anexado aos meus bons pensamentos; eu podia apertá-lo e pensar na minha família, na minha irmã, nos amigos, no tempo que eu curtia on-line; nos professores bons da escola – nas Âncoras.

Eu até dedicava um tempo a Sarah. Ela era muito inteligente, mais do que eu, com certeza. Tinha sido capaz de lidar com o que estava acontecendo comigo sem precisar ir ver nenhum médico. Sua lição de casa já beirava a álgebra mesmo ela estando apenas no quinto ano, e eu a ajudava nisso, às vezes rabiscando espirais ou padrões nos lados das páginas enquanto ela resolvia os problemas. Eu não fazia mais mapas.

– Esses aí ficaram muito legais, Craig – comentava ela.

– Valeu!

– Por que você não mexe mais com arte?

– Não tenho tempo.

– Bobagem. Você sempre tem tempo.

– Ah, tá!

– É mesmo. O tempo é um conceito feito pela pessoa.

– Sério? Onde você ouviu isso?

– Eu que inventei.

– Não sei se isso é verdade. Todos nós vivemos dentro do tempo. Ele nos governa.

– Eu uso meu tempo do jeito que eu quero, então eu é que governo o tempo.

– Você devia ser filósofa, Sarah.

– *Ugh*, não. Que é isso? Vou ser designer de interiores.

Consegui comer de novo: primeiro, iogurte de café, depois rosquinhas, depois frango. O sono, por sua vez, ia dois passos à frente, um passo atrás. (Essa é uma das regras de ouro da psicologia: os psiquiatras dizem que *tudo* na nossa vida é assim: dois passos pra frente, um passo pra trás, para justificar aquela vez em que você, digamos, bebeu tíner e tentou se atirar do telhado. Isso seria apenas *dar um passo pra trás*.) Algumas noites eu não dormia, mas daí, nas duas noites seguintes, eu dormia muito bem. Até tinha sonhos: sonhava que voava, que encontrava a Nia num ônibus e ficava conversando com ela, olhando pra ela, via-a descer uns cinco pontos adiante. (Nunca sonhei que fazia sexo com ela, infelizmente.) Sonhava que saltava de uma ponte e caía em cima de dados gigantes, acolchoados, e ficava balançando pelo rio Hudson e ia de Manhattan a Nova Jersey dando risada e olhando pra trás pra ver em que números eu havia caído.

No entanto, quando eu não conseguia dormir, era foda. Ficava pensando no fato de que meus pais não iam me deixar muito dinheiro e poderiam não ter dinheiro suficiente para pagar uma faculdade pra minha irmã e que eu tinha um trabalho de história pra fazer e como é que eu não tinha ido à biblioteca aquele dia e fazia dias que não abria meus e-mails – mas, afinal, que é que eu poderia estar perdendo ali? Por que eu me preocupava tanto com os e-mails? Por que ficava suando no travesseiro? Não tinha febre. Como era possível que eu tivesse me permitido fumar maconha e me masturbar aquele dia? – Eu tinha criado uma regra: nos dias em que você bate punheta, você não fuma maconha, e nos dias em que fuma maconha não bate punheta, porque os dias em que você faz as duas coisas são aqueles que viram dias desperdiçados de verdade, dias em que você dá três passos pra trás.

Comecei a ter fases em que trabalhava um pouco. Durante três semanas eu ficava bem, ótimo, funcional. Mesmo quando estava no auge da funcionalidade, não era alguém em quem você prestaria muita atenção; você não iria me ver nos corredores da escola e dizer: "Lá vai ele, o Craig Gilner – o que será que ele está indo fazer agora?". Você me veria e diria: "O que diz o cartaz atrás desse cara aí – será que é do clube de animê anunciando alguma reunião pra hoje?". Mas eu estava lá, isso era a coisa importante. Eu estava na escola, e não em casa, na cama.

Mas então eu piorava. Geralmente isso acontecia após uma sessão de "relaxamento" na casa do Aaron, uma daquelas gloriosas vezes em que a gente ficava realmente doido e via um filme *realmente* horrível, alguma coisa com o Will Smith, onde a gente conseguisse apontar todas as intervenções de merchandising e os furos do roteiro. Eu acordava no sofá da sala do Aaron (eu dormia lá enquanto ele dormia com Nia no quarto de trás) e queria morrer. Eu me sentia chapado e ansioso, tendo gasto meu tempo e meu corpo e minha energia e minhas palavras e minha alma. Sentia que precisava ir direto pra casa e fazer os trabalhos da escola, mas não tinha condições de ir até o metrô. Eu simplesmente ficava lá deitado mais cinco minutos. Depois mais cinco. E mais cinco. Aaron, então, às vezes, levantava, e eu ia fazer xixi e me forçava a interagir com ele, a tomar café da manhã e pôr pra dentro alguma comida. Nia perguntava: "Tudo bem aí, cara?", e um sábado de manhã, uma hora em que o Aaron tinha saído pra ir buscar café, eu disse pra ela que não.

– Qual é o problema?

Eu suspirei. – Esse ano eu ando realmente deprimido. Estou tomando remédio.

– Craig. Ah, meu Deus! Eu sinto muito. – Ela chegou perto e me abraçou com seu corpinho pequeno. – Eu sei como é isso.

– Sabe? – Devolvi o abraço. Não sou de ficar lamentando; eu só observo; gosto de abraçar os outros. Meio brega isso, eu sei. Mantive o abraço o máximo de tempo que foi possível antes que começasse a ficar esquisito.

– Pois é. Estou tomando Prozac.

– Não brinca! – Afastei-me pra olhar pra ela. – Você devia ter me contado!

– Você é que devia ter me contado! Somos que nem sócios na doença!

– Somos os mais doentes! – me animei.

– O que você toma? –perguntou ela.

– Zoloft.

– Isso é pros fracos. – Ela mostrou a língua. Tinha um piercing. – Gente que está *realmente* com problemas toma Prozac.

– Você vai num terapeuta? – eu queria dizer "médico de doido", mas ia soar meio estranho dito assim em voz alta.

– Duas vezes por semana! – Ela sorriu.

– Nossa! Que há de errado com você?

– Não sei. – Ela começou a dançar. Não tinha nenhuma música tocando, mas, quando Nia queria dançar, ela dançava. – A gente simplesmente faz parte dessa geração de meninos e meninas americanos com problemas, que tomam drogas o tempo inteiro.

– Não penso assim. Não acho que a gente tenha mais problemas que o pessoal da antiga.

– Craig, tipo oitenta por cento das pessoas que eu conheço estão tomando remédio. Para DDA[7] ou qualquer outra coisa.

---

7 Distúrbio de Déficit de Atenção. O DDA ocorre como resultado de uma disfunção neurológica no córtex pré-frontal. [N. E.]

Eu sabia também, mas não gostava de pensar nisso. Talvez fosse estúpido e solipsístico, mas eu gostava de pensar em *mim*. Não queria fazer parte de nenhuma tendência. Não estava nessa por causa de alguma moda.

– Eu não sei se elas precisam mesmo disso – comentei. – Mas eu realmente preciso.

– Você acha que é o único?

– Não que eu seja o único... simplesmente é um negócio pessoal.

– Tudo bem, Craig. – Ela parou de dançar. – Não vou comentar isso, então.

– Quê?

– Meu Deus! Sabe por que você está com problemas? É porque você não tem uma conexão com outras pessoas.

– Isso não é verdade.

– Olha eu aqui, eu acabei de lhe contar que tenho o mesmo problema que você...

– Talvez não seja o mesmo. – Eu não tinha ideia de qual poderia ser o problema dela; talvez maníaco-depressiva. Maníaco-depressivo era mais legal do que deprimido de verdade, porque você tem as partes maníacas. Li que o número desses casos disparou. Era muito injusto.

– Está vendo? É isso que eu quero dizer. Você ergue esses *muros*.

– Que muros?

– Pra quantas pessoas você contou que está deprimido?

– Minha mãe, meu pai, minha irmã, pros médicos.

– Que tal o Aaron?

– Ele não precisa saber. Pra quantas pessoas você contou?

– *É claro* que o Aaron precisa saber! Ele é o seu melhor amigo!

Fiquei olhando pra ela.

– Acho que o Aaron tem um monte de problemas também, Craig. – Nia sentou perto de mim. – Acho que seria realmente bom se ele tomasse algum remédio, mas ele nunca iria admitir isso. Talvez se você lhe dissesse, quem sabe.

– Você disse isso pra ele?

– Não.

– Está vendo? Seja como for, a gente se conhece bem demais.

– Quem? Eu e você? Ou você e o Aaron?

– Acho que todos nós.

– Não acho. Fico feliz de conhecer você, e fico feliz de conhecer o Aaron. Você pode me ligar, você sabe, se se sentir deprimido.

– Obrigado. Na verdade, eu não tenho seu novo número.

– Tá aqui.

E ela me passou, um número mágico: eu coloquei junto com o nome dela em letras grandes no meu celular. *Essa é uma garota que pode me salvar*, pensei. Os terapeutas dizem que você precisa encontrar a felicidade dentro de você antes de obtê-la de outra pessoa, mas eu tinha a sensação de que, se Aaron desaparecesse da face da Terra e eu fosse o cara que abraçasse Nia à noite e respirasse perto dela, eu seria muito feliz. Nós dois seríamos.

Em casa, eu passava pelos terríveis episódios de ficar deitado no sofá e tomando a água que meus pais me traziam, ligando o cobertor elétrico pra me aquecer e transpirando. Queria dizer às pessoas: "Minha depressão está a mil hoje", como uma desculpa para não vê-las, mas nunca consegui pôr isso pra fora. Teria sido hilário. Depois de uns dias eu levantava do sofá e voltava pro Craig, que não precisava inventar desculpas para si. Mais ou menos nessa época, eu ligava pra Nia pra lhe dizer que estava me sentindo melhor e ela me falava que também estava se sentindo bem; talvez a gente estivesse em sincronia. E eu dizia pra ela não me provocar. E ela então sorria pelo telefone e dizia: "Mas eu sou tão boa nisso!".

Em março, quando eu tinha oito comprimidos ainda do meu último lote, comecei a achar que não precisava mais do Zoloft.

Eu estava melhor. Tudo bem, talvez não estivesse melhor, mas estava *bem* – era um sentimento estranho, uma ausência de peso na cabeça. Eu tinha acertado o passo nas aulas. Tinha encontrado a doutora Minerva – a sexta tentativa que o doutor Barney e eu fazíamos – e achei que a atitude dela, tranquila, objetiva, era a adequada pros meus problemas. Eu ainda estava tirando 93, mas, que inferno!, alguém tinha que tirar essa nota.

O que eu estava fazendo tomando aqueles comprimidos ainda? Eu simplesmente tinha tido um pequeno problema e pirado, e precisei de um tempo pra me ajustar. Qualquer um pode ter um problema quando entra numa escola nova. Em primeiro lugar, eu talvez nunca precisasse ter ido a um médico. Pra quê? Só porque eu vomitei? Eu não estava mais vomitando. Alguns dias eu não comia, mas lá nos tempos bíblicos as pessoas faziam isso o tempo todo – jejum era uma parte importante da religião, a Mãe contou. A gente já era bem gordo na América; será que eu precisava fazer parte desse problema também?

Assim, quando terminei meu último vidro de Zoloft, parei de tomar. Também não liguei mais pro doutor Barney. Simplesmente joguei fora o vidro e disse: *Tudo bem, se eu voltar a me sentir mal, vou lembrar como me senti bem naquela noite na Ponte do Brooklyn*. Comprimidos são para os fracos, e isso já acabou; eu havia resolvido o problema; estava de volta a mim mesmo.

Mas as coisas dão voltas, meu amigo, e dois meses mais tarde eu estava de novo no banheiro, debruçado em cima da privada, no escuro.

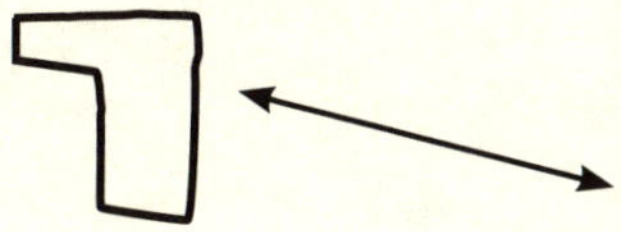

PARTE 3: TUM-TUM

catorze

Meus pais estão do lado de fora ouvindo meu esforço pra vomitar o jantar que acabei de comer com eles. Olho pra porta; acho que consigo ouvir o Pai mastigando o último bocado que pôs na boca quando levantou da mesa.

– Craig, quer que a gente chame alguém? – pergunta a Mãe. – É uma emergência?

– Não – digo eu, levantando. – Vou ficar bem.

– Ah, foi isso, sim... Eu falei pra sua mãe não fazer abóbora – brinca o Pai.

– Sei – digo eu, me levantando até a pia. Limpo a boca, faço um bochecho, e mais outro. Meus pais me enchem de perguntas.

– Quer que a gente chame o doutor Barney?

– Quer que a gente chame a doutora Minerva?

– Quer um chazinho?

– Chazinho? Dê um pouco de água pro rapaz. Você quer água?

Acendo a luz.

– Ah, ele estava com a luz apagada. Você está bem, Craig? Você escorregou?

Olho pra mim na luz do banheiro. Sim, estou bem. Estou bem porque tenho um plano e uma solução: vou me matar.

Vou fazer isso hoje à noite. Isso é uma grande farsa, a coisa toda. Achei que estava melhor e não estou melhor coisa nenhuma. Tentei me estabilizar e não consegui me estabilizar. Tentei virar a esquina e não há esquinas; não consigo comer; não consigo dormir; estou simplesmente desperdiçando recursos.

Vai ser duro pros meus pais. Muito duro. E pra minha irmãzinha. Uma menina tão linda, inteligente! Não um fracasso como eu, com certeza. Vai ser duro deixá-la. Sem falar que isso pode lhe causar problemas. Além disso, meus pais vão achar que eles são um fracasso. Vão se culpar. Será o evento mais importante da vida deles, a coisa que os outros pais vão cochichar nas festas quando eles virarem as costas:

Você soube o que aconteceu com o filho deles?

Adolescente, suicidou-se.

Eles nunca vão conseguir superar isso.

Não sei como é que alguém poderia.

Eles não devem ter percebido os sinais de alerta.

Mas quer saber? Já está na hora de eu parar de colocar as emoções das outras pessoas na frente das minhas. É hora de ser fiel a mim mesmo, como os astros pop costumam dizer. E o meu verdadeiro eu quer explodir essa rocha.

Vou fazer isso hoje à noite. Bem tarde da noite. De manhã, mais especificamente. Levanto e vou de bike até a Ponte do Brooklyn e me atiro lá de cima.

Mas, antes de ir, vou dormir na cama da Mãe uma última noite. Ela me deixa dormir lá quando eu me sinto mal, mesmo eu já sendo grande pra isso – o Pai dorme na sala. Tem um monte de espaço na cama dela, e não é que a gente fique se *acariciando,* nem nada disso; ela simplesmente fica disponível para me trazer leite quente com cereais. Esta noite é algo que eu devo a ela; seu único filho homem passando um tempo com ela antes de ir embora. Eu seria muito insensível se não fizesse isso. Também vou abraçar meu pai, e minha irmã. Mas não vou deixar nenhum bilhete. Que tipo de lixo é esse, não?

– Estou bem – digo, destravando a porta do banheiro e saindo. Meus pais me rodeiam num abraço que parece aquele da grande festa do Aaron, quando a gente confirmava que nosso futuro era brilhante.

– A gente te ama, Craig – diz a Mãe.

– É verdade – diz o Pai.

– Tá bom – digo eu.

Com a doutora Minerva eu falo sobre meus Tentáculos e minhas Âncoras. Aí vai uma coisa pra senhora, doutora: meus pais agora são parte dos Tentáculos, e meus amigos também. Meus Tentáculos têm Tentáculos, e eu nunca vou conseguir cortá-los fora. Mas a minha Âncora, essa é fácil: é eu me matar. É o que me permite viver o dia. Saber que eu posso fazer isso. Que eu sou forte o suficiente pra fazer isso e que posso fazer.

– Deixa eu dormir na sua cama hoje? – pergunto pra Mãe.

– Sim, querido, é claro.

O Pai me apoia.

– Estou pronto pra ir pra cama, então. – Entro no meu quarto e pego roupas pra dormir, e outro montinho de roupas pra me matar. Vou vesti-las quando sair de manhã. A Mãe diz que está preparando um leite quente e que isso vai me ajudar a pegar no sono. Vou até o quarto da minha irmã. Ela está acordada, fazendo o esboço de uma cozinha na escrivaninha dela.

– Eu amo você, garotinha – digo pra ela.

– Você está bem? – especula ela.

– Estou.

– Você vomitou.

– Deu pra ouvir?

– Era uma coisa assim *eccccccchhhh riicccccch blaccchhh.* É claro que eu ouvi.

– Eu abri a torneira!

– Eu tenho bom ouvido. – Ela aponta pras orelhas dela.

– E você também é boa imitando vômito – digo.

– Pois é. – Ela volta pro esboço. – Quem sabe, quando eu crescer, eu vire uma humorista e fique lá no palco fazendo esses barulhos.

– Não – digo –, o que você podia fazer, ou eu podia fazer, já que sou tão bom nisso, era subir no palco e vomitar de verdade, e as pessoas iam pagar pra assistir, como se eu fosse um vomitador profissional.

– Craig, que *nojento!*

Mas eu não acho que seja nojento. Acho que é uma boa ideia. Afinal, como é que as artes performáticas começaram?

Não se deixe dispersar por isso, soldado.

Certo, não vou deixar.

Você tomou sua decisão e está firme nela, correto?

Sim, senhor.

O motivo de você estar nesse quarto é se despedir da sua irmã, não é?

Exatamente, senhor.

Lamento ver isso chegando a esse ponto, soldado. Achei que havia prometido. Mas você tem que fazer o que tem que fazer, e às vezes tem que cometer haraquiri, sabia?

Sim, senhor.

Abraço Sarah. – Você é muito linda e inteligente, e tem ideias muito boas. Fique firme nelas.

– É claro! – Ela me olha. – O que há de errado com você?

– Estou bem.

– Você está mal. Não tente me enganar.

– Amanhã vou estar melhor.

– Certo. Gostou da minha cozinha?

Ela levanta o papel. É praticamente uma planta, com aqueles semicírculos para as portas, e a pia e a geladeira esboçados em traços rápidos, vistas de cima. Parece algo que alguém teria pagado pra ter.

– É impressionante, Sarah.

– Obrigada. O que você vai fazer agora?

– Vou deitar cedo.

– Melhore, tá?

Saio do quarto dela. A Mãe já trouxe meu leite quente e já arrumou meu lugar na cama dela.

– Está se sentindo melhor?

– Com certeza.

– Está *mesmo*, Craig?

– Estou, sim. Que coisa!

– Encoste no travesseiro. – Me enfio na cama dela – o colchão é firme e real. Fico estalando os pés debaixo das cobertas e curto essa sensação – roupa de cama limpinha, em cima dos pés, dobrando e formando pequenas cordilheiras. É uma sensação que todo mundo pode curtir. A Mãe me passa o leite.

– São só nove horas, Craig; você não vai conseguir dormir agora.

– Vou ler.

– Bom. Amanhã a gente marca uma consulta com o doutor Barney. Talvez você precise mudar de remédio.

– Talvez.

Eu sento e tomo o leite quente e não penso em nada. É uma habilidade que desenvolvi – uma coisa que aprendi recentemente. Como fazer pra não pensar em nada. O truque é o seguinte: não tenha nenhum interesse pelo mundo ao seu redor, não alimente nenhuma esperança pro futuro, e mantenha-se quente.

Mas dane-se. Tem outra pessoa pra quem eu preciso ligar. Tiro o celular do bolso e procuro o nome escrito em maiúscula. Aperto CHAMAR.

– Nia? – pergunto, quando ela atende.

– Oi, sou eu. E aí?

– Queria conversar com você.

– Sobre o quê?

Eu suspiro.

– *Ohhhh*. Você está bem, cara?

– Não.

– Onde você está?

– Em casa. Na verdade, estou na cama da minha mãe.

– Uau! Temos problemas maiores do que a gente imaginava, Craig.

– Não! Só estou aqui porque me ajuda a dormir. Você não lembra como era bom quando você era pequena e ia dormir na cama do seu pai e da sua mãe?

– Bom, meu pai morreu quando eu tinha três anos.

Na mosca. Tudo bem. Alguns de nós têm motivos bem concretos pra se queixar.

– Putz, desculpa... ahn... eu...

– Tudo bem. Eu dormia com a minha mãe de vez em quando.

– Mas provavelmente não faz mais isso.

– Não, até que faço. A mesma situação que você, aposto.

– Tô sabendo. O que você está fazendo agora?

– Em casa, no computador.

– E o Aaron?

– Em casa, no computador dele. O que você quer, Craig?

Respiro fundo. – Nia, você lembra daquela festa quando a gente soube que tinha entrado na Executive Pre-Professional?

– Siiiiiim...

– Quando você foi pra festa, você sabia que ia ficar com o Aaron?

– Craig, não vamos falar nisso, né?

– Por favor, eu preciso saber se meu palpite estava certo.

– Chega desse papo.

– Por favor. Imagine que eu estou pra morrer.

– Nossa! Como você é dramático!

– Hmm, é verdade.

– Eu usei meu vestido verde naquela festa, lembro disso.

– Eu lembro também!

– E o Aaron foi muito gentil comigo.

– Ele sentou do seu lado nas palavras cruzadas.

– E eu já sabia que ele estava a fim de mim. Mas eu vinha evitando me envolver com alguém, até saber da história do ensino médio, porque eu não queria que isso me dispersasse. E você e o Aaron, os dois estavam, vamos dizer, com chances. Os dois conversaram comigo. Mas você tinha aquela verruga no queixo.

– *Quê?*

– Lembra, aquela verruga grande, peluda? Toda cheia de buraquinhos e meio nojenta.

– *Eu nunca tive verruga nenhuma!*

– Craig, eu tô zoando!

– Ah, tá bom, vai! – Rimos. A risada dela era cheia; a minha, vazia.

– Você promete que não vai interpretar isso mal, Craig?

– Claro! – menti.

– Se você tivesse tomado alguma iniciativa, eu provavelmente teria, você sabe, entrado na sua. Mas você não teve.

Quero morrer.

– Mas, veja, acabou dando certo. Agora somos amigos, e a gente pode falar sobre coisas como essa.

– Certo, a gente pode falar.

Quero morrer.

– Olha, eu me canso de conversar com o Aaron.

– Por quê?

– Ele sempre fala dele e dos seus problemas. Que nem você. Vocês dois são autocentrados. Só que você tem uma opinião negativa sobre si mesmo, então é suportável. Ele tem uma opinião *elevadíssima* a respeito dele mesmo. É um saco.

– Obrigado, Nia, você é muito gentil.

– Sabe, eu tento.

– E se eu tentasse agora? – pergunto. Nada a perder.

– Tentasse o quê?

– Você sabe. E se eu, agora, simplesmente pintasse aí e dissesse foda-se e ficasse do lado de fora até que você viesse e eu pudesse agarrar e beijar você?

– Ah! Você nunca faria isso.

– E se eu fizesse?

– Eu iria "beiter" em você.

– Você iria beiter em mim.

– É. Lembra disso? Foi muito engraçado.

Passo o celular de uma orelha para a outra.

– Bom, eu só queria esclarecer isso. – Sorrio. E é verdade. Não quero deixar pontas soltas. Quero saber em que pé estou. Não estou em pé nenhum com a Nia, realmente; somos só amigos. Perdi uma oportunidade com ela, mas tudo bem, já perdi muitas. Tenho muito do que me arrepender.

– Estou preocupada com você, Craig – diz ela.

– Quê?

– Não faça nada estúpido, tá bom?

– Não vou fazer – digo a ela, e não estou mentindo. O que estou fazendo faz muito sentido.

– Ligue pra mim se achar que está a ponto de fazer algo estúpido.

– Tchau, Nia – eu digo. E balbucio bem baixinho no celular: *Eu te amo*, caso algumas das células dela captem as vibrações e isso me sirva pra alguma coisa na próxima vida. Se é que ela existe. Se existe outra vida, espero que seja no passado; não acho que no futuro ela possa ser um pouco mais fácil de lidar.

– Tchau, Craig.

Aperto FIM. Acho meio cruel essa cor vermelha do botão FIM.

quinze

Fui muito estúpido achar que poderia ter algum sono hoje à noite. É só apagar a luz e colocar o copo de lado e eu sinto aquela Sensação de Não Ter Sono – é meio que nem sentir os Quatro Cavaleiros do Apocalipse erguendo-se no cérebro e colocando algumas cordas em volta dele e puxando-o em direção à parte frontal do crânio. Eles dizem: *Nada disso, cara! Quem você pensa que vai enganar! Achou que ia levantar às três da manhã e se atirar da Ponte do Brooklyn sem ficar acordado a noite inteira? Você precisa botar mais fé em nós!*

Minha mente inicia o Ciclo. Sei que vai ser o pior que já tive. Vai ficar repetindo sem parar: um ciclo de tarefas, fracassos, problemas. Sou jovem, mas já estou fodendo com a minha vida. Sou inteligente, mas não o bastante – só inteligente o suficiente pra ter problemas. Não inteligente o suficiente pra tirar boas notas. Não inteligente o suficiente pra ter uma namorada. As garotas me acham esquisito. Odeio gastar dinheiro. Toda vez que gasto, sinto como se estivesse sendo estuprado. Não gosto de fumar maconha, mas aí acabo fumando e fico deprimido. Não fiz o bastante com a minha vida. Não pratico esportes. Parei com o tae bo. Não estou envolvido em causas sociais. Meu único amigo é um fudido – um gênio, abençoado com a menina mais linda do mundo, e ele nem mesmo sabe disso. Tenho muitas coisas pra fazer. Eu deveria ser um sucesso e não consigo, e outras pessoas – outros jovens – conseguem. Pessoas mais jovens do que eu estão na TV e sendo pagas e ganhando bolsas e ajeitando a vida. Eu ainda sou um zé-ninguém. Quando é que vou deixar de ser um zé-ninguém?

Os pensamentos se arrastam um atrás do outro no meu cérebro, indo da parte de trás para a da frente e pingando de novo debaixo do queixo: eu não sou ninguém; nunca vou dar certo na vida; estou prestes a ser desmascarado como uma fraude, só que sempre fui uma fraude, mas não sabia disso ainda; sei que sou uma fraude e fico fingindo que não sou. Todos os bons pensamentos – os normais, aqueles que às vezes vêm à tona desde o último outono – se embaralham na parte frontal do cérebro pelo terror daquilo que vive no pescoço e na espinha. Isso é o pior que poderia acontecer.

Minha lição de casa fica flutuando diante dos meus olhos fechados – aquele lance de escolher ações na Introdução à Wall Street, o trabalho sobre a história dos incas, o teste de matemática banal: eles aparecem como se estivessem numa lápide de cemitério. Todos irão acabar logo.

A Mãe deita na cama, ao meu lado. Isso quer dizer que ainda é cedo. Não são nem onze horas. Parece que a noite vai ser longa. Jordan, o cachorro que já deveria estar morto, sobe na cama com ela e eu ponho minha mão nele, tentando sentir seu calor e me confortar com isso. Ele late pra mim.

Eu me viro de bruços. Meu suor encharca o travesseiro. Viro de barriga pra cima. Continuo transpirando. Viro de lado que nem um bebê. Bebês transpiram? E, no útero, será que a gente sua lá dentro? Essa noite não vai terminar nunca. A Mãe se mexe.

– Craig, você está acordado ainda?

– Estou.

– Meia-noite e meia. Quer cereais? Às vezes uma tigela de cereais é o que basta pra derrubar você.

– Quero.

– Aquele de argolinhas?

Acho que encaro o de argolinhas. A Mãe levanta e vai buscar pra mim. A tigela está cheia e dou conta daquilo com a ferocidade que acho que uma última refeição merece – ponho tudo pra dentro como se aquilo me pilhasse. Não vou vomitar isso.

A Mãe respira compassadamente ao meu lado. Começo a pensar em termos práticos como é que vou lidar com as coisas. Pego a bike, tudo bem. Essa é uma das coisas que eu vou sentir falta: ficar pedalando pelo Brooklyn no fim de semana que nem um maníaco, driblando carros e caminhões e vans com canos de escapamento salientes, encontrar o Ronny e passar o cadeado nas bikes do lado da estação de metrô e ir pra casa do Aaron. Andar de bike é um negócio puro e simples – Ronny diz que pra ele a bike é a maior invenção da humanidade, e, embora eu achasse isso estúpido no começo, hoje já não tenho tanta certeza. A Mãe não me deixa ir de bike pra escola, por isso nunca passei de bike por uma ponte – vai ser a primeira vez. Acho que não vou levar o capacete.

Vou pegar a bike, e vai ser uma noite quente de primavera. Vou acelerar pela Avenida Flatbush – a principal rua da parte rica do Brooklyn – direto até o começo do Brooklyn, com os buracos e os guardas parados a noite toda. Não vão nem reparar em mim – por acaso é ilegal um garoto andar de bike numa ponte? Vou subir a rampa e chegar bem no meio, aonde fui daquela vez, e então vou andar pela pista e dar uma última olhada na Ponte Verrazano.

Mas e a bike, o que eu vou fazer com ela? Se eu colocar uma trava na bike, ela simplesmente vai ficar lá do lado da ponte, em evidência, e eles vão cortar a trava ou então serrar a corrente depois de um tempo. É uma corrente cara! Mas, se eu *não* travar a bike, alguém vai levá-la embora em dois minutos – é uma bike boa, uma Raleigh – e não vai sobrar uma prova sequer de que eu estive por ali.

Não posso perder a bike, decido. Vou levar a chave comigo quando eu descer, e a Mãe e o Pai vão saber, depois, para onde eu fui. Os guardas vão achar a bike e contar pra eles. Vai ser duro, mas pelo menos eles vão ficar sabendo. Será melhor do que não deixar nada.

Que horas são? O tempo parou pra mim. Como não consigo dormir e ainda estou suando, decido tentar alguma coisa pra me nocautear: flexões. Não quero dormir, só quero ficar exausto e então descansar um pouco, pra poder fazer o trajeto num bom tempo, em uma hora, mais ou menos. Ajeito-me em cima da cama em posição adequada para as flexões, que é também uma posição adequada para o sexo, percebo, e eu nem sequer fiz sexo alguma vez na vida – vou morrer virgem. Será que isso quer dizer que eu vou pro céu? Não, segundo a Bíblia, o suicídio é um pecado e eu vou direto pro inferno. Que enganação!

Aprendi as flexões lá no tae bo. Sou bom nisso. Posso fazer com os dedos e com os punhos, além de com as palmas das mãos. Aqui, do lado da minha mãe, numa cena que iria parecer muito estranha se fosse filmada de lado, começo as flexões, pra cima, pra baixo – uma, duas, três... Me mexo bem devagar pra não acordar a Mãe – ela dorme pesado e não percebe os exercícios; a cabeça dela está virada para o outro lado. Quando faço dez, começo a contar de trás pra frente: cinco, quatro, três... até completar quinze. Desabo na cama.

Estou muito fraco por não ter segurado nada na barriga nas últimas vinte e quatro horas, além dos cereais. Estou moído. Fiquei arrebentado depois das quinze flexões. Mas sinto algo na cama. Sinto o coração batendo. Ele bate contra o colchão, amplificado, e ressoa não só na cama, mas no meu corpo. Sinto-o nos pés, nas pernas, no estômago, nos braços. Batendo em tudo.

Fico nas palmas das mãos de novo. Uma, duas, três... Os braços queimam. O pescoço repuxa; uma cama não é o melhor lugar pra fazer flexões; você tende a afundar. Essa série de exercícios é mais puxada que a última. Mas, quando chego às quinze, continuo, até vinte. Fico esfalfado e seguro um gemido na última flexão, e então desabo no colchão.

Tum-tum. Tum-tum. Tum-tum.

Meu coração agora fica dando marretadas. Bate em tudo o que é lugar. Chega a todos os pontos do corpo, e sinto o sangue fazendo pressão em tudo, nos pulsos, dedos, pescoço. O que ele quer é isso: fazer *tum-tum* o tempo inteiro. É uma coisa tão besta o coração!

Tum-tum.

É uma sensação boa, o jeito que ele me limpa.

Tum-tum.

Foda-se. Eu quero meu coração.

Eu quero meu coração, mas o meu cérebro está dando vexame.

Eu quero viver, mas também quero morrer. Que é que eu faço?

Levanto da cama, olho o relógio. São 5h07. Não sei como é que consegui passar a noite. Meu coração bate *tum-tum;* então, me levanto e vou arrastando os pés até a sala e pego um livro da estante dos meus pais.

O título é *Como sobreviver à perda de um amor*; tem uma capa rosa e verde. Vendeu uns dois milhões de exemplares; é um daqueles livros de psicologia que as pessoas, em todos os lugares, compram para superar separações. Minha mãe comprou quando o pai dela morreu, e falava com a maior empolgação o quanto o livro era bom. Ela mostrou a capa pra mim.

Fiquei folheando, só pra ver do que se tratava, e no primeiro capítulo dizia: "Se você sente vontade de fazer mal a você mesmo neste momento, vá até a página 20". E achei isso muito bobo, que nem aquela série de livros *Escolha sua própria aventura*. Então, fui até a página 20 e lá dizia que era pra você ligar pra sua linha telefônica direta de prevenção de suicídios, porque pensamentos suicidas são um distúrbio clínico e você precisa de ajuda médica imediata.

Então, no escuro, abri o *Como sobreviver à perda de um amor* na página 20.

Dizia lá: "Toda cidade tem um número de telefone para prevenção do suicídio. Fica na seção de serviços públicos das páginas amarelas".

Tá bom. Vou até a cozinha e abro as páginas amarelas.

É um pé no saco achar essas listas de serviços públicos. Achei que ficavam na parte de páginas verdes, mas as páginas verdes são um guia de restaurantes.

As listas de serviços públicos ficam na parte azul, no começo, mas lá só estão os telefones pra você ligar quando seu carro é guinchado, ou o que fazer quando seu quarteirão está infestado de ratos... Ah, achei: *Saúde*. Controle de intoxicações, emergências, *saúde mental*. Tem um monte de números. O primeiro tem a palavra "suicídio" perto. É um número local, e eu ligo.

Estou em pé na sala com a mão no bolso da calça enquanto a ligação se completa.

dezesseis

– Alô.

– Oi, é da Linha de Prevenção do Suicídio?

– Aqui é do Centro de Gestão da Ansiedade do Brooklyn.

– Ah, hmmm...

– Nós trabalhamos com os Samaritanos. Atendemos as ligações feitas para a Linha de Prevenção do Suicídio quando há excesso de chamadas. Aqui quem fala é Keith.

– Quer dizer que a Linha de Prevenção do Suicídio está muito *sobrecarregada* neste instante?

– Sim, é sexta-feira à noite. É a hora que tem maior procura.

Que beleza! Sou comum até no suicídio.

– Bem, e qual seria... hmmm... o problema?

– Na verdade, é só que... eu estou muito deprimido e querendo me matar.

– Ah... Qual é o seu nome?

– Ah... – *Preciso de um nome falso, preciso – de um nome falso:* Scott.

– E quantos anos você tem, Scott?

– Quinze.

– E por que você quer se matar?

– Eu sou depressivo, clinicamente diagnosticado, sabe como é. Quer dizer, não é que eu esteja apenas... desanimado ou algo assim. Eu comecei a frequentar uma nova escola e não estou sendo capaz de encarar as dificuldades. Chegou um ponto em que tudo ficou pior do que nunca e eu simplesmente não quero mais lidar com isso.

– Você diz que é depressivo clinicamente diagnosticado. Você está tomando remédio?

– Eu estava tomando Zoloft.

– E o que aconteceu?

– Parei de tomar.

– Ah... Bom, sabe, isso provavelmente não foi uma boa ideia.

Keith dá a impressão de que está apenas começando a se aquecer para desfiar todo o seu discurso de aconselhamento. Imagino-o como um rapaz magro, universitário, com óculos de aro, numa mesa com uma pequena luminária de leitura, olhando pela janela, convencido das boas ações que está fazendo.

– Tem um monte de gente que passa a ter problemas quando... você sabe, para de tomar os remédios.

– Bem, seja qual for a razão, eu simplesmente não estou conseguindo lidar com isso neste momento.

– Você tem algum plano de como quer se matar?

– Tenho. Pular da Ponte do Brooklyn.

Ouço Keith digitando alguma coisa.

– Bem, Scott, nós não somos do Serviço de Prevenção do Suicídio, mas, se quiser, temos um exercício de cinco passos para a gestão da ansiedade. Você gostaria de tentar?

– Hmmm. Certo.

– Você tem como pegar uma caneta e um pedaço de papel?

Vou até as gavetas da sala e pego caneta e papel. Levo pro banheiro e sento na privada com Keith. A luz está acesa.

– Primeiro, vamos lá: escreva um evento que aconteceu com você. Que você experimentou.

– Qualquer evento?

– Isso.

– Certo... – Escrevo no pedaço de papel: *Comi pizza na semana passada.*

– Já escreveu? – pergunta Keith.

– Já.

– Agora, escreva... ahn, como você se *sentiu* em relação a esse evento.

– Certo. – Eu escrevo: *Me senti bem, satisfeito.*

– Agora escreva algum "deveria" ou "poderia" que você sentiu em relação ao evento.

– Tipo o quê?

– Coisas das quais se arrependeu, coisas que você acha que teriam feito tudo andar melhor.

– Espere... ahn, acho que não pus o tipo certo de evento. – Apago energicamente minha primeira escolha, que eu marquei como 1. Em vez de *Comi pizza*, escrevo: *Vomitei a abóbora da Mãe*, e, depois, como item 2, escrevo: *Senti vontade de me matar*, e fico o tempo todo dizendo pro Keith esperar um pouco, que eu fiz confusão.

– Só coloque os "deveria" e os "poderia" – confirma ele.

Bem, eu *deveria* ter segurado a abóbora no estômago e *poderia* ter ficado satisfeito se tivesse conseguido. Escrevo isso.

– Agora escreva apenas *o que você realmente precisaria ter feito* no evento.

– O que eu *precisava* ter feito?

– Certo. Sabe, no universo não existe isso de deveria e poderia.

– Não existe? – Começo a suspeitar um pouco do Keith. Para alguém da Gestão da Ansiedade, ele está me dando um exercício que gera bastante confusão e causa ansiedade.

– Não – diz ele. – Só existem coisas *que poderiam ter acontecido de outro modo*. Você não tem nenhum deveria ou poderia na sua vida, entende? Você só tem coisas que poderiam ter acontecido de outro jeito.

– Ah, tá!

– Você nunca vai saber o que poderia ter acontecido realmente se tivesse posto em prática os seus deveria e poderia. Sua vida talvez até tivesse ficado pior. Você não acha isso possível?

– Não sei como isso seria realmente possível, já que estou aqui no telefone com você.

– O que você tem de fato na vida são *necessidades*, e você só tem três necessidades: comida, água e abrigo.

E *ar*, penso eu. *E amigos. E dinheiro. E sua mente.*

– Portanto, o próximo passo no processo é escrever o que você realmente *precisava* ter feito no seu evento, e depois comparar isso com os deveria e poderia que atribuiu a si mesmo.

– Quantos passos tem nessa coisa?

– Cinco. O quinto é o mais importante. Estamos no quarto.

– Olha, sabe de uma coisa? Eu realmente... hmm... – Olho pro pedaço de papel coberto de rabiscos mal apagados sobre pizza e abóbora. – Acho que eu deveria falar direto com o pessoal da Prevenção do Suicídio porque ainda estou me sentindo realmente... mal.

– Tudo bem. – Keith suspira.

Fico preocupado que ele fique achando que fez um mau trabalho, então digo a ele: – Tudo bem. Você realmente me ajudou bastante.

– A vida não é fácil pra quem é jovem – diz ele. – Não é nada fácil. Você já ligou para o 0800-SUICÍDIO?

0800-SUICÍDIO! É claro! Como não me lembrei disso. Estamos na América. Pra tudo tem um 0800.

– É um disque-ajuda, cobre o país inteiro. E tem ainda os Vigilantes do Suicídio... – Keith dá outro número.

– Obrigado. – Anoto os dois números. – Muito obrigado.

– Não há de quê, Scott – diz ele. Aperto DESLIGAR – essas são as primeiras ligações que eu faço no telefone fixo em muito tempo – e digito 0800-SUICÍDIO. É realmente prático que suicídio tenha apenas oito letras, penso.

– Alô – atende uma mulher.

– Oi, eu... – Exponho pra ela a mesma ladainha, do jeito que fiz pro Keith. O nome da mulher é Maritsa.

– Então, você parou de tomar o Zoloft? – pergunta ela.

– Foi.

– Sabe, você deveria ficar tomando durante... uns dois meses, sério.

– Eu já vinha tomando há uns dois meses.

– Algumas pessoas tomam durante anos. Pelo menos quatro a nove meses.

– Bem, eu sei, mas eu estava me sentindo melhor.

– Certo, e como você se sente neste momento?

– Eu quero me matar.

– Certo, Scott. Olhe, você sabe que é bem jovem e me parece muito bem dotado.

– Obrigado.

– Eu sei que o ensino médio pode ser algo bem difícil.

– Não é tão difícil assim. Eu é que não consigo lidar bem com ele.

– Seus pais têm ideia de como você está se sentindo?

– Eles sabem que eu estou mal. Neste exato momento eles estão dormindo.

– Onde você está?

– No banheiro.

– Na sua casa?

– É.

– Você mora com eles?

– Moro.

– Sabe, quando a pessoa quer cometer suicídio, consideramos isso uma emergência médica. Sabia disso?

– Sei, uma emergência.

– Se é assim que você está se sentindo, você precisa ir para um hospital, certo?

– É?

– Sim, lá você vai direto para o pronto-atendimento e eles cuidam de você. Eles sabem exatamente como lidar com isso.

Pronto-atendimento? Eu não entrava num pronto-atendimento desde que fui atingido por um trenó e perdi os sentidos no parque, no segundo ano. Saía sangue por um dos ouvidos, e quando acordei era como se tivesse dormido três dias seguidos e eu não tinha muita certeza de que ano era. Eles me deixaram lá até o dia seguinte, fizeram uma ressonância magnética pra ter certeza de que meu cérebro não tinha sido afetado e me mandaram pra casa.

– Você está indo pro pronto-atendimento, Scott?

– Ahn...

– Você gostaria que a gente chamasse o 911 pra você? Se você não tem condições de ir até o pronto-atendimento, a gente pode mandar uma ambulância pra você.

– Não, não! Não precisa. – Não preciso que os vizinhos me vejam sendo removido. Além disso, nunca tinha reparado, mas moro bem do lado de um hospital. Fica a duas quadras – um edifício alto e cinza, com grandes tanques de oxigênio congelado na frente e veículos de empreiteiras a toda hora indo lá pra construir novas alas. É o Hospital Argenon. Posso ir andando. Pode até me fazer bem. E, assim que chegar lá, não vou ter que fazer nada. Só vou dizer o que há de errado comigo e eles vão me medicar. Provavelmente, vão me dar um novo tipo de comprimido – talvez a essa altura já tenham inventado aquele Zoloft de ação rápida – e vou voltar na mesma hora pra casa. A Mãe e o Pai nem vão ficar sabendo.

– Scott?

– Estou indo. Eu preciso...

– Você precisa vestir uma roupa?

– Isso mesmo.

– Isso é ótimo. Isso é maravilhoso. Você está fazendo a coisa certa.

– Legal.

– Você é muito novo. Não queremos perdê-lo. Você está sendo muito corajoso neste momento.

– Obrigado. – Acho meus sapatos. Não, primeiro a calça. Visto calça cáqui. O único sapato que eu consigo achar é o social, que eu usei para ir esta tarde ao consultório da doutora Minerva, e isso já parece que faz uma vida inteira. São uns Rockports, lustrosos e bicudos.

– Você ainda está aí?

– Estou, só vou pegar meu agasalho com capuz. – Puxo ele do gancho e enfio em mim. Pego o telefone de novo.

– Pronto.

– Você é muito corajoso, Scott.

– Obrigado.

– Você está indo para o hospital, certo? Que hospital?

– O Argenon.

– Eles são ótimos lá. Estou orgulhosa de você, Scott. É assim que se faz.

– Obrigado, Maritsa. Obrigado.

Penduro o fone e vou embora. Jordan vem meio cambaleando quando me vê saindo, levanta a cabeça e olha pra mim. Ele não late.

PARTE 4: HOSPITAL

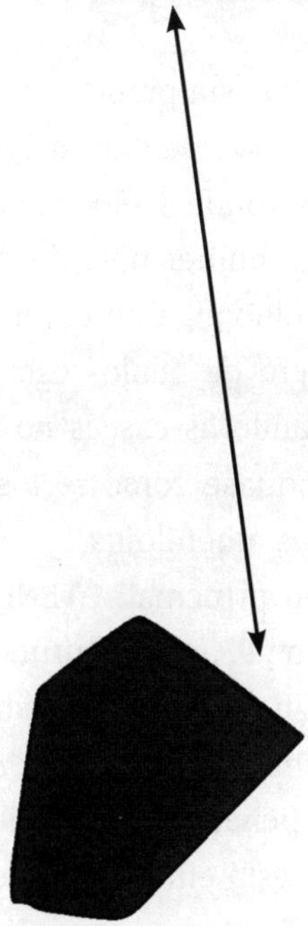

dezessete

O pronto-atendimento está praticamente deserto às cinco e meia da manhã – não sei como tive a sorte de chegar bem nesse horário. Tem um banco comprido de metal preto, onde estão sentadas algumas pessoas. Um casal hispânico anda por ali, a mulher uiva de dor por causa do joelho. Uma senhora branca idosa e seu filho gigantesco, um ao lado do outro, preenchem formulários. Um cara negro de óculos está sentado na ponta do banco, abrindo amendoins e colocando as cascas no bolso esquerdo do casaco e os amendoins no direito. É quase como se fosse um consultório médico comum. A não ser pelo cara dos amendoins.

Vou até o balcão principal: ATENDIMENTO. Há duas funcionárias: uma sentada e a outra em pé, atrás da primeira. A que está atrás quer saber minha idade – ela provavelmente está fazendo estágio.

– Eu preciso... ahn, ser internado. Atendido – digo.

– Preencha essa ficha, e a enfermeira virá ver você em seguida – diz a que está sentada. A que está em pé fica mexendo em envelopes, e olha pra mim. Será que a conheço de algum lugar? Cheiro meu sovaco pra enconder o rosto.

Pego o formulário xerocado que me foi passado. Pede minha data de nascimento e endereço, o nome de meus pais e o telefone deles, meu plano de saúde. Não sei muita coisa sobre plano de saúde, mas sei que meu número da Previdência é o da minha identidade, então anoto isso. Tenho uma sensação boa ao preencher o formulário, como se estivesse me matriculando numa academia especial.

Coloco o formulário, preenchido, numa pequena bandeja preta que fica dependurada ao lado do balcão de atendimento. Só tem um formulário antes do meu; volto e sento ao lado do Homem do Amendoim. Fico olhando fixo para o chão; o piso é de lajotas de trinta centímetros, vermelhas e brancas, como um tabuleiro de xadrez, e eu imagino como um cavalo iria se mover por elas. Eu estou muito doido. Perdi o rumo. Isso aqui não vai resolver. Eu devia era ir embora. Será que é muito tarde? Minha bike está lá em casa, no corredor. Eu posso fazer isso. Sou forte o suficiente.

– Craig? – Uma mulher bota a cabeça pra fora de uma porta no final do balcão de atendimento.

Fico em pé. O casal hispânico grita que eles chegaram lá primeiro e vem alguém pra falar com eles em espanhol. Desculpe, gente.

– Pode vir – chama ela. – Sou a enfermeira.

Aperto a mão dela.

– Sente-se, por favor. – Entro na sala dela, comprida e estreita, que tem um computador e duas cadeiras e uma série de tubos e roupas penduradas num gancho na parede. O sol está subindo por uma janela no final da sala. Na minha frente tem um pôster sobre violência doméstica: *Se o seu homem bate em você, obriga você a fazer sexo, controla seu dinheiro ou ameaça você por causa dos documentos de imigração, você é uma vítima!*

A enfermeira – baixinha, de cabelo cacheado e rosto meio de palhaço – estende a mão até o gancho atrás dela e pega um medidor de pressão. Sempre gostei deles. Não que sejam agradáveis, mas eles sempre dão a impressão de que poderiam ser muito piores. Ela liga o medidor a um dispositivo de medição e começa a bombear.

– E, então, qual é o problema, pinduquinha? – pergunta ela.

Pinduquinha? Desfio a minha ladainha.

– Você se feriu? Tentou se cortar; tentou se machucar; chegou a procurar ajuda em algum lugar?

– Não. Liguei pro 0800-SUICÍDIO e eles me mandaram pra cá.

– Bom. Maravilha. Você fez a coisa certa. Eles são ótimos.

Ela tira o medidor, vira-se e digita a informação no computador. Lê minha folha, que está numa bandeja à direita do monitor, onde escrevi "Quero me matar" como razão para procurar atendimento.

– Bom, você estava tomando remédio?

– Zoloft. Mas parei.

– Você parou? – Ela arregala os olhos. – Temos muitos casos assim. – Ela digita. – Você não pode fazer isso de jeito nenhum.

– Eu sei. – Fico feliz por ter uma coisa concreta em que possa colocar a culpa por tudo isso, alguma coisa para a qual qualquer pessoa possa apontar o dedo.

– O que você precisa fazer agora é parar, agora mesmo, e pensar em como se sente. Quero que se lembre bem dessa sensação da próxima vez que decidir parar de tomar remédio.

– Tá bom. – Registro isso na memória. Me sinto morto, exaurido, horrível, arrasado e inútil. Não é o tipo de sensação que você esquece fácil.

– Você vai ficar *ótimo*, pinduquinha – diz ela.

Olho para o que ela digita na tela. Em "motivo da internação" ela coloca IDEIAS SUICIDAS.

Isso daria um bom nome de banda, acho.

– Venha cá – diz ela, levantando do computador. Atrás dele, uma impressora solta alguma coisa, gemendo e fazendo cliques. Ela estende a mão e pega dois adesivos, cola-os em braceletes de plástico que traz atados ao seu cinto, que é tipo um cinto de utensílios de enfermeira, e coloca os dois no meu pulso direito.

Olho pra eles. Nos dois está escrito *Craig Gilner*, e têm meu número da Previdência Social e um código de barras.

– Por que tem que ser dois? – pergunto.

– Porque você é *muito* especial.

Ela me conduz para fora da sala, até a sala de emergência, passando por cortinas que ela vai, alternadamente, abrindo e fechando pra mostrar o elenco de personagens que estão aqui num sábado de manhã bem cedo. A grande maioria é de idosos – especificamente, senhoras brancas idosas entubadas, gritando e choramingando. Elas gritam pedindo água – "*Ááá-guuaaa, Ááá-guuaaa*" – e não faço a mínima ideia do que estão dando a elas. Os médicos – acho que os médicos têm avental branco e as enfermeiras, azul, certo? – ficam lá em pé segurando pranchetas. Um deles tem uma barba loira desalinhada e rala que eu nunca esperaria ver num médico – e o nome dele é doutor Kepler. Diz lá RESIDENTE; então, é um cara de faculdade. Isso é uma das coisas que eu poderia ser algum dia se não tivesse bagunçado tudo e me feito vir pra cá.

– Por aqui – diz a enfermeira.

Os bipes fazem uma serenata pra nós. Vêm de todos os cantos, uma dezena de bipes de tipos diferentes – uns, em volume bem alto; outros, assustadores; outros, tipo campainha; bipes aleatórios. Fico imaginando se eles alguma hora conseguem ficar sincronizados, enquanto passamos por dois carrinhos gigantes de transportar comidas – dentro deles há bandejas amarelo-claras envoltas em plástico. Café da manhã de hospital. Uma enfermeira vem puxando esses carrinhos por uma porta onde se lê PREPARAÇÃO DE COMIDA.

Passamos por um grupo de rapazes hispânicos deitados em macas, e todos eles parecem ter vindo da mesma briga de bar. Um tem uma bandagem no rosto, outro fala com o médico apontando para o peito e um terceiro arregaça a calça e mostra o que parece ser uma mordida de tubarão. O médico dá uns sibilos em espanhol, e o rapaz desarregaça a calça. Passamos por uma fileira de computadores e ali a enfermeira me diz para eu esperar – ela faz sinais para um médico indiano, e ele traz uma maca, que de perto parece uma peça de maquinaria muito complicada e cara, com alavancas vermelhas e pretas saindo por toda parte, e enfia a maca dentro de um quarto lateral onde está marcado "22".

O quarto 22 é grande o suficiente para acomodar a maca. Não tem porta, só uma entrada. As paredes são amarelas. A enfermeira me coloca lá dentro.

– Um médico virá ver você daqui a pouco – diz ela.

Já clareou. Uma claridade infernal. E eu não dormi. Sento na maca. O que será que eu tenho que fazer aqui? Não há nada pra fazer. Não há sequer um gancho pra pendurar roupa.

Do lado de fora do 22, tem um rapaz negro com dreads compridos, numa maca perto de uma cortina. Ele está bem vestido, de marrom-escuro – com sapatos pretos como os meus –, e segura o quadril com a mão e se *contorce* de dor. É uma coisa que eu nunca tinha visto, a não ser em filme – um homem agarrando uma parte dele e fazendo caretas e se agitando e respirando ofegante e mostrando os dentes e dizendo: "Enfermeira, enfermeira, *por favor*". Parece que ele deslocou o quadril. Ele fica rolando de lado e depois volta a ficar de costas, mas nada parece ajudar.

Quem está pior, soldado, você ou ele?

Não sei, senhor!

É uma questão complicada, soldado.

Bem, ele, obviamente. Quer dizer, eu estou sentado aqui, descansando; ele está lá, praticamente morrendo.

Esperava mais de você, filho.

Como assim?

Você é um garoto inteligente. Devia ser capaz de ver quando alguém está fingindo. E, soldado...

Sim.

... você fez um bom trabalho. Estou contente por você ainda estar a bordo.

Não me sinto nem um pouco melhor.

A vida não é uma questão de se sentir melhor; a vida é uma questão de fazer o que precisa ser feito.

Olho de novo pro rapaz negro; enquanto isso, um policial enorme, de cabelo cortado bem rente e com aquelas pequenas protuberâncias estranhas de gordura na nuca, entra em cena segurando um jornal e uma xícara de café. Pega uma cadeira de plástico cor de laranja e senta perto de mim, entre o quarto 22 e o quarto 21, outro espaço aberto, do tamanho de um closet.

– Olá, como vai? – diz ele. Fala devagar e tranquilo. – Sou Chris. Se precisar de alguma coisa, fale comigo. – Ele senta e abre o jornal.

O rapaz negro agora geme pra valer, arregalando os olhos toda vez que uma enfermeira passa por ele. Ele agarra o quadril com as duas mãos. Talvez seja viciado em heroína. Eles vêm pro hospital e fingem que estão feridos para conseguir morfina. Fico observando-o alguns minutos, tentando ver se a coisa é real ou enganação. Não há relógios por aqui. Só bipes.

Chris sacode o jornal. Na página 2 temos: "Homem cai do 86º andar do Empire State".

– Nossa! – digo. Não consigo acreditar. – Aí diz que um cara saltou do Empire State Building?

– Nããão. – Chris dá um sorriso, olhando pra mim por cima do ombro. – Nada disso. – E fecha o jornal.

– Não é pra você ficar vendo essas coisas.

Eu dou risada. – Não é pouca coisa.

– E ele sobreviveu! – diz Chris.

– Que beleza!

– Ele conseguiu! E você vai conseguir também.

Será que alguém contou pro cara o motivo de eu estar aqui? Ou será que todos os que têm dificuldades mentais são despachados para o quarto 22?

– O que ele fez? Caiu em cima de uma árvore?

Mas Chris já tinha passado para a página 4. – Não é pra você ficar vendo essas coisas.

Alguém deve ter lhe contado. Ele é um policial encarregado de garantir que as coisas andem bem na sala de emergência e alguém deve ter contado que há um garoto deprimido no 22, e agora ele está tentando ser prestativo.

Deito na maca, tiro o capuz e jogo em cima do rosto. Não ficou escuro o suficiente. Não vou ser capaz de dormir. Estou suando. Quero fazer flexões, mas não posso em cima da maca e, provavelmente, não é uma boa ideia fazer no piso de lajotas, que não parece ter sido limpo recentemente. Não tenho a menor necessidade de entrar no Hospital Argenon com depressão e sair dele com difteria.

– Enfermeira! Enfermeira! Por favor! – geme o rapaz negro.

– *Áááá-guaaaa. Áááá-guaaaa* – resmunga uma mulher.

– Ei, e aí? – Chris atende seu telefone. – Não, estou trabalhando.

Bipe, alguma coisa "bipa".

Esses são os sons do hospital, do hospital, do hospital.

– Olá, Craig?

Uma médica entra no 22. Ela tem cabelo escuro comprido e um rosto rechonchudo e olhos verde-claros.

– Oi.

– Eu sou a doutora Dados.

– Doutora *Dados*?

– Isso.

Hmm. Quis perguntar se ela era um androide, mas isso seria muito desrespeitoso, e, além disso, não estou pra esse tipo de coisa.

– O que está acontecendo?

Desfiei pra ela a ladainha. Ela vai ficando cada vez mais curta. Eu queria me matar; liguei para o tal número; depois vim para cá. *Blá-blá-blá.*

– Você fez a coisa certa – diz ela. – Um monte de gente larga o remédio e arruma uma grande encrenca.

– Foi o que me disseram.

– Bem, mas, além de querer saltar da Ponte do Brooklyn, você tem tido mais alguma coisa? Andou vendo coisas, ouvindo coisas?

– Não. – Não vou falar nada do cara do exército. As mesmas regras que uso com o doutor Barney.

– Seus pais sabem que você está aqui?

– Não.

– Ok, muito bem, deixe-me dizer o que podemos fazer por você, Craig. – Ela tira o estetoscópio, fica com ele na mão e cruza os braços curtos. Ela é bonita. Os olhos são sérios e lindos. – Hoje é sábado, e aos sábados nossos melhores psicólogos estão aqui, os bons de fato. Recomendo que você converse com o doutor Mahmoud. Ele vai descer logo e vai poder lhe dar a ajuda de que você precisa.

Tenho uma súbita visão do doutor Mahmoud me levando para o seu consultório, um consultório especial de médico de doido, dentro do Hospital Argenon. Tem que ser muito agradável e despojado. Provavelmente tem um divã preto e uma janela ampla e alguns Picasso. Ele vai me levar lá; faremos algum tipo de terapia de emergência; ele vai me passar o tipo de truque que a doutora Minerva tem sido incapaz de me passar, e daí vai acontecer a Mudança, ele vai me passar uma nova receita do Zoloft (quem sabe o Zoloft de efeito rápido!) e eu vou achar meu rumo de novo.

– Soa como um plano.

– Bem, mas você terá que informar seus pais e dizer onde está, porque, quando o doutor Mahmoud descer, ele vai precisar que eles assinem por você.

– *Ohhhhh.*

– Isso vai criar algum problema?

– Não. Posso fazer.

– Onde estão seus pais?

– A umas duas quadras daqui.

– Eles estão juntos? Dão apoio?

– Sim.

– Eles vão encarar numa boa o fato de você ter vindo aqui?

Suspiro. – Sim. Eu é que... não.

– Não se preocupe, acontece com muita gente. Geralmente está relacionado com estresse. Respire, Craig. – Ela coloca o estetoscópio nas minhas costas e me faz respirar fundo, tossir, aquela coisa toda. Ela não vai precisar segurar minhas bolas, o que é ótimo, porque aqui não tem porta.

Olho pra fora enquanto ela me examina. O rapaz negro está agora com uma enfermeira inclinada em cima dele.

– O doutor Mahmoud já vai descer. Ligue pros seus pais, por favor, e diga pra eles estarem aqui dentro de duas horas.

Duas horas. Nossa! Vou ter que esperar mais duas horas?

– Tá bom.

A doutora Dados faz um sinal com a cabeça, concordando. – Nós vamos ajudá-lo.

– Ok. – Tento sorrir.

Ela sai. Imagino que, com os pais aqui, vou me livrar disso o mais rápido possível. Abro o celular. Não tem sinal aqui na sala de emergência. Saio do quarto 22 para procurar um telefone fixo.

Chris levanta da cadeira dele.

– Companheiro, ei, já lhe falei, você tem que pedir as coisas pra mim. O que você está precisando?

Eu me viro e olho pra ele, vejo seu distintivo e o cassetete. Agora entendo o que ele é. Ele não está lá pra cuidar do geral ou da sala de emergência; está lá pra minha *proteção*. Quando você chega num hospital com algum problema mental, *eles colocam um guarda junto pra que você não se machuque*. Estou sob uma espécie de *vigilância de suicídio*. Você quer cometer suicídio, então você liga 0800-SUICÍDIO e passa a ter vigilância de suicídio.

– Humm. Eu preciso ligar pra minha mãe.

– Sem problema. Os telefones ficam ali. Disque nove. – Ele acena com a cabeça.

Os telefones estão a algo como um metro e meio de distância. Mas Chris coloca suas mãos nos quadris e fica vigiando de perto enquanto tiro o telefone do gancho.

dezoito

Oi, Mãe, eu estou no hospital? Não.

Oi, mãe, você está sentada? Eh.

Mãe, você não vai acreditar de onde eu estou ligando! Nããããão.

– Oi, Mãe – digo ao ouvir o alô dela, sussurrado. – Tudo bem?

– Craig! *Onde é que você está?!* Eu acabei... você acabou de me acordar e não está na cama! Você está bem?

– Estou bem.

– Você está no Aaron?

– Ahn... – Eu sugo o ar através dos dentes. – Não, Mãe. Não estou na casa do Aaron.

– Onde você está?

– Eu... ahn... Eu dei uma pirada mais forte ontem à noite, estava me sentindo muito mal, e então... hmm, eu mesmo me internei no Hospital Argenon.

– Ah, meu Deus! – Ela para, prende a respiração. Ouço ela sentar, soltar o ar. – Você... você está bem?

– Bom, quer dizer... eu estava querendo me matar.

– Ai, *Craig!* – Não há choro, mas eu ouço ela colocar o rosto entre as mãos.

– Sinto muito, Mãe.

– Não, não! Eu é que sinto muito. Eu fiquei dormindo! Eu não estava sabendo!

– Por favor, Mãe, você não tinha como saber!

– Eu sabia que você estava mal, mas não percebi. O que você fez? Como é que você foi parar aí?

– Não se preocupe. Eu não fiz nada. Eu usei seu livro.

– Qual? A Bíblia?

– Não, aquele seu livro *Como lidar com a perda de um amor.*

– Sobreviver. *Como sobreviver à perda de um amor*. Um livro maravilhoso.

– O livro recomendava ligar para a linha direta de suicídio, e eu fiz isso.

– É essa folha de papel do lado do telefone?

– É, você pode jogar fora. Eles disseram... você sabe... que, se eu estava me sentindo numa emergência, então deveria ir prum pronto-atendimento, e foi aí que eu calcei o sapato e vim pra cá.

– Oh, Craig, então você não fez nada com você mesmo? – Ela faz uma pausa.

– Não, eu me internei.

Ouço ela prender a respiração e penso que lá na minha casa, a algumas quadras daqui, ela deve estar colocando a mão no peito. – Estou muito orgulhosa de você.

– Está?

– Essa é a coisa mais corajosa que você já fez.

– Eu... obrigado.

– Essa é a maior afirmação de vida que você já fez. Você tomou a decisão certa. Eu te amo. Você é meu único filho e eu te amo. Por favor, lembre-se disso.

– Eu também te amo, Mãe.

– Pensei que eu não era uma boa mãe, mas devo ser uma boa mãe, porque ensinei você a cuidar de você mesmo. Você teve as ferramentas para saber o que fazer. Isso é muito importante. E com certeza eles aí serão ótimos com você; é um hospital excelente. Eu estou indo já: Quer que eu leve seu pai?

– Não sei. Talvez seja bom ter o mínimo de gente, se possível.

– Onde você está agora?

– Na sala de emergência. Eles querem que você assine alguns formulários.

– Onde é que eles vão levar você?

– Para uma conversa com o médico, o doutor Mahmoud.

– E como é que você está se sentindo?

– Não sei. Como se a coisa toda fosse irreal. Eu não consegui dormir nada ontem à noite.

– Ai, Craig, se eu tivesse ficado sabendo... Eu não sabia...

Eu sorrio. – Eu amo você, Mãe. Preciso ir. – Chris está olhando pra mim.

– Eu te amo. Estou muito orgulhosa de você.

Desligo. Minha mãe parece mais feliz de me ver dentro do hospital que dentro do ensino médio.

Eu me viro para Chris e percebo que o quarto ao lado do meu, o 21, está agora ocupado. Um cara negro está lá dentro, sentado em cima de uma maca.

É careca, mas não aquele careca rapado – é um careca velho, com fiozinhos de cabelo branco formando um halo em volta dele. Seu rosto está sem barbear; os braços descansam nas pernas, cruzados. É magro, está de calça de agasalho e camiseta branca, coberta do pescoço para baixo por uma mancha escura que não dá pra saber o que é. Ele vira a cabeça pra parede e vejo uma cicatriz que vai da orelha ao pescoço. Então, ele se vira pra mim. A única coisa que dá pra dizer em favor dele é que tem todos os dentes e que são brancos e ele está sorrindo.

Enfio-me de novo no quarto 22 e volto a observar o cara com os dreads. Ele não está mais se contorcendo; ao que parece, a enfermeira lhe deu aquilo de que ele precisava, porque agora está sentado, olhos fechados, a calça arregaçada até os joelhos, coçando tudo – as canelas, o peito, o rosto –, resmungando e xingando. Ele se coça suavemente e não parece ter de fato a intenção de aliviar qualquer tipo de coceira. Ele se balança de trás pra frente num ritmo lento, que bate com os bipes, e abre uma fresta de olho a cada minuto.

Talvez eu devesse ser assim. Se fosse drogado desse jeito, talvez não tivesse tempo de ficar deprimido. É heroína, certo? É isso que eu preciso: um pouco de heroína.

Mas eu reconsidero. Antes de qualquer coisa, seria bastante desagradável perguntar aos meus amigos: *Ei, quem sabe onde eu posso arrumar heroína?* Iam pensar que era brincadeira. Além disso, a droga tem os piores apelidos: "cavalo", certo? Como é que eu ia pedir cavalo, assim, de cara séria? E, se eu estivesse tomando heroína, então seria um adolescente deprimido, dependente de heroína. Não preciso virar um clichê desses.

– Quer o café da manhã? – pergunta Chris, e, antes que eu possa dizer não, uma das tristes bandejas amarelas é empurrada pra mim. A bandeja tem um copo do que parece ser mingau de aveia, um ovo bem cozido espremido dentro de uma embalagem de isopor com tampa, um café (dá pra adivinhar, porque a tampa tem uma mancha de café), um copinho de plástico com suco de laranja coberto por um plástico e um pedaço de pão integral embrulhado em plástico também. E garfo, colher, faca, sal, pimenta, açúcar. Não me deu a menor vontade. Não me interessei por nada daquilo. Mas eles podem estar me monitorando; então, abro o pão e me forço a comer, pedacinho por pedacinho, acompanhado com suco de laranja. Peço a uma das enfermeiras um chá e ela me traz outro café. Cheiro o café, mas ele me parece muito perigoso; então, só para zoar, ofereço um pouco ao Chris.

– Já tenho o meu – diz ele e ergue a mão e mostra uma marca de café conhecida no mundo inteiro. É estranho ver nomes de marcas no hospital.

Enquanto Chris fica tagarelando no celular (gostaria de saber que operadora fornece sinal aqui dentro; eles poderiam tipo usar isso num comercial: um cara entre paredes almofadadas dizendo: "Está me ouvindo agora?"), a doutora Dados volta com os formulários para eu assinar, fazendo constar minha idade e endereço. Também traz formulários para o homem velho do lado, o do quarto 21.

– Como está indo, Jimmy? – pergunta ela lá dentro.

Ela tem que falar bem alto.

– Eu falei, dona: vai acontecer com você! – grita ele naquele falar entrecortado do pessoal do sul.

Ela emite um *tsc-tsc*. – Como é que você me apronta essa de voltar pra cá, Jimmy? A gente achou que não ia ver você por aqui por um bom tempo.

– Eu... eu... eu acordei, e a cama estava pegando *fogo*.

Já fica bastante evidente a essa altura que a Mãe vai se atrasar. Ela provavelmente está tentando providenciar uma sacolinha de atividades recreativas pra mim. Na verdade, o que eu devia fazer era dormir um pouco. Eu despenco na maca e coloco, meio desanimado, o capuz em cima do rosto, mas há pensamentos demais no meu cérebro. Que será que vou fazer agora? Começo a me preocupar. Estou no *hospital*. Eu teria *coisas* pra fazer hoje à noite. Tem uma festa – uma superfesta – na casa do Aaron. Será que vou ter condições de ir? E, se eu não for, vou dizer o quê? E qual é a alternativa? Vou ficar em casa e tentar trabalhar, mas não vou ser capaz, e então vou acabar ficando outra noite sem dormir? Não vou aguentar mais uma noite sem dormir!

Quando é que você sabe que chegou ao fundo do poço? Acho que o fundo do poço, de verdade, é quando você está na rua como sem-teto, acho, e não num hospital. Mas o Ciclo está começando e eu não consigo lidar com ele e a sensação é de ter chegado ao fundo do poço. Sento, tiro o capuz da cabeça.

– Posso usar o banheiro? – pergunto ao Chris.

Ele me faz passar pelos pacientes hispânicos tagarelas até o banheiro de cromados e azulejos que provavelmente já assistiu a muitos atos condenáveis. Ele fica do lado de fora. Eu olho em volta e penso como eu faria para me matar aqui se realmente precisasse fazer isso – teria que esmagar a cabeça na tampa da privada. Aaai! Nunca vi isso nem mesmo em filme de terror. Olho pra privada e decido ficar em pé. Não vou mais sentar como o filhotinho derrotado do mundo. Fico em pé, fazendo esforço, lavo a mão e saio.

– Uau! Foi rápido – diz Chris.

Passamos pelo Jimmy do quarto 21 ao voltar. As mãos dele ainda estão cruzadas em cima das pernas enquanto a doutora Dados vai fazendo perguntas.

– Eu já lhe disse isso antes: *é desse jeito que são as coisas*. Você exagera, e aí *o prejuízo é seu!*

O cara dos dreads ainda está viajando.

Eu deito. Uma enfermeira chega com um carrinho que parece ter mais comida. Ela bate – como se houvesse porta – e diz que tem que medir meu pulso. Isso exige colocar, por todo o meu corpo, uns tabletinhos grudentos ligados com fios. Não dói, mas tenho a sensação de que pode doer quando ela tirar. Viro pra olhar o carrinho enquanto ela coloca os tabletinhos, e então uma haste de metal, como se fosse uma agulha de toca-discos, fica lendo meu pulso. Observo: um pico, depois um pico menor, depois uma baixa, e tudo se repete. *Esse é você. Esse é o seu coração.*

– Muito bem – diz a enfermeira. Ela tira os tabletes. Não dói nada, o adesivo é leve e macio. Os tabletes pendem do carrinho como um emaranhado de raízes conforme ela vai embora. Deito sem fazer nada por um segundo, e aí visto de novo a jaqueta e puxo o capuz. Quanto tempo faz que estou aqui? Abro o celular. Duas horas e meia.

– Senhor Gilner?

Um homem de terno preto e gravata cinza está em pé na entrada do quarto. Ele ocupa quase completamente a entrada; é grande, silhueta de barril, e tem um rosto imponente, com marcas de varíola, sobrancelhas grandes, e um aperto de mão firme.

– Sou o doutor Mahmoud. Como se sente? Por que veio para cá?

Repito pra ele a ladainha.

– Seus pais estão aqui?

– Hmm... Eu liguei pra eles, mas...

– Ah, é aqui? Ok, obrigada! – Ouço a voz da Mãe lá fora, na sala de emergência. Coloco a cabeça entre as mãos.

– Está aqui? No 22?

O doutor Mahmoud dá um passo de lado, e lá está a Mãe, trazida pela enfermeira que me internou, com uma sacola abarrotada na mão esquerda e o Jordan na direita.

– Senhora! – grita a enfermeira. – Não pode entrar com cachorro aqui!

– Que cachorro? – pergunta a Mãe, enfiando o Jordan dentro da sacola. Ele põe a cabeça pra fora, olha pra mim e late, depois se esconde de novo.

Todo mundo na sala de emergência de repente fica em silêncio. Até o cara detonado de dreads olha pra minha mãe. Chris chega perto dela; a enfermeira que me internou aponta pra mim...

– Espere um segundo – diz o doutor Mahmoud. – Senhora Gilner?

– Sim? Craig! Ah, meu Deus!

Todos a deixam entrar no quarto 22. Eles se espalham num semicírculo de três pessoas enquanto ela me abraça forte, o tipo de abraço que ela costumava me dar quando eu tinha cinco anos, com balancinho e tudo. Jordan rosna pra mim.

– Eu tive que trazê-lo; ele estava fazendo cena. Eu amo você tanto – cochicha a Mãe no meu ouvido, com um bafo quente, cheio de pinguinhos de saliva.

– Eu sei. – Eu a contenho.

– Senhora Gilner...

– Ela realmente tem que sair daqui com o cachorro – diz a enfermeira.

– Ela está com um cachorro? Os cachorros detestam policiais – diz Chris.

– Só um segundo – diz o doutor Mahmoud.

Todos olhamos pra ele.

– Muito bem, senhora Gilner, agora que está aqui, seu filho internou-se por causa de ideias suicidas e de depressão aguda. A senhora compreende?

– Sim.

– Ele estava tomando Zoloft, mas interrompeu a medicação.

– Você parou de tomar? – a Mãe vira pra mim.

– Achei que já estava melhor. – Dou de ombros.

– Teimoso que nem o pai. Sim, doutor?

– Bem, a próxima questão é para o Craig. Craig, você gostaria de ficar internado?

Internado. Isso provavelmente significa ir para a sala especial onde vou conversar com o doutor Mahmoud. Uma visita rápida e depois vou embora. Vai me dar a sensação de que consegui alguma coisa, que não fiquei apenas aqui largado na sala de emergência.

– Sim – digo.

– Boa decisão – diz a Mãe.

– Senhora Gilner, precisa assinar aqui no lugar do Craig, para esse tipo de decisão – diz o médico. Ele gira a prancheta, que até então tinha ficado segurando na minha frente, e passa pra ela. Tem uma quantidade terrível de letrinhas miúdas na parte de cima da página e na parte de baixo, mais ainda; no meio, uma espécie de linha imaginária marca onde você deve assinar.

– Só tem uma coisa – diz o médico. – Neste exato momento o hospital está passando por uma reforma e estamos com muito pouco espaço, por isso seu filho será internado junto com os adultos.

– Desculpa, não entendi.

– Ele será internado junto com nossos pacientes adultos, e não na ala só de adolescentes.

Ah, então vou ficar esperando junto com os idosos para ver o doutor Mahmoud? – Isso não é problema – digo.

– Muito bom. – O médico sorri.

– Ele vai estar seguro? – pergunta a Mãe.

– Perfeitamente. Nós temos o melhor serviço médico do Brooklyn aqui, senhora Gilner. As reformas são só uma condição temporária.

– Certo. Craig, tudo bem pra você?

– Claro, sem problemas.

A Mãe coloca na folha a sua assinatura indecifrável, cheia de curvinhas.

– Ótimo. Vamos deixar tudo pronto para você, Craig – diz o doutor Mahmoud. – Você vai se sentir bem melhor.

– Tá bom. – Eu aperto a mão dele. O médico se vira e vai embora, um grande terno cumprimentando pacientes à esquerda e à direita na sala de emergência. A enfermeira coloca a mão no ombro da Mãe. – Desculpe, a senhora realmente precisa sair com o cachorro.

– Posso dar uma sacola de roupas pro meu filho?

– Mas pra que eu vou precisar de roupa? – pergunto. Olho na sacola: tem não só roupas, aliás, as roupas que eu mais odeio, mas também o Jordan, sentado em cima delas.

– Se quiser trazer coisas pra ele, pode deixar mais tarde no hospital – responde a enfermeira.

– Onde é que ele vai ficar? – pergunta a Mãe, como se eu não estivesse ali.

– Na Seis Norte – responde a enfermeira. – É só perguntar por ele. Vamos.

– Eu te amo, Craig.

– Tchau, Mãe.

Um abraço rápido, e ela toma o seu rumo – Chris observa, com as mãos nos quadris. Estou realmente curioso em relação à sua eficiência como segurança de hospital.

– O que é a Seis Norte? – pergunto pra ele.

– Ah... hmm... a gente não tem permissão pra ficar conversando – diz ele e volta a sentar com seu jornal. Olho pela porta pra ver se consigo ler alguma notícia, mas é tudo a mesma coisa de sempre. Sabe, esse é um lugar chato de ficar. Adoraria não estar deprimido pra não ter que ficar aqui.

– Senhor Gilner? – alguém finalmente pergunta. Um rapaz novo entra pela porta, um cara magro, barba curta, com aspecto de hippie velho, só que sem o cabelão comprido, de óculos. Não usa avental branco, nem azul, nem uniforme de policial. Está de jeans, uma camisa de colarinho azul e o que parece ser um colete de couro.

– Eu sou Smitty. Estamos prontos para levá-lo para cima.

– São dois! – diz uma médica ao passar. – Vinte e um *e* vinte e dois.

– Bem, eu não tenho os papéis do senhor 21. – Smitty balança a cabeça. – Então, vou levar o senhor Gilner, depois volto, certo? Ei, esse não é o *Jimmy*?!

– Ele *voltou* – resmunga a médica.

– Tudo bem, menina, é sábado. Vai dar tudo certo. Senhor Gilner? – Ele se vira pra mim.

– Oi, sim.

– Está pronto pra sair desse lugar maluco?

– Eu vou ver o doutor Mahmoud?

– Claro! Mais tarde, hoje.

– Você cuida dele, Smitty? – pergunta Chris.

– Não acho que ele vai me dar nenhum problema, não é, senhor Gilner?

– Hmm... não.

– Ok. Está com as suas coisas?

Checo os braceletes, as chaves, o celular, a carteira. – Estou!

– Vamos indo.

Pulo da maca, aceno com a cabeça pro Chris e sigo Smitty em seu passo lento pela sala de emergência. Abrimos uma porta perto do banheiro e rompemos um selo pra entrar em um ambiente totalmente diferente do hospital – paredes de tijolo vermelho, árvores de interiores, quadros de médicos célebres que trabalharam aqui. Smitty me conduz por um átrio até os elevadores.

Aperta o botão de subida, fica em pé ao meu lado, e acena com a cabeça. Vejo uma placa entre os dois elevadores mostrando-nos o que há em cada andar.

4 - Pediatria.
5 - Alta
6 - Psiquiatria adulta

Ah, ele vai ficar na Seis Norte.

– Estamos indo para a psiquiatria adulta? – pergunto ao Smitty.

– Bom – ele olha pra mim –, você ainda não tem idade suficiente pra a psiquiatria geriátrica. – E dá um sorriso.

O elevador faz *ding;* entramos, damos meia volta e ficamos cada um num canto. Smitty me conduz para a esquerda ao chegarmos ao sexto andar. Passo por um cartaz de um homem hispânico rechonchudo de avental azul com o dedo cobrindo a boca: *PSSIIUUUUUU!* CURA EM ANDAMENTO. Então, Smitty passa uma espécie de cartão magnético diante de duas portas duplas, elas se abrem e entramos.

É um corredor vazio, largo o suficiente para acomodar um adulto deitado com os braços estendidos. No final há duas grandes janelas e uma série de sofás. À direita, um pequeno escritório com uma janela de vidro, com quadrados de dois centímetros de arame fino embutidos no vidro; dentro do escritório, várias enfermeiras sentadas diante de computadores. Logo depois do escritório, há outro corredor que vai pra direita. Sigo Smitty e, quando chegamos ao cruzamento dos dois corredores, dou uma olhada no que fica à direita.

Há um homem ali, apoiado nos corrimões que ficam em volta da sala, apesar de não haver degraus. O homem é baixo e encorpado; olhos saltados e rosto achatado e um lábio quase leporino. Tem uma penugem que sai da nuca e um grande tufo de cabelo preto na cabeça pequena. Ele olha pra mim com uma cara de desamparo, como se eu tivesse acabado de surgir de um buraco do chão e viesse oferecer-lhe valiosos clipes de papel direto da lua.

Ah, meu Deus, caio na real. *Estou na ala psiquiátrica.*

PARTE 5: SEIS NORTE, SÁBADO

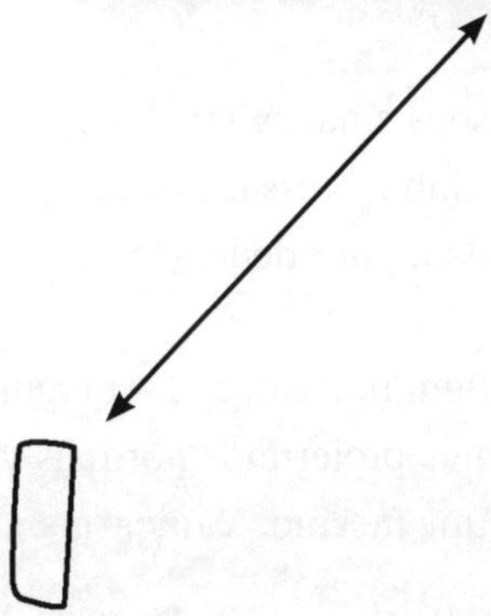

dezenove

– Venha por aqui, vamos pegar seus sinais vitais – diz Smitty, e me faz sentar no pequeno escritório. Mede minha pressão, num aparelho que fica num carrinho de rodinhas, e meu pulso, com dedos sensíveis. Anota numa folha na minha frente: *120/80*.

– Cento e vinte por oitenta. Bem normal, né? – pergunto.

– Sim. – Smitty sorri. – Mas nós preferimos normais vivos. – Ele guarda o medidor de pressão. – Fique aqui mesmo, vamos mandar uma enfermeira falar com você.

– Uma enfermeira? E você é o quê?

– Eu sou um dos diretores do andar do período diurno.

– E o que é esse andar exatamente...?

– É uma instalação provisória para a psiquiatria adulta.

– Quer dizer, é como se fosse a ala psiquiátrica?

– Não é uma ala, é um hospital. A enfermeira vai lhe responder quaisquer perguntas. – Ele sai do escritório e me deixa lá com um formulário: nome, endereço, número da Previdência Social. E de repente... peraí, já vi isso antes! São as mesmas perguntas do consultório do doutor Barney:

Sentiu-se incapaz de lidar com as coisas do dia a dia. 1) Nunca, 2) Às vezes, 3) Quase todos os dias, 4) Sempre.

Que inferno! Estou num hospital psiquiátrico. Coloco 4 em todos – tem umas vinte perguntas –, exceto nas linhas sobre automutilação, bebida e uso de drogas (não vou colocar nada sobre maconha, a regra é essa, e quem me deu a dica foi o Aaron – você nunca, em hipótese alguma, admita que fuma maconha, nem para os médicos, nem para os professores, nem para nenhuma autoridade, não importa o quanto você confie neles; eles sempre podem incluir você na Lista dos Fumantes de Maconha do FBI). Assim que eu termino, entra uma enfermeira negra atarracada, com um sorriso amplo e bondoso e cabelo trançado bem apertado. Ela se apresenta, com um forte sotaque caribenho.

– Craig, eu sou Monica, uma das enfermeiras deste andar. Vou lhe fazer algumas perguntas a respeito de como você está se sentindo e ver de que modo posso ajudá-lo.

– Sim, ahn... – Chegou a hora de falar do meu caso. – Eu vim pra cá porque estava realmente perturbado, você sabe, e então me internei lá no térreo, mas não tinha muita certeza de para onde estava indo e, agora que estou aqui, não sei se realmente...

– Pare, querido, deixe-me lhe dizer uma coisa.

A enfermeira Monica fica em pé do meu lado, mas é tão baixinha que nós dois ficamos quase da mesma altura, e então pega uma xerox do formulário que minha mãe assinou no térreo fazia apenas uma hora.

– Está vendo isso aqui? Essa assinatura diz que você foi voluntariamente internado para cuidados psiquiátricos no Hospital Argenon, certo?

– Certo...

– E, está vendo?, diz que você vai ser dispensado a critério do médico assim que ele apresentar seu *plano* de dispensa.

– Eu não vou sair daqui enquanto um médico não autorizar?!

– Agora, espere. – Ela senta. – Se você sentir que esse não é o lugar onde devia estar, depois de cinco dias você pode escrever uma carta, a gente chama de Carta dos Cinco Dias, explicando por que você sente que não faz parte desse lugar, e nós vamos rever isso e permitir que saia, desde que se qualifique para isso. – Ela sorri.

– Então, vou ficar aqui pelo menos *cinco dias*?

– Às vezes a pessoa fica aqui só dois dias. Com certeza, nunca mais que trinta.

Meu Deus... Bem, não há muito a dizer sobre isso. Essa é a assinatura da minha mãe. Apoio as costas no encosto da cadeira. Hoje de manhã eu era um adolescente perfeitamente funcional. Agora sou um paciente mental. Mas, tudo bem, eu não era tão funcional assim. Isso é melhor? Não, isso é pior. Isso é *muito...*

– Vamos falar sobre como você veio parar aqui – propõe Monica.

Repito a ladainha de sempre.

– Quando foi a última vez que você ficou hospitalizado?

– Faz uns quatro anos. Eu tive um acidente com um trenó.

– Então, você nunca havia sido hospitalizado por problemas mentais antes.

– Ah, não!

– Muito bem. Agora quero que você olhe para essa tabela. Está vendo aqui?

Vejo uma pequena escala de 0 a 10 numa folha na frente dela.

– Essa é a tabela de dor física. Quero que você me diga, neste exato momento, numa escala de 0 a 10, se você está tendo algum tipo de dor física.

Olho a folha mais de perto. Debaixo do 0 diz nenhuma dor e debaixo do 10 diz *dor excruciante insuportável.* Preciso morder a língua pra não rir.

– Zero – digo.

– Certo. Agora vem uma questão muito importante – ela se inclina pra frente –, você chegou a tentar fazer alguma coisa para se machucar antes de vir para cá?

Sinto que essa é de fato uma questão importante. Pode ser o tipo de questão que determina se vou ficar num quarto normal com TV ou numa sala especial amarrado por tiras.

– Não – anuncio.

– Não tomou nada? Não fez nenhuma tentativa de conseguir um *good sleep*?

– Não entendi.

– O good sleep, não conhece? É como eles chamam. Quando você toma muitos comprimidos junto com bebida alcoólica...

– Ah, não! – digo.

– Certo, isso é ótimo – diz ela. – Não queremos perdê-lo. Pense nas suas habilidades. Pense nas ferramentas que você tem. Das suas mãos aos seus pés.

Penso nisso tudo. Penso nas minhas mãos assinando formulários e nos meus pés correndo, flexionando-se para cima e para baixo conforme corro para uma aula quando estou atrasado. Sou bom em algumas coisas.

– Bem, agora estamos prontos para o almoço – diz Monica. – Você é cristão?

– Hmm... sim.

– Vegetariano?

– Não.

– Então, não há restrições específicas de dieta. Muito bem. Preciso que você leia essas regras aqui. – Ela põe quatro folhas de papel na minha frente. – São sobre a conduta neste andar. – Meu olho cai na 6: *Espera-se que os pacientes se mantenham barbeados. A barba será supervisionada por uma atendente todos os dias após o café da manhã.*

– Não tenho certeza se você notou, mas está vendo qual é o primeiro item da lista?

– Hmm... "Não se permite o uso de celular no andar"?

– Isso mesmo. Você tem celular?

Sinto ele no bolso. Não quero ficar sem celular. É uma das únicas coisas que me faz sentir eu mesmo neste momento. Sem o celular, quem eu vou ser? Não vou ter nenhum amigo, porque não tenho os números deles de cor. E mal vou ter uma família, porque não sei o número do celular deles, só o telefone fixo. Vou ser como um animal.

– Por favor, passe-o para mim – diz Monica. – Nós vamos guardá-lo no seu armário com chave, até você ser dispensado, ou então você pode deixar que as visitas cuidem dele.

Coloco o celular em cima da mesa.

– Por favor, desligue.

Abro – duas novas mensagens de voz, *de quem serão?* – e então aperto OFF. *Tchauzinho, meu pequeno celular.*

– Agora, isso é muito importante: você tem algum objeto cortante com você?

– Minhas chaves?

– Mesma coisa do telefone. A gente guarda para você.

Jogo as chaves num montinho em cima da mesa; Monica arrasta tudo para dentro de uma bandeja como se fosse um funcionário de segurança de aeroporto.

– Maravilha. Tem mais alguma coisa que você consiga lembrar?

Monica, eu fiquei só com a minha carteira e as roupas. Eu balanço a cabeça, negando.

– Ótimo. Agora espere. – Ela fica em pé. – Nós vamos chamar o Bobby para fazer um passeio. – Monica acena com a cabeça pra mim, fica com minhas tabelas, me deixa lá pra que eu revise os papéis e vai pra sala. Volta um minuto depois com um homem magro, descarnado, com grandes olheiras debaixo dos olhos e um nariz que parece ter sido quebrado em três lugares pelo menos. Em contraste com o policial do térreo, a nuca se alinha com o queixo. É mais velho, mas ainda conserva todo o cabelo, um majestoso escovão grisalho, penteado sem muito capricho. Ele carrega o corpo de um jeito um pouco estranho, inclinado pra trás, como se estivesse com um apoio de cabeça.

– Meu Deus, você é um menino! – diz ele encurvando a boca. Ele estende a mão e ela vem meio de lado, com o polegar arqueado.

– Eu sou Bobby – diz ele.

Sua blusa de moleton tem um desenho do Marvin, o Marciano, onde se lê: O DOMINADOR DO MUNDO.

– Craig. – Fico em pé.

Ele me acena com a cabeça, e seu pomo de Adão, que tem uns pelos grisalhos adicionais compridos, se mexe. – Está pronto para o grande passeio?

vinte

Bobby me conduz para a sala clara com seu passo bizarro.

– Todo mundo está no refeitório neste momento. – Ele indica com um gesto enquanto passamos pelo corredor lateral, aquele que sai do primeiro onde entrei. Olho pra esquerda. Lá está o refeitório, pintado de azul, dominado por uma televisão, cheio de mesas redondas, separadas do corredor por aquele vidro com a rede de arame quadriculado embutida. Dentro, as mesas foram empurradas de lado, e uma porção de gente está sentada mais ou menos em círculo.

Não consigo nem processá-las direito: uma coleção de pessoas das mais variadas que já vi na vida. Um velho com uma barba maluca (e a tal exigência da barba feita todo dia?) fica balançando pra frente e pra trás; uma mulher negra gigantesca apoia o queixo numa bengala; um cara de aspecto detonado enfia a mão pelo seu cabelão loiro comprido; um careca corpulento de olhos semicerrados coça o sovaco e faz cara feia; uma senhora idosa de óculos imita o que parece ser uma águia, falando, e depois se virando pra inspecionar a parte de trás da cadeira. O homem pequeno que vi no corredor tem espasmos na perna. Uma garota com uma faixa azul no cabelo escuro desaba da cadeira como quem está obviamente mais perturbada que os demais; uma garota grandona com uma careta melancólica recosta-se na cadeira e fica girando os polegares; um garoto negro de óculos de aro senta-se perfeitamente quieto; e, olha só, lá está Jimmy, do térreo. Ele ainda veste a camiseta manchada e está olhando pra cima, pras lâmpadas. Eles devem tê-lo internado rápido, pois já é um visitante conhecido.

Dá pra apontar quem conduz a reunião: uma mulher magrinha de cabelo escuro curto. De uma dezena ou mais de pessoas, ela é a única com um conjuntinho elegante. Algumas pessoas não estão sequer de roupa, mas apenas com uma bata azul folgada de gola em V.

– Ei, rapaz – diz Bobby, puxando-me do corredor. – Se estiver realmente interessado, você pode sentar e participar da reunião.

– Não, eu...

– Eu estou fazendo o passeio, então estou fora.

– A-hã.

– Bem, na hora de fumar... espere aí, você não fuma, ou fuma?

– Ahn... Eu fumo umas coisas...

– Cigarro, estou falando de cigarro.

– Não, não fumo.

– Eles chegaram a perguntar se você fuma?

– Não.

– Isso provavelmente porque você é menor de idade. Quantos anos você tem?

– Quinze.

– Jesus do céu! Bom, o cigarro é depois do café da manhã, depois do almoço, às três da tarde, depois do jantar e antes de apagar as luzes. Cinco vezes por dia.

– Beleza!

– A maioria das pessoas fuma, e, se você tivesse dito que fuma, eles poderiam lhe arrumar cigarros.

– Tudo bem. – Dou uma risada.

– É um dos únicos hospitais que deixam você fumar. – Bobby aponta pra trás. – O local de fumar fica no outro corredor.

Chegamos a um terceiro corredor, perpendicular àquele onde estávamos. Vejo que a Seis Norte tem forma de H: você entra pela parte de baixo da perna esquerda do H; o escritório das enfermeiras fica na junção da perna esquerda do H com a linha central; o refeitório, na junção da linha central com a perna direita; e os quartos se alinham ao longo das pernas esquerda e direita. Estamos passando por eles agora, indo em direção à parte superior direita do H: são portas simples com ranhuras do lado de fora, onde eles colocam tiras de papel com o nome de quem está ocupando o quarto e do respectivo médico. Os pacientes são listados pelo primeiro nome; os médicos, pelo sobrenome. Leio: *Betty/Dr. Mahmoud, Peter/Dr. Mullens, Muqtada/Dr. Mahmoud.*

– Onde está meu quarto?

– Provavelmente eles ainda não arrumaram o seu quarto; com certeza depois do almoço estará pronto. Bom, então aqui está o chuveiro. – Ele aponta para a direita, para uma porta com uma plaquinha corrediça de plástico cor-de-rosa entre as palavras VAGO e OCUPADO.

– Quando a pessoa está dentro, tem que colocar na posição OCUPADO, mas as pessoas ainda não prestam atenção nisso, e não há trava na porta; então, eu gosto de ficar bem perto dela. É chato, porque a água não chega lá.

– Como é que eu faço pra pôr na posição "ocupado"? É depois que eu entro?

– Não, aqui. – Bobby desliza a plaquinha. Ela cobre o VAGO e aparece apenas OCUPADO.

– Que legal! – Eu deslizo de volta. É um sistema simples, mas eu nunca iria descobrir se o Bobby não tivesse me mostrado.

– Tem banheiro de homem e banheiro de mulher?

– Isso não é o banheiro, é o chuveiro. Você tem seu próprio banheiro no quarto. Mas é unissex, sim. Tem um chuveiro no outro corredor também – continuamos andando –, mas não recomendo usá-lo. Iria incomodar o Salomão.

– Quem é Salomão?

Chegamos ao final do corredor. As janelas têm duas placas de vidro com persianas que ficam encaixadas de algum modo *entre* elas. Lá fora faz um dia nublado de maio no Brooklyn. Há cadeiras enfileiradas na parede do final. Conforme nos aproximamos, uma garota fragilzinha de cabelo loiro e cortes no rosto tira os olhos de um bloco de alguma coisa que eu não sei o que é e se enfia em um quarto vizinho.

– Eles passam filmes aqui de vez em quando. – Bobby dá de ombros. – Às vezes, na outra ponta, ao lado da sala de fumantes.

– A-hã. Quem era essa aí?

– Noelle. Eles a transferiram pra cá, da ala dos adolescentes. – Damos meia volta. – A medicação é dada depois do café da manhã, depois do almoço e antes de deitar. A gente toma ali. – Bobby aponta para uma mesa do outro lado do refeitório, onde Smitty fica sentado, enchendo copos de água. – Esse é o *posto* das enfermeiras. O outro lugar é o *escritório* delas. Todos os armários, com chave, e as coisas de vocês ficam atrás do posto das enfermeiras.

– Elas levaram meu celular.

– É, elas fazem isso.

– E o e-mail?

– O quê? – Estamos de volta ao refeitório. Eu desacelero o passo. Dentro, o careca corpulento de olhos semicerrados que fazia cara feia está falando devagar e em tom queixoso:

"... algumas pessoas aqui tratam você sem lhe dar o menor respeito como ser humano, o que eu tomo como uma ofensa pessoal, e só porque eu fui contar pro meu médico que eu não tenho medo de morrer, que eu só tenho medo de viver, e quero enfiar uma baioneta no meu estômago, isso não quer dizer que eu tenha medo de qualquer um de vocês."

"Vamos concentrar nossa discussão em coisas que nos deixem felizes, Humble", diz a psicóloga.

"E eu conheço bem os psicólogos; quando eles estão anotando o que você diz, estão, na verdade, anotando quanto dinheiro vão ganhar com a venda do último iate que compraram, porque eles são todos uns yuppies, que não têm o menor respeito..."

– Vamos indo – Bobby me cutuca.

– O nome dele é Humble?

– Sim. Ele é de Bensonhurst. – Bensonhurst é uma parte especialmente antiga do Brooklyn, um bairro italiano e judeu onde uma garota que anda pela rua pode cruzar com um carro cheio de garotos gritando: *E aí, lindinha, vamos dar uma volta?*

– De onde você é? – pergunto.

– Sheepshead Bay. – Esse é outro bairro tradicional do Brooklyn. Russo. Todas essas áreas ficam mais afastadas.

– Eu sou daqui – digo.

– Sério? Deste bairro? Este bairro é ótimo.

– É, parece.

– Cara, eu daria a outra bola que me resta pra viver aqui, com certeza. Estou procurando uma casa por aqui, bem no Y. Bom, seja como for, olha, o telefone fica ali. – Ele aponta para a esquerda. Tem um telefone público com um fone amarelo. – Funciona até as dez da noite – diz ele. – O número para receber chamadas está escrito no próprio aparelho, e também está na sua folha, se você quiser passar pra alguém. Se uma pessoa ligar pra você, não se preocupe, alguém irá localizá-lo.

Bobby para um segundo.

– É isso.

Realmente é muito simples.

– E o que é que a gente pode *fazer* aqui? – pergunto.

– Eles promovem atividades. Vem um cara aqui que toca guitarra e canta. A Joanie oferece artes e artesanato. Fora disso, você sabe, é só receber ligações. O melhor é tentar fugir disso, pode crer.

– Quanto tempo as pessoas ficam aqui?

– Um garoto como você, com dinheiro, família, sai em alguns dias.

Observo os olhos afundados do Bobby. Tenho a impressão... não sei como, mas parece que eu já conheço as regras da etiqueta de um hospital psiquiátrico; talvez tenha nascido com elas; talvez eu já soubesse que iria acabar aqui... mas tenho a sensação de que uma das coisas inaceitáveis do local é perguntar às pessoas de que jeito vieram parar aqui. Seria mais ou menos como abordar um cara na prisão e perguntar: "E aí, cara, tudo bem? Você já matou alguém, já?".

Mas também tenho a impressão de que você pode *entregar* as razões que fizeram você chegar aqui a qualquer hora, e ninguém irá julgá-lo; ninguém vai ficar achando que você é muito louco ou pouco, e é assim que você pode fazer amigos. Afinal, do que mais você poderia falar? Então, digo a Bobby: – Eu estou aqui porque sofro de depressão aguda.

– Eu também. – Ele acena com a cabeça. – Desde os meus quinze anos. – E seus olhos brilham de escuridão e horror. Nos apertamos as mãos.

– Ei, Craig – diz Smitty lá da mesa dele –, já arrumamos seu quarto; quer conhecer seu colega de quarto?

vinte e um

Meu colega de quarto é Muqtada.

A aparência dele é a que você esperaria de um cara chamado Muqtada: grandão; barba grisalha; rosto largo, escuro, enrugado; óculos de aros brancos de plástico. Não veste roupas, ao que parece, pois está com a bata azul-escura, que tem um cheiro forte de suor. Não que seja fácil perceber alguma dessas coisas logo de cara, porque quando entrei no quarto ele estava enfiado na cama.

Smitty apaga e acende a luz. – Muqtada! Quase hora do almoço! Acorda. Você tem um novo colega de quarto!

– Hmm? – Ele dá uma espiada por cima dos lençóis. – Quem é?

– Sou eu, Craig – digo, com as mãos nos bolsos.

– Hmm. Aqui é muito frio, Craig. Você não vai gostar.

– Muqtada, o pessoal ainda não veio aqui arrumar o aquecimento?

– Vieram, arrumaram ontem, muito frio. Arrumaram hoje, chega a noite, muito frio.

– É primavera, companheiro; não faz tanto frio assim.

– Hmm.

– Craig, você vai ficar ali.

A cama no canto oposto está arrumada pra mim, se é que podemos dizer isso. É a cama mais básica que já vi: pequena e amarelo-clarinha, com um lençol embaixo, outro por cima e um travesseiro. Não tem cobertor, não tem bichinhos de pelúcia, nem gavetas embaixo, nada de desenhos, velas, nem cabeceira de cama. Isso reflete o estilo do quarto, que tem basicamente uma janela (de novo, com persianas embutidas), um aquecedor protegido por um painel, duas camas, uma mesa entre as duas camas com dois jarros de água de hospital de formato engraçado, luminárias, armário e um banheiro. Não há nenhum desenho nas paredes; só o teto tem um revestimento poroso, meio divertido de ficar olhando. Confiro o armário. Muqtada tem umas calças surradas na prateleira de baixo. O resto do espaço é meu. Tiro a jaqueta com capuz e guardo ali.

– Tudo bem? – pergunta Smitty. – Almoço em cinco minutos. – Ele deixa a porta do quarto aberta.

Sento na minha cama.

– Por favor, feche a porta – diz Muqtada. Fecho e volto. Ele me olha bem. – Obrigado.

– O que a gente vai ter de almoço? – pergunto.

– Hmm.

Não tenho certeza sobre como continuar a conversa. Eu fiz uma *pergunta* pra ele. – Ahn... A comida daqui é boa?

– Hmm.

– Ahn... De onde você é?

– Do Egito – responde ele com uma voz entrecortada, e é a primeira palavra que ouço ele dizer que parece fazê-lo sentir-se feliz. – E você, de onde é, sua família?

– Branco. Alemão e irlandês e tcheco. Um pouco de judeu, imagino. Mas sou cristão, acho.

Isso me faz lembrar uma coisa: será que nesse quarto básico os gideões teriam deixado uma Bíblia? Eles colocam uma em cada hotel do mundo. Devem ter passado por aqui. Dou uma olhada nas gavetas, debaixo dos jarros de água: nada. Fora do alcance dos gideões. Isso é *grave*.

– Hmm – diz Muqtada. – O que é que você procura? Não tem nada aqui. – Ele continua olhando fixo.

Quero deitar, dormir o que não consegui dormir na noite passada, mas alguma coisa no jeito com que meu colega de quarto fica lá deitado me faz querer sair, dar uma volta. Talvez seja bom ficar com alguém como ele, alguém que parece estar pior do que eu. Nunca cheguei a pensar realmente sobre isso, mas deve ter gente pior do que eu, né? Quero dizer, existe de fato gente que não tem casa e não consegue sair da cama e que nunca vai ser capaz de manter um emprego e, como no caso do Muqtada, que tem sérios problemas com temperatura, tudo porque o cérebro está estropiado. Comparado com eles, eu... bem, eu sou um garotinho rico mimado. O que é outra coisa que pode me fazer sentir mal comigo mesmo. Então, quem é que está pior?

Vou até o corredor e quase bato de cara com um dos gigantescos carrinhos de transportar comida. Ele exala calor e tem cheiro de comida salgada recém-feita, e está sendo conduzido por um atendente com quipá.

– Cuidado! – grita ele.

Ah, não! Agora vou ter que comer. Essa será a primeira vez que eles vão ver o quanto as coisas andam mal comigo – não consegui comer aquele ovo no térreo e não vou conseguir comer nada agora. E se eu ficar estressado e o hominho puxar a corda dentro do meu estômago e eu vomitar tudo no refeitório? Seria um belo começo.

– Almoço! – grita pela sala o pequeno homem com o lábio quase leporino. Ele sai do refeitório, vai andando até a janela distante e volta, e bate na porta de todo mundo, mesmo que estejam acordados e bem na frente dele. – Vamos lá, Candace! Tá na hora, Bernie! Vamos, Kate! Hora de comer! Vamos lá, Muqtada!

– Esse é Armelio – diz uma voz atrás de mim. Eu me viro. É o Bobby, com o seu agasalho de marciano. – Eles o chamam de Presidente. Ele comanda o andar inteiro.

– Olá, quem é você? – pergunta Armelio ao passar por mim.

– Craig. – Aperto a mão dele.

– Bom conhecer você! Tudo bem! Pessoal, temos uma pessoa nova aqui! Excelente, companheiro! Meu novo companheiro. Isso é ótimo! Hora de almoçar! Salomão, saia do seu quarto, não arrume encrenca, venha e coma! Todo mundo tem que comer!

Entro no refeitório com Armelio berrando e desabo num assento ao lado do homem careca, Humble, que ainda está falando sobre psicólogos e iates.

vinte e dois

Quais são as probabilidades, quando eu pegar minha refeição, de que o Hospital Argenon tenha a única coisa com a qual sou capaz de lidar neste exato momento? Entre os nuggets de peixe e a vitela ao molho marsala e uma quiche tecnicolor, e outros itens enjoativos que eu vejo sendo entregues nas bandejas a outras pessoas (Armelio, o presidente, distribui todas as bandejas, anunciando o nome das pessoas: "Gilner, Gilner, esse é meu novo amigo!"), acabo recebendo um peito de frango ao curry: na verdade, não tem curry líquido, simplesmente uma adorável infusão de temperos amarelos e um garfo e faca de plástico para cortá-lo. Tem ainda brócolis, a verdura de que eu mais gosto, e cenoura com ervas como acompanhamento. Quando abro a tampa de plástico, faço uma careta, porque sei que alguma coisa se mexeu no meu estômago – e não é a grande Mudança, mas algo concreto – e que eu vou comer isto. Além do frango e legumes, a bandeja tem café, água quente, um saquinho de chá, leite, açúcar, sal, pimenta, suco, iogurte e um biscoitinho. É uma refeição com boa aparência, pelo que sou capaz de lembrar. Começo cortando o frango.

– Alguém tem sal sobrando? – Humble, na minha frente na mesa, estica o pescoço para a sala.

– Aqui. – Divido com ele meu envelopinho de sal. – Eu racho com você.

– Está vendo? Você não tinha falado comigo – diz Humble, pondo sal no frango dele, me encarando com os olhos rodeados por uma pele fina de tons roxos, como se tivessem lhe acertado um soco em cada olho há uma semana. – Então, naturalmente, eu achei que você era um daqueles yuppies.

– Não sou. – Coloco um pedaço de frango na boca. O gosto é bom.

– Tem um monte de yuppies neste lugar, e você tem essa aparência, sabe como é... a aparência do pessoal yuppie, de gente que tem dinheiro.

– Certo.

– Sabe, de gente que não liga pros outros. Diferente de mim. Eu me preocupo de verdade com os outros. Agora, será que isso quer dizer que eu nunca fico inclinado a encher alguém de porrada? Não, mas esse é meu ambiente. Eu sou como um bicho.

– Todos nós somos como bichos – digo. – Especialmente nessas horas, quando estamos todos numa sala comendo. Me faz lembrar meu ensino médio.

– Estou vendo que você é inteligente. Somos todos animais, ensino médio é cheio de animais, mas alguns de nós são mais animais que outros. Como na *Revolução dos bichos*, que eu li, todos os animais são criados do mesmo jeito, mas alguns são mais iguais que outros, não é? Aqui no mundo real, todos os iguais são criados como animais, mas alguns são mais animais que outros. Espere aí, deixe-me anotar isso. – Humble vai até a parede atrás dele, até a única janela do refeitório, embaixo da qual há um monte de caixas de jogos empilhadas. Ele pega palavras cruzadas de cima da pilha, pesca uma caneta de dentro da caixa, tira o tabuleiro, dobra e escreve no verso dele, que já está todo coberto de rabiscos...

– Humble! – diz Smitty lá da porta.

– Opa, tá bom, tá bom! – Ele ergue as mãos. – Não fiz nada!

– Quantas vezes a gente precisa dizer que não é pra escrever atrás do tabuleiro de palavras cruzadas! Você precisa de papel e caneta?

– *Deixa pra lá* – diz ele. – Está tudo aqui dentro – diz apontando pra cabeça, e então se vira pra mim como se nada absolutamente tivesse interrompido nossa conversa. – Eu e você podemos ser iguais, mas eu sou mais animal.

– A-hã. – Obviamente, escolhi o lugar certo pra sentar.

– Eu preciso ser o macho alfa em qualquer situação que se apresente. É por isso que logo que vi você já fiz alguns julgamentos. Vi que você era bem novo. Bem, na selva, quando o leão vê uns filhotes que são de outro bando, de outra cria, ele mata e come esses filhotes pra poder criar só a própria descendência. Mas aqui – ele faz um gesto ao redor, como se você precisasse elucidar o que significa "aqui", como se isso já não fosse óbvio uma vez que você já está dentro –, aqui, infelizmente, parece que há uma evidente falta de mulheres que aceitem meu potencial de procriação. Portanto, em sua juventude, você não é uma ameaça pra mim.

– Entendi. – Do outro lado da sala, Jimmy está tentando abrir seu copo de suco com uma mão. A outra mão continua ao lado do corpo. Não sei se ele não consegue mexê-la ou se simplesmente não quer fazer isso. Smitty entra em cena e o ajuda.

– Vai acontecer com você! – diz ele.

– Você me vê como ameaça? – pergunta Humble.

– Não, você me parece um cara bem legal – digo meio mastigando.

Humble concorda com a cabeça. A comida, que estava no prato bem diante dele, bem inocente e esquecida, é destruída nos vinte segundos seguintes, conforme ele devora metade do prato. Eu continuo no meu ritmo lento e compassado.

– Quando eu tinha sua idade... você tem quinze, não é?

Concordo. – Como você sabe?

– Sou bom em adivinhar idade. Quando eu tinha quinze, namorava uma moça de vinte e oito. Não sei como, mas ela me *amava*. Bom, eu fumava um monte de maconha então, a minha vida inteira era só maconha...

É estranho como seu estômago pode se manifestar de novo. Enquanto ouço Humble meio indiferente, acabo comendo, não porque queira, não porque precise superar alguma coisa, nem pra provar algo a alguém, mas porque *a comida está lá*.

Estou comendo porque *é o que as pessoas fazem*. E, de algum modo, quando a comida é colocada na sua frente por uma instituição, quando há uma grande força cinza atrás dela e você não precisa agradecer a ninguém por ela, você tem o instinto animal de fazê-la desaparecer, antes que um rival como Humble chegue e a leve embora. Eu penso, penso enquanto mastigo, que talvez meu problema seja pensar demais.

É por isso que você precisa prestar serviço militar, soldado.

Achei que eu já estava no exército, senhor!

Você está no exército mental, Gilner, não no exército dos Estados Unidos.

Então, eu deveria me alistar?

Não sei. Você consegue dar conta?

Não sei.

Bem, parece que você sabe que gosta de ordem e disciplina. É isso o que o exército oferece a jovens como você, Gilner, e é isso que você está conseguindo aqui.

Mas eu não quero estar no exército; eu quero ser normal.

Então, você precisa refletir um pouco, soldado, porque ser normal não é nenhum emprego, pelo que eu sei.

– Você tem namorada? – pergunta Humble.

– Quê?

– Você tem? Em algum lugar, lá fora. Tem alguma menininha de quinze anos que adora dar pra você? – Ele aponta seu garfo cheio de comida colorida pra mim.

– Não! – Eu sorrio, pensando na Nia.

– Tem menininhas lindas lá fora! – Humble passa a mão por cabelos que já não existem. Os braços são peludos, escuros, com tatuagens de coringas, espadas, buldogues e navios piratas. – E continuam fazendo meninas cada vez mais lindas.

– É, são aqueles hormônios todos – emendo.

– Isso mesmo. Você é muito esperto. Tem açúcar aí?

Eu passo o envelopinho de açúcar. Terminei meu frango e poderia comer mais, sério, mas não sei pra quem pedir. Poderia também preparar o chá. Abro o saquinho, onde está escrito "Swee-Touch-Nee", uma marca de que nunca tinha ouvido falar e que não estou convencido se existe de fato, e tinjo minha água com uma série de mergulhos profundos. Quando estou terminando, Smitty chega com uma segunda bandeja de comida, idêntica à primeira.

– Pelo jeito você vai conseguir repetir alguma coisa – diz ele.

– Obrigado.

– Coma.

Como o segundo frango. Sou uma máquina de comer. Tem uma parte de mim funcionando, que antes não funcionava.

– As meninas, elas tomam todo esse leite de vaca com hormônio – digo eu, entre as garfadas –, então elas se desenvolvem mais cedo.

– Nem me fale! – diz Humble. – Você precisava ver como as garotas do meu tempo eram muito melhores que as do tempo do meu pai! Fico imaginando como não devem ser as da nova geração.

– Robôs sexuais.

– He-he. De onde você é?

– Aqui perto.

– Deste bairro? Bacana. Deve ter sido um trajeto rápido. *Se é que* você veio de ambulância. E eu não estou supondo e não estou julgando, estou apenas sendo curioso. – Ele engole dois bocados gigantescos de comida, mastiga e continua: – Como foi que você chegou aqui?

Ele quebrou a regra da Seis Norte. Mas talvez não seja uma regra. Ou talvez comer com alguém permita quebrar a regra.

– Eu mesmo me internei.

– Ah, é? *Por quê?*

– Estava me sentindo muito mal; queria me matar.

– Companheiro, foi o que eu disse pro meu médico semana passada. Eu falei: "Doutor, eu não tenho medo de morrer; só tenho medo de viver, e quero enfiar essa baioneta no meu estômago", e então parei de tomar o remédio de pressão alta. Porque, além de tudo, tenho pressão alta, além de todos os remédios que eles me enfiam aqui e que me deixam detonado e *fora de órbita*; se eu não tomasse quilos de sal pra regular minha pressão, eu morria; então, quando falei pro médico que não estava mais tomando o remédio, ele disse: "O quê? Você enlouqueceu? Está tentando *se matar?!*". E eu olhei bem nos olhos dele e disse: "Estou". E então me trouxeram pra cá.

– Hmm.

– O problema é que no último ano eu tenho morado no meu carro. Não tenho nada; tenho as roupas que visto e pronto. A única coisa que eu tenho é o carro e agora o carro foi guinchado e todas as minhas coisas estão lá dentro. Tem uns trezentos e cinquenta dólares em equipamento de filmagem lá dentro.

– Uau!

– Então, nos próximos dias tenho que ligar pra delegacia, pro pátio dos carros guinchados, arrumar uma casa de adultos e conversar com a minha filha. Ela tem mais ou menos a sua idade. A mãe, eu não tenho mais nenhum interesse, mas a filha eu adoro loucamente. A mãe dela, eu adoraria loucamente matá-la.

– He-he.

– Não me faça nenhum favor; só ria se achar engraçado.

– Mas é!

– Muito bom. Porque neste exato momento não tenho você classificado como yuppie. Você é alguma outra coisa. Não tenho certeza do que você é, mas ainda vou descobrir.

– Legal.

– Vou tomar meu remédio pra poder passar a tarde inteira com a cabeça completamente *chapada*. – Humble sai; eu termino de comer o frango. Quando acabo – prato limpo –, sinto-me melhor do que em relação a qualquer outra coisa que tenha feito nos últimos tempos, talvez no último ano. É *tudo* o que eu preciso fazer. Keith se mostrou hesitante no Centro de Gestão da Ansiedade, mas ele estava certo – tudo o que você precisa é de comida, água e abrigo. E aqui tenho essas três coisas. E agora?

Olho pro outro lado do refeitório, e três das pessoas mais jovens – a garota grande, a garota de cabelo escuro com mecha azul e a loirinha com os cortes no rosto – estão sentadas juntas.

– Vem cá – a de mecha azul me chama.

vinte e três

Há muito tempo nenhum bando de garotas me chama para chegar perto da mesa delas. Na verdade, é a primeira vez.

– Eu? – aponto pra mim.

– Não, o outro garoto – diz Mecha Azul.

Nem sei o que fazer com a minha bandeja. Levanto, então me viro, depois fico de frente para as garotas, depois me viro de novo...

– Coloque no carrinho – diz Mecha Azul. Ela se vira para a grandona. – Meu Deus, que *lindinho* que ele é!

Será que foi isso que ouvi? Coloco a bandeja no carrinho e sento no lugar vago com as meninas.

– Qual é seu nome? – pergunta Mecha Azul.

– Ahn, Craig.

– E aí? Como é ser o cara mais gostoso daqui, Craig?

Meu corpo se movimenta e se sacode como se fosse movido por um sistema de polias. Ela entendeu tudo errado – *ela* é que é a coisa mais gostosa daqui. Difícil dizer se é a sua pele ou seus dentes, que são mais perfeitamente brancos. Seus olhos são escuros e os lábios ficam entreabertos, fazendo biquinho; a mecha azul acentua o contraste entre o cabelo e o rosto, e ela sorri pra mim – isso definitivamente é um sorriso. Não sei como não me dei conta da sensualidade dela antes, quando passei os olhos pelo refeitório.

– Jennifer – diz a garota grandona. Ela se inclina pra mim: – Sou Becca. Não se aproveite da Jennifer; ela é viciada em sexo.

Jennifer estala os lábios: – Cale a boca! – Ela vira as costas. – Eu só vou ficar aqui mais um dia. – Ela se insinua pra frente. – Você quer passar esse dia comigo?

Penso no que Humble diria numa dessas. Ele diria: *Sim, é claro,* porque ele é o macho alfa. Tento organizar e pronunciar minhas palavras, mantendo a voz sonora e estável: – Sim, claro!

– Muito bom – diz ela, e sinto um calor no meu joelho e uma mão subindo pela minha perna. Ela se inclina pra mim. – Acho você um cara realmente *gostooooso*. – A mão agarra minha coxa. – Eu tenho um quarto só pra mim, porque estou tão perturbada que eles não iam me deixar dormir junto com ninguém.

– Você tem seu próprio quarto porque você é uma vadia! – corrige Becca, e Jennifer dá um chute nela.

– Ai!

Sem aviso, a loirinha com os cortes no rosto levanta e sai com passos apressados da sala. Eu olho pela janela pra tentar vê-la: nada.

– Esqueça ela – diz Jennifer. – Não é boa pra você. – E, então, sentindo como se vivesse uma experiência fora do corpo que realmente me faz questionar se estou sonhando isso ou se morri e fui pra alguma espécie de inferno assustador, ela dá uma rápida passada de língua em volta dos lábios, traçando um O perfeito. Alguma coisa lampeja na sala. A loirinha passa pela janela. Não tenho certeza se é ela. Quero dizer, sem dúvida é alguém que é *ela* – tem peitos. E acho que reconheço seu corpo pequeno e a camiseta regata. Mas não consigo ver o rosto dela porque ela está pressionando um pedaço de papel contra o vidro:

CUIDADO COM O PÊNIS DELA

O aviso desliza pra baixo como se estivesse num elevador.

– Que você está olhando? – pergunta Jennifer, virando-se. Dou uma olhada no corpo dela quando ela se vira; da cintura pra cima não parece que tenha pênis. Mantenho minha visão periférica da sala caso a mensagem reapareça.

– Ah! – diz Becca. – Noelle aprontou de novo com você.

– Aprontou o quê? – Jennifer levanta. Ela tem formas arredondadas e perfeitamente femininas. Suas pernas são envolvidas por um jeans que tem babadinhos emoldurando a bunda.

– Não *acredito* que ela... *Ei!* – Ela se vira. – Está olhando pra minha calça?

– Estou – engulo em seco. Perdi toda a minha macheza alfa. Será que sou um macho teta? Esses devem ter sorte em alguma coisa. Ficar no topo da cadeia alimentar sexual é muita pressão.

– Eu mesma fiz – diz ela. – Sou designer de moda.

– Uau, sério? Esse é um trabalho legal. – Minha mente gira; de alguma maneira, saiu da trilha do sexo e caiu na lógica da escola primária. – Achei que você era da *minha* idade; como foi que aprendeu a desenhar roupas...

– Tudo bem – corta Smitty. – Acabou a brincadeira. Vamos lá, Charles.

– Que inferno! – Jennifer dá um pulinho de alguns centímetros no ar e cai batendo os pés no chão. E, então, horror dos horrores, a voz dela cai duas oitavas. – Vocês, meninos, não vão deixar eu me divertir nem um pouco!

É uma voz feia, até mesmo prum rapaz, parece um coaxar. Becca morre de rir, até se dobra de tanto dar risada, e tudo o que eu posso fazer é prender a respiração e ficar de olho arregalado, procurando sinais em Jennifer. Não é possível. Ela tem o peito chato, só isso. As mãos são grandes, mas montes de meninas têm mãos grandes. Ela não tem pomo de Adão... epa, peraí, está usando gola olímpica.

– Vamos lá, não fique zoando o Craig – diz Smitty.

– Mas ele é uma gracinha!

– É, mas antes de ser uma gracinha é um paciente do hospital como você. Você está programado para ir embora amanhã; portanto, não coloque isso em risco. Já tomou a medicação?

– Tratamento hormonal. – Jennifer/Charles dá uma piscadela pra mim.

– Vamos, já deu.

Becca ri, suspira. – Nossa! Ela pegou você direitinho. Vou buscar meu remédio também.

Fico olhando pra baixo, pra mesa, enquanto elas saem. Preciso de medicação. Dou uma olhada e vejo os pacientes fazendo fila na mesa perto do telefone, o posto das enfermeiras, ansiosos, matando o tempo, cada um com suas pequenas coisas – o presidente Armelio bate os pés alternadamente, Jimmy fica segurando a mão que se recusa a funcionar –, até que cada um pega seus comprimidos em pequenos copinhos plásticos. Jennifer/Charles e Becca de repente aparecem no final da fila, conversando e gesticulando, e Jennifer/Charles me manda um beijinho. Penso que não é o caso de fazer fila agora logo atrás delas. Além disso, tudo o que eu tomo é um Zoloft de manhã; se eles quisessem que eu tomasse algo ao meio-dia, teriam avisado.

Quando Becca e J/C saem, estou ainda meio em choque sentado na mesa, e vejo outro aviso aparecer na janela, dessa vez subindo aos poucos, como se fosse puxado por teias de aranha:

NÃO SE PREOCUPE. TODO MUNDO JÁ CAIU NA DELE/DELA,
BEM-VINDO À SEIS NORTE!

Quando vou até lá para encontrá-la, ela já não está. Pergunto à enfermeira que está por perto ajeitando os remédios se não seria o caso de eu tomar algum remédio, e ela diz que não tem mais nada prescrito pra mim. Pergunto se não poderia mesmo assim tomar alguma coisa. Ela pergunta pra que eu precisaria tomar. Respondo que é pra poder lidar com aquele lugar maluco. Ela diz que, se existissem comprimidos pra isso, não haveria mais necessidade de lugares assim, não é mesmo?

vinte e quatro

– E como é que é aí? – pergunta a Mãe, segurando uma sacola de produtos de toalete, com o Pai e a Sarah junto dela. Estamos no final da perna direita do H, eu sentado numa cadeira de frente pros três. O horário de visita vai do meio-dia às oito da noite, aos sábados.

Sarah não me deixa responder.

– É que nem *Um estranho no ninho!* – diz ela, excitada. Ela se vestiu com um jeans e uma jaqueta imitando veludo para vir à Seis Norte. – Quer dizer, todas essas pessoas parecem... doidas de verdade!

– *Shhhhh!!!* – peço a ela. – Jimmy está bem ali. – Jimmy está atrás dela, na janela, sentado com os braços cruzados como de costume, já sem a camiseta velha e com um roupão azul-marinho limpo.

– Quem é Jimmy? – pergunta a Mãe, curiosa.

– O cara com quem tive contato no térreo. Acho que ele é esquizofrênico.

– Não é aquilo da pessoa ter duas personalidades? – pergunta Sarah, virando-se. – Tipo ele é não só Jimmy; é também Molly ou algo assim.

– Não, você iria se surpreender, isso aí é *outra* coisa. – Eu levanto as sobrancelhas. – Jimmy só está um pouco... disperso.

Jimmy vê que estou olhando pra ele e sorri. – Vou lhe contar uma coisa, você joga aqueles números, e então acontece com você! – dispara ele.

– Acho que ele está falando de números de loteria – explico. – Ainda não entendi direito.

– Ah, meu Deus! – Minha irmã cobre o rosto.

– Não, Sarah, não faça assim, olhe – diz a Mãe. Ela se vira. – Muito obrigada, Jimmy.

– Vou lhe contar: isso é *verdade!*

– Gosto deste lugar. – A Mãe se vira de volta. – Acho que está cheio de pessoas boas.

– Gostei *de verdade*. – O pai entra na conversa. – Quando é que eu posso vir pra cá me internar? – Mas, como ninguém ri, ele recua, bate uma mão na outra, suspira.

– Aquele lá é um *travesti*? – pergunta Sarah. J/C está no corredor, uns dez metros afastado, e juro pela minha vida que não sei como é que a Sarah, de longe, conseguiu suspeitar de algo que eu não enxerguei a meio metro.

– Não, quer dizer...

– Será? – O Pai cerra os olhos.

– Meninos!

– *Traveco!* – grita Jimmy. Ele faz isso no último volume – nunca ouvi ele berrar desse jeito antes. O salão inteiro, que na verdade somos só eu, minha família, J/C e a mulher com jeito de professora mais velha de óculos, de repente para e fica olhando.

– Já falei uma vez, vai acontecer: vai acontecer com vocês!

J/C começa a vir em nossa direção. – Essa conversa tem a ver comigo? – pergunta ele com voz de rapaz. Ele acena pro Jimmy. – Oi, Jimmy. – Ele vem e fica entre mim e minha irmã. – Craig, é o seu nome, não é?

– Sim – murmuro.

– Uau, essa é a sua família?

– Sim. – Encosto a palma da minha mão em cada um deles – está no nível dos babadinhos da calça dele. – Meu pai – ele projeta o lábio para fora –, minha mãe – ela assente, toda sorrisos –, e minha irmã, Sarah – ela estende a mão.

– Ah, meu Deus, que coisa linda! – diz J/C. – Eu sou Charles. – Cumprimenta todos com um aperto de mão. – Eles vão tomar conta direitinho do seu filho aqui. Ele é um bom menino.

– E você, por que foi internado aqui? – pergunta o Pai. Dou um chute nele. Será que ele não sabe que não é pra perguntar esse tipo de coisa?

– Tudo bem, Craig! – J/C toca meu ombro. – Meu Deus, você sempre chuta seu pai assim, com essa naturalidade? Eu nunca ousei fazer isso. – Ele se dirige ao Pai: – Eu sou bipolar, senhor, e tive um episódio, então me trouxeram pra cá. Volto pro interior hoje. Mas os médicos são muito atenciosos aqui, e o período de internação foi ótimo.

– Maravilha – diz a Mãe.

– Claro – J/C aponta para nós –, é muito melhor quando você tem apoio da família. Eles querem ter certeza de que vão despachá-lo para um ambiente seguro. Eu não tenho isso. – Ele sacode a cabeça. – Craig, você tem muita sorte.

Olho pra eles: o meu ambiente seguro. Eu sinceramente não estranharia se encontrasse algum deles na Seis Norte.

– Bom, gente, vou deixar vocês à vontade – diz J/C. Ele sai andando devagar. Jimmy solta uma espécie de uivo indecifrável, bem agudo.

– Isso é um aplauso, não? – pergunta o Pai, levantando um polegar de positivo atrás dele. – Gostei disso.

– Nunca tinha visto uma calça dessas – diz Sarah.

– Muito bem, Craig, vamos ao que interessa – diz a Mãe. – O que você precisa?

– Preciso de um cartão telefônico. Preciso que vocês peguem meu celular e deixem ligado, para que as chamadas fiquem registradas. Preciso de algumas roupas, como aquelas que você trouxe antes, Mãe. Não preciso de toalhas; eles têm aqui. Umas revistas, seria bom. E caneta e papel, isso seria o máximo.

– Muito simples. Que tipo de revista?

– Revistas científicas! Ele adora essas revistas – diz o Pai.

– Talvez ele não esteja muito a fim de revistas científicas nesse preciso momento – responde a Mãe. – Você não quer algo mais leve?

– Que tal a *Star*? – pergunta Sarah.

– Sarah, por que eu iria querer ler a *Star*?

– Porque é *incrível*. – Ela enfia a mão na bolsa, a primeira bolsa dela, preta, uma compra recente da Mãe, e desenrola uma monstruosidade cor-de-rosa brilhante, com fotos da última exposição de seios em público de uma celebridade.

Seguro para o Jimmy ver.

– *Mmmmmm-hmmmmmm!* – faz ele. – Eu falei! Eu falei! Isso vai acontecer com você!

– Isso é muito bom – diz a professora, de olhos arregalados, que, não sei como não percebi, havia migrado e estava bem atrás de mim. – Ah, desculpe – diz ela levantando os olhos. – Eu não estava nem ouvindo a conversa de vocês. – E foi pro quarto dela.

– Hmm... – faz Sarah.

– Fico com a revista – digo eu. Coloco debaixo do meu assento. – Acho que o andar inteiro vai adorar.

– Será que sou só eu, ou você também está começando a desenvolver um tipo de lealdade à tribo? – pergunta o Pai.

– *Shhh*. – Eu sorrio.

– Craig, a próxima questão: você ligou para o doutor Barney?

– Não.

– Ligou para a doutora Minerva?

– Não.

– Bom, os dois precisam saber onde você está, por questões do seguro-saúde e também porque são seus médicos e se preocupam com você, e será muito importante que eles saibam disso.

– Os números deles estão no meu celular.

– Bem, então vamos ligar pra eles; nós pegamos seu celular na portaria – a Mãe enfia a mão na bolsa e fica procurando...

– Não! – O Pai segura a mão dela. – Não ponha o celular pra fora!

– Não seja ridículo, querido. É só o Craig que não tem permissão de usar o celular, a gente pode.

– Bem... ahn, a gente não pode correr o risco de causar problemas para o nosso filho. Esse não é o tipo de lugar para o qual você gostaria de ser mandado para passar um tempo *descansando*.

Olho pra ele. – Isso realmente não teve graça nenhuma.

– Como? Ah, desculpa – diz ele.

– Não, Pai, sério. Não é... Quero dizer, esse não é um assunto pra ficar brincando.

– Eu estou tentando deixar a atmosfera mais leve, Craig...

– Bem, é isso o que você está sempre tentando fazer. Vamos só tentar não fazer isso aqui.

O Pai concorda, me olha bem nos olhos. Devagar e meio arrependido, ele suprime todos os sorrisos e o ar brincalhão do rosto, e pelo menos dessa vez é apenas meu pai olhando o filho que caiu lá embaixo. – Tudo bem, então.

Ficamos em silêncio.

– Isso é verdade, Jimmy? – pergunto, sem olhar pra ele.

– É verdade, e vai acontecer com você!

Eu sorrio.

– Vamos cuidar do celular depois – resume o Pai.

– Próxima questão? – pergunta a Mãe.

– Quanto tempo vou ficar internado aqui, eu acho.

– Quanto tempo você calcula?

– Uns dois dias. Mas ainda não vi o médico, doutor Mahmoud.

– Certo. E que tal ele? Parece bom?

– Não sei, Mãe. Você teve tanto contato com ele quanto eu. Ele vai fazer a ronda logo mais, e aí vou conversar com ele.

– Acho que você tem que continuar aqui até ficar melhor, Craig. Você não vai querer sair daqui antes da hora para ter que voltar logo depois; desse jeito é que irá cair "no sistema".

– Certo, eu não vou. Acho até que isso é um dos pontos principais de lugares como esse: eles são feitos de tal jeito que você não queira voltar nunca mais.

– Como é a comida? – pergunta Sarah.

– Ah, quase esqueci de contar. – Olho pra minha família. – Eu... eu sei que nem deveria estar orgulhoso disso; na verdade, é até triste que esse seja o meu grande feito do dia... mas eu comi tudo no almoço.

– Comeu mesmo? – A Mãe levanta, me puxa pra eu ficar em pé e me abraça.

– Foi. – Eu me afasto. – Era frango. Na realidade, comi duas porções.

– Filho, isso é uma excelente notícia. – O Pai fica em pé e aperta minha mão.

– Não, não é, é uma coisa realmente simples, todo mundo faz isso, mas pra mim é como se fosse um triunfo estúpido...

– Não – diz a Mãe, olhando-me nos olhos. – O que é um triunfo é que você acordou hoje de manhã e decidiu viver. Isso é um triunfo. Foi isso que você fez hoje.

Eu concordo com um gesto de cabeça. Como eu digo, não sou um cara dramático.

– Também acho, porque, se você tivesse morrido – diz Sarah –, isso teria sido *muito foda*. – Ela revira os olhos e me faz um carinho na perna.

Sento de volta. – Sabe, aqui, eles põem a comida na sua frente e o negócio é *coma*, e pronto. Quer dizer, eles são profissionais; sabem como pegar a pessoa e colocá-la em uma rotina que lhe proporcione alguma coisa pra fazer.

– Está certo – diz a Mãe. – E o que você vai fazer agora?

– Acho que eles vão propor alguma atividade.

– Ei, Craig, essa é a sua família? – O presidente Armelio entra em cena. Seu lábio meio leporino e o cabelo chocam minha irmã, mas o seu incansável entusiasmo em relação a simplesmente... sei lá, viver, acaba fazendo com que todos superem seu medo. Ele aperta a mão de todos e diz que somos uma família linda e que eu sou um bom garoto, que ele não tem nenhuma dúvida disso.

– O Craig é meu amigão! Ei, amigão, quer jogar baralho?

O presidente Armelio segura um baralho como se o tivesse acabado de pescar do mar.

– Opa, vamos lá! – digo eu. Fico em pé. Quando foi a última vez que joguei baralho? Antes do teste, provavelmente... antes do ensino médio.

– Beleza! – diz Armelio. – Esse é o meu garoto! Vamos lá então. Fiquei procurando e procurando: ninguém aqui gosta de jogar baralho como eu gosto! O que você quer jogar? Espadas? Eu trituro você, companheiro; trituro você.

Olho para os meus pais. – A gente liga – diz a Mãe. – E me diga mais uma coisa... como anda seu sono?

– Agora exatamente estou bem aceso – digo eu. – Mas alguma hora eu vou desmontar. Já estou começando a ficar com dor de cabeça.

– Dor de cabeça? Companheiro, depois que eu arrasar você nas espadas, você vai ficar com mais dor de cabeça ainda! – Armelio sai todo animado até o refeitório para preparar as cartas.

– Tchau, mano – diz Sarah, me abraçando.

– Tchau, filho. – O pai aperta minha mão.

– Eu amo você – diz a Mãe. – Vou ligar e lhe passar os números de telefone dos médicos.

– E traga um cartão telefônico.

– Vou trazer o cartão. Fique bem, Craig.

– Pode deixar, vou ficar. – E, assim que eles dobram o corredor, entro no refeitório e aprendo a jogar espadas durante o resto da tarde. E Armelio, sem dúvida, arrasa comigo.

vinte e cinco

Tenho medo de fazer ligações telefônicas. O lugar onde fica o telefone da Seis Norte é sempre uma confusão, com Bobby e o cabeludo loiro detonado, que descobri que se chama Johnny, atendendo chamadas das suas, suponho, respectivas contrapartes femininas. Bobby começa seus telefonemas feliz e dizendo *"baby"* um monte de vezes, mas depois fica puto e bate o telefone no gancho dizendo: "vagabunda"; Smitty diz que não é pra ele fazer isso; Bobby sai andando inclinado pra trás, com uma aura particularmente poderosa de quem não dá a mínima. Cinco minutos depois, outra ligação, e lá está ele de novo com *"baby"* pra cá e *"baby"* pra lá. Mas ele quase não atende o telefone; é o presidente Armelio que tem essa função. Quando atende, sempre diz "Bar do Joe" e então descobre para quem é a chamada.

Num raro momento em que Johnny e Bobby deixam o telefone livre, vou até lá com meu cartão telefônico que a Mãe comprou e me trouxe vinte minutos depois que saiu com o Pai e a Sarah. Pego o fone e ouço o ruído de discar, digito o 800 para ligações com cartão... e aí paro. Não consigo. Simplesmente não quero lidar com isso.

As pessoas do mundo lá fora não sabem o que aconteceu comigo – estou numa espécie de paralisação neste momento. As coisas estão sob controle. Mas os diques vão arrebentar. Mesmo que eu fique aqui só até segunda, os boatos vão começar a circular, e a lição de casa vai se acumular.

Onde está Craig?

Está doente.

Não está doente, nada; ele pegou uma intoxicação por álcool, porque ele, na verdade, é fraco pra bebida.

Ouvi dizer que ele tomou uns comprimidos e pirou.

Disseram que ele descobriu que era gay e está tentando lidar com isso.

Ouvi dizer que os pais estão mandando o Craig para outra escola.

Bom, de qualquer jeito, ele não estava conseguindo lidar com a escola aqui. Ele sempre foi um fracasso.

Ele está pirando na frente do computador. Não consegue se mexer nem nada. Está catatônico.

Ele acordou achando que era cavalo.

Bom, seja o que for, qual é a questão 3?

Havia duas mensagens no meu celular quando entrei aqui, e agora provavelmente há mais, cada uma exigindo que eu retorne a ligação, e meu retorno possivelmente vai exigir outro retorno – Tentáculos –, o que vai me fazer voltar direto pro lugar em que estava ontem à noite. Não posso ir pra lá, então espero. Posso esperar cinco minutos. Mas agora Bobby está no telefone. E então espero mais cinco minutos. E as mensagens vão se empilhando. E isso sem contar os e-mails. Que tipo de trabalhos infernais meus professores terão mandado por e-mail?

– Desculpa, você está usando o telefone? – pergunta a mulher negra gigante da bengala enquanto eu olho assustado.

– Estou... ahn... – Pego o fone com as duas mãos. – Sim, sim, estou.

– Tá bom. – Ela sorri, massageando as gengivas com os lábios, sem mostrar os dentes. Começo a digitar, digito minha senha, depois o número.

"Por favor, insira sua senha e digite jogo da velha."

Obedeço.

"Você tem – três – novas mensagens."

Uma mais que antes. Nada mal.

"Primeira nova mensagem: mensagem marcada como urgente."

O-ho.

"Oi, Craig, é a Nia, sabe, hmm... a gente conversou e você me pareceu bem mal. Eu só quis confirmar se você estava bem, e como você não respondeu... são tipo duas da manhã, quer dizer, por que você iria atender?... mas estou meio preocupada achando que você pode ter feito alguma coisa estúpida por minha causa. Não faça. Quero dizer, é muito gentil da sua parte, mas não faça. Tá bom? É isso. Estou com o Aaron, ele está sendo um tremendo mala sem alça. Tchau."

"Para apagar esta mensagem digite..."

Aperto 7.

"Próxima mensagem."

"Craig, é o Aaron, liga pra mim, cara! Vamos relaxar..."

Aperto 7-7.

"Próxima mensagem."

"Olá, senhor Gilner, aqui é seu professor de ciências, senhor Reynolds. Peguei seu número de telefone na nossa lista de estudantes. A gente precisa conversar sobre seus trabalhos de laboratório; estou vendo que deixou de entregar cinco deles..."

7-7.

"Fim das mensagens."

Coloco o fone no gancho como se o objeto fosse um animal perigoso. Pego de volta, ligo pra casa. Agora não consigo parar.

– Sarah, você pode me passar os números de telefone da Nia e do Aaron que estão no meu celular? E procure nas ligações perdidas recentes alguma coisa de Manhattan; preciso ligar pro meu professor de ciências.

– Claro. Como vão as coisas por aí?

Olho pra minha esquerda. Um rapaz judeu hassídico, completo, de calça branca, solidéu, borlas pendendo dele, cabelo trançado e sandálias, vem como um raio pelo corredor, na minha direção. Restos de comida vermelha pontuam sua barba escura, e os olhos dele estão ferozes e desvairados. Ele chega perto de mim e diz: – Eu sou Salomão.

– Hmm, ouvi falar de você. Sou o Craig, mas agora estou numa ligação. – Cubro o fone com a mão.

– Eu lhe pediria para desligar, por favor! Estou tentando descansar! – Ele dá meia volta e vai embora apressado, segurando as calças.

– Oooh! Salomão se *apresentou* a você! – diz a mulher da bengala. – Isso é muito bom.

– Tudo certo por aqui – digo à minha irmã.

– Tá bom. Aí vai. – Ela me passa os telefones da Nia, do Aaron e do professor; anoto todos num pedaço de papel que o Smitty me deu. Eu já deveria ter decorado esses números. O da Nia tem aspecto muito bom, assim, escrito – saudável e útil. O do professor de ciências parece irregular e odioso. Talvez eu só seja capaz de ligar pra ele amanhã.

– Obrigado, Sarah. Tchau.

Ponho o fone no gancho e olho para a senhora da bengala.

– Oi, eu sou Craig – digo.

– Ebony. – Ela acena a cabeça. Cumprimentamo-nos com um aperto de mão.

– Ebony, você se incomoda se eu fizer só mais uma chamada?

– Fique à vontade.

Digito o número 800, coloco a senha e o número da Nia.

– Alô?

– Oi, Nia, sou eu.

– Craig, onde você está?

É engraçado como todos perguntam isso assim que ficam com você no telefone. Acho que é uma coisa do celular: as pessoas – garotas e mães, especialmente – querem saber exatamente onde você está no espaço físico. O fato é que com o celular você pode estar em qualquer lugar e, portanto, isso não deveria ser tão importante. Mas passou a ser a primeira coisa que as pessoas perguntam.

– Estou na casa de um amigo. No Brooklyn.

Fico imaginando também quantas mentiras o celular não contribuiu para espalhar pelo mundo.

– Hum-hum, Craig. Não estou acreditando.

– Como assim? – Limpo o suor da testa.

O suor está começando de novo. Isso não é bom. Eu estava suando na sala de emergência, mas tinha parado no almoço.

– Você não está na casa de amigo coisa nenhuma. Provavelmente está na casa de alguma garota.

Olho para Ebony. Ela sorri e se inclina pra frente apoiada na bengala. – É claro que estou na casa de um amigo!

– Conheço você. Ontem à noite você estava comigo no telefone; hoje à noite, já saiu e está ficando com alguma garota.

– Estou falando sério, Nia...

– Tudo bem, me diga como você está? Obrigada por retornar, eu estava preocupada.

– Eu sei, peguei sua mensagem.

– Não quero que você pire por minha causa. Acho que você só precisa de um tempo pra aliviar a pressão um pouco, e parar de pensar em mim, e pensar em alguma outra pessoa, porque, sabe, eu acho que a gente poderia ser bom um pro outro, mas já estou com uma pessoa, entende?

– Certo... humm... Mas, na verdade, eu *não estava* pirando por sua causa ontem à noite.

– Não?

– Não, eu estava pirando tipo... por causa de coisas maiores. Eu estava tendo uma espécie de crise, e eu quis me aproximar de alguém que fosse capaz de entender.

– Mas você me perguntou se a gente poderia ter tido alguma chance de ficar junto.

– Bom, eu estava tentando esclarecer isso, porque, você sabe... Eu estava a fim de fazer algo estúpido.

Ela baixou o tom de voz: – Se matar, por exemplo?

– É.

– Você estava querendo se matar *por minha causa*?

– Não! – disse eu, irritado. – Só que eu estava realmente numa pior, e você era parte disso, obviamente, porque você faz parte da minha vida, assim como o Aaron faz parte dela e a minha família também, mas achei que você podia esclarecer alguma coisa pra mim antes que eu...

– Craig, agora me senti lisonjeada...

– Não, você interpretou mal. Não fique lisonjeada.

– Como é que eu posso não ficar? Nunca tive um garoto querendo se matar por minha causa antes. É tipo uma coisa super-romântica.

– Nia, *não era por sua causa*.

– Tem certeza?

Eu olho pra baixo, e a resposta está bem ali no meu peito e ressoando. – *Sim. Eu tenho problemas maiores do que você.*

– Ah, tá! Tudo bem.

– E você não deveria supor que tudo tem a ver sempre com você.

– Deixa pra lá. O que há de errado com você?

– Nada. Agora está tudo bem melhor, sério.

– Você está agindo como um verdadeiro babaca. Quer sair hoje à noite?

– Não posso.

– O Aaron ligou pra você? A gente vai dar uma superfesta na casa dele.

– Certo. Eu provavelmente não vou à festa porque... sabe... *por um tempo*. Talvez, *nunca mais*...

– Está tudo bem mesmo com você agora?

– Está, só que eu... Eu estou chegando a algumas conclusões.

– Na casa do seu amigo.

– É.

– Você está em alguma boca de crack, algo do gênero?

– Não! – berro.

E justo nessa hora o presidente Armelio chega e pergunta: – Ei, companheiro, quer jogar espadas? Vou triturar você.

– Agora, não, Armelio.

– Quem é esse cara? – pergunta Nia.

– Deixa o garoto em paz, ele está falando com a *namorada* dele. – Ebony dá um toque no Armelio com a bengala.

– Não é minha namorada – cochicho pra ela.

– Quem é que está aí?

– Meu amigo Armelio.

– Não, a garota.

– Minha amiga Ebony.

– Onde você está, Craig?

– Preciso desligar.

– Tudo bem... – A voz de Nia fica mais fraquinha. – Bom, fico feliz de você estar... hmm... melhor.

– Estou bem melhor – digo.

Ela está chapada, acho. Ela está chapada, e você terminou com ela.

– Até mais, Craig.

Desligo.

– Acho que acabou – digo a mim mesmo.

Então decido anunciar isso para a sala: – Acho que essa história acabou! – Ebony bate a bengala no chão e Armelio aplaude.

Alguma coisa lá no fundo de mim, embaixo do coração, se deslocou para a esquerda e se instalou em um lugar mais confortável. Não é a Mudança, mas é uma mudança. Imagino Nia com seu rosto lindo e o corpinho pequeno e o cabelo preto e os lábios carnudos e as mãos do Aaron por todo o corpo dela, mas também me lembro do lance dela com a maconha e das espinhas na testa e de como ela fica tirando uma de todo mundo o tempo inteiro e de como fica sempre vaidosa do seu jeito de se vestir. E imagino ela desvanecendo. Fico jogando cartas com Armelio no refeitório, até que uma hora Bobby enfia a cabeça por ali e diz:

– Craig? Na sua porta está escrito que o doutor Mahmoud é o seu médico, certo? Bom, ele está fazendo a ronda dele agora.

vinte e seis

– Não quero ficar aqui – digo pro doutor Mahmoud na entrada do meu quarto, antes que ele converse com Muqtada. – Não acho que esse seja um lugar pra mim.

– Claro que não – concorda o doutor Mahmoud. Ele está com o mesmo terno que vestia de manhã, mas parece que isso foi no ano passado. – Se você estivesse gostando daqui, isso seria um mau prognóstico!

– Certo. – Dou uma risadinha. – Bem, quer dizer, eu acho todo mundo legal, mas já estou me sentindo bem melhor, e acredito que estou pronto pra sair. Talvez segunda? Não quero perder mais aula.

Além disso, doutor, neste exato momento as mensagens de celular e os e-mails estão bombando e os boatos circulam. Acabei de falar com essa garota – e me saí muito bem –, mas os Tentáculos estão se enroscando e a pressão cresce, e eles estão prontos pra cair em cima de mim assim que eu for embora. Se eu ficar aqui muito tempo, vou ter muito mais coisas pra fazer quando sair.

– A gente não pode apressar as coisas – diz o doutor Mahmoud. – O importante é que você melhore. Quando a pessoa quer sair cedo demais... como é que, de repente, tudo melhorou, não é?... nós, médicos, achamos suspeito.

– Sim, e você não gostaria que o médico que assina a sua alta no hospital psiquiátrico ficasse com suspeitas.

– Certo. Nesse momento, para mim, você parece muito melhor, mas talvez seja uma falsa recuperação...

– Uma Falsa Mudança.

– Desculpe. Não entendi?

– Uma Falsa Mudança. É assim que eu chamo. Quando você pensa que superou, mas não superou.

– Exatamente. Não queremos que isso aconteça.

– Então, vou ficar aqui até que aconteça a Mudança real?

– Não entendi.

– Vou ficar aqui até me curar?

– A vida não se cura, senhor Gilner. – O médico inclina-se pra frente. – A vida se *administra*.

– Tá bom.

Aparentemente, não fico tão impressionado com isso como ele talvez gostasse. Ele insiste: – A gente não mantém você aqui até que você se cure de alguma coisa; nós mantemos você aqui até que você fique estável. Chamamos isso de "restabelecer um padrão".

– Tá bom. Então, quando é que meu padrão vai ficar restabelecido?

– Em cinco dias, provavelmente.

Um, dois, três... – *Quinta-feira?* Não posso ficar esperando até quinta, doutor. Tenho muitas tarefas de escola. São quatro dias sem aula. Se eu perder quatro dias, vou ficar muito atrasado. Além disso, meus amigos...

– Sim?

– ... meus amigos vão ficar sabendo onde estou!

– A-ha. Então, isso é um problema?

– Sim!

– Por quê?

– Porque eu estou aqui! – aponto com um gesto a sala. Salomão passa bem rápido arrastando as sandálias e manda alguém ficar quieto, porque está tentando descansar.

– Senhor Gilner. – O doutor Mahmoud coloca a mão no meu ombro. – O senhor está com um desequilíbrio químico, só isso. Se fosse diabético, sentiria vergonha de estar num hospital?

– Não, mas...

– Se tivesse que tomar insulina e interrompesse, e fosse levado a um hospital, isso faria sentido, não?

– Mas aí seria diferente.

– Diferente como?

Eu suspiro. – Eu não sei o quanto disso é realmente químico. Às vezes acho que a depressão é simplesmente uma maneira de lidar com o mundo. Tipo algumas pessoas ficam bêbadas, outras tomam drogas, e outras ficam deprimidas. Porque tem tanta coisa aí fora, que você precisa fazer algo para lidar com isso.

– Ah. É justamente por isso que você precisa ficar aqui mais um tempo, para conversar sobre essas coisas – diz o doutor Mahmoud. – Você tem um psicólogo, certo? Você ligou para o seu psicólogo?

Acertou. Eu sabia que estava esquecendo de alguma coisa.

– Você precisa ligar. Seu psicólogo virá aqui para conversar com você. Qual é o nome dela? Ou dele?

– Doutora Minerva.

– Ah! – diz o doutor Mahmoud. Seus lábios se curvam numa espécie de sorriso. – Maravilha. Faça a Andrea vir aqui então.

– Andrea? – Eu nunca soube o primeiro nome dela. Ela mantém isso como se fosse um segredo. Está ausente em todos os seus diplomas. Diz que é parte da política.

Ele gesticula com a mão. – Marque uma hora com ela. Então, estaremos mais perto de estabelecer seu plano de tratamento e tirar você daqui o mais rápido possível. Vamos tentar fazer com que seja na quinta-feira.

– Antes de quinta não dá?

– Não.

– *Quinta* – murmuro comigo, olhando do outro lado do quarto para o vulto de Muqtada deitado de bruços.

– Cinco dias, é isso que temos! Tudo vai ficar bem, senhor Gilner. Sua vida pode esperar. O que o senhor tem a fazer é simplesmente participar das atividades em grupo e ligar para a doutora Minerva. E, quando crescer e for rico e famoso, não se esqueça de mim. Certo?

– Certo.

– O senhor poderia, por favor, fechar a porta? – pede Muqtada da cama dele.

– Senhor Muqtada, agora é a sua vez: e que história é essa de o senhor ficar sempre dormindo, dormindo, dormindo?

O doutor Mahmoud passa por mim. Eu ligo pra Mãe pra contar as novidades, e depois pra doutora Minerva. Ela diz que lamenta eu ter tido essa guinada pra pior, mas que é sempre dois passos pra frente e um pra trás.

– Se esse é o meu passo pra trás – comento com ela –, o que será que eu vou fazer em seguida: ganhar na loteria e conseguir meu próprio programa na TV?

Seria realmente um belo programa de TV, penso. *Um garoto que ganha na loteria dentro de um hospital psiquiátrico.*

A doutora Minerva não pode vir amanhã, porque é domingo, mas diz que estará aqui na segunda. Fico momentaneamente surpreso com a distinção. Na Seis Norte, provavelmente não deve haver muitas distinções desse tipo.

vinte e sete

– Estão dizendo que vai ter uma festa de pizza hoje à noite – me conta Humble no jantar. O jantar é tênder de frango com batatas e salada, e uma pera. Como tudo. – Mas eles dizem isso toda noite.

– Que é uma festa de pizza?

– Todos nós rachamos o dinheiro e pedimos uma pizza da vizinhança. É difícil, porque nunca ninguém tem dinheiro. Se a gente consegue uma de *pepperoni,* já é um acontecimento.

– Eu tenho oito dólares.

– *Shhh.* Não fique anunciando isso! – Ele para de mastigar. – As pessoas aqui não têm dinheiro nenhum. Eu não tenho dois tostões pra esfregar um no outro.

Concordo. – Nunca tinha ouvido essa expressão.

– Nunca ouviu? Gostou?

– Gostei.

– E que tal essa: *Eu não tenho um vaso pra mijar dentro nem uma janela para jogá-lo fora.*

– Também não.

– E essa: *Tô com um monte de bagulho e a fim de fazer barulho.*

– He-he. Não! Onde você aprendeu tudo isso?

– No meu velho bairro. *Bate um fio pra mim. Peguei você no pulo.* É o melhor jeito de falar.

– *Bater um fio...* que é isso? Telefonema?

– Não me faça essas perguntinhas de yuppie.

Humble fica procurando na sala alguém de quem ele possa dizer alguma coisa. Ele adora falar dos outros – simplesmente adora falar, descobri, mas gosta *especialmente* de falar dos outros – e quando faz isso adota um tipo de voz peculiar, que não chega a ser um cochicho, mas que fica numa monotonia tão baixa que ninguém percebe. Ele também parece capaz de projetar a voz; então, tenho a impressão que está falando direto no meu ouvido esquerdo.

– Então, suponho que você já se familiarizou com a nossa adorável clientela aqui do andar. O presidente Armelio é o presidente. – Ele aponta a cabeça na direção de Armelio, que foi o primeiro a terminar de comer e está levantando pra devolver a bandeja. – Vê como ele come rápido? Se você fosse capaz de aproveitar um quarto da sua energia, iria abastecer a ilha de Manhattan inteira. Não estou brincando. Ele deveria realmente trabalhar num lugar com pessoas como nós. Tem um coração muito bom e nunca fica deprimido.

– Então, por que está aqui?

– É psicótico, é claro. Você devia tê-lo visto quando o trouxeram. Ele berrava até estourar, chamando pela mãe dele. Ele é grego.

– Hmm.

– Depois temos Ebony, a da bunda grande. É sem dúvida a maior bunda que já vi. Eu nem sou muito fã de bunda, mas se o cara for... olha, dá pra ele se perder ali. É como se fosse um município à parte. Acho que é por isso que ela precisa da bengala. Ela também é a única mulher que conheci que usa calça de veludo; acho que você precisa ter uma bunda como essa pra usar calça de veludo. Eles só fabricam tamanho GGGG.

– Nem tinha reparado nisso.

– Bom, você precisa de um tempo. Mais alguns dias e você vai começar a perceber as roupas das pessoas, ver como elas usam a mesma coisa todo dia.

– As roupas não sujam?

– Eles lavam a roupa às terças e sextas. Quem fez a apresentação inicial quando você foi internado?

– Bobby.

– Ele devia ter lhe contado. – Humble balança a cabeça, e depois continua: – Depois tem o Bobby e o Johnny – os dois estão juntos numa mesa, como estavam na hora do almoço –, que eram os maiores viciados em meta-anfetamina da cidade de Nova York, ponto. Isso na década de 1990. Eles tinham o apelido de Fanático Um e Fanático Dois. A festa só começava de fato quando um dos dois aparecia.

Devia ser uma sensação e tanto, mesmo sob o efeito das drogas, acho. Chegar numa casa e as pessoas rodearem você e cumprimentarem: "E aí, cara, tudo bem?" "Você chegou!" "E que tal?" Isso provavelmente era tão viciante quanto as anfetaminas. As pessoas agem um pouco assim com o Aaron.

– E que aconteceu com eles? – pergunto.

– O que acontece com todo mundo, né? Os caras ficam detonados, perdem todo o dinheiro, acabam aqui. Não têm família, não têm mulher... Bom, acho que o Bobby tem uma mulher.

– Ele costuma falar no telefone com ela.

– Bom, não dá pra julgar por isso. As pessoas aqui fingem o tempo todo que estão falando com alguém no telefone. Como essa aqui – ele aponta com a cabeça pra mulher de olho arregalado que veio ficar atrás de mim quando eu falava com a minha família –, a professora. Outro dia peguei ela no telefone conversando com um tal senhor Sinal de Discar. É professora universitária. Acabou aqui porque acha que alguém tentou passar aerossol de inseticida no apartamento dela. Ela tem até recortes de jornal sobre isso e tudo o mais.

Humble prossegue: – O garoto negro de óculos: ele parece bem normal, mas lá a coisa pegou pesado. Voce já percebeu que ele não sai muito do quarto? É que tem medo que a gravidade se inverta e ele acabe caindo no teto. Quando ele sai ao ar livre, tem que ficar perto de árvores, porque, assim, caso a gravidade pare de agir, ele vai ter onde se segurar. Acho que ele tem uns dezessete anos. Já conversou com ele?

– Não.

– Ele não fala muito. Não sei se vão poder fazer muita coisa por ele.

O garoto olha para o ventilador de teto em cima dele no refeitório, estremece e mete uma garfada na boca.

– Depois tem Jimmy. Jimmy tem vindo bastante aqui. Eu fiquei aqui vinte e dois dias, e vi ele entrar e sair duas vezes. Parece que você gostou dele.

– A gente se internou junto.

– Ele é um cara legal. E tem bons dentes.

– É, percebi isso.

– Brancos como pérolas. Não tem muita gente com dentes assim aqui. Eu mesmo me pergunto o que será que foi feito dos dentes da Ebony.

– Que houve com eles? – pergunto.

– *Não olhe*. Ela não tem dentes, você não percebeu? Está numa dieta líquida. Só tem gengiva. Fico imaginando que ela pode ter vendido os dentes, um por um...

Mordo a língua pra não rir. Não consigo evitar. Não devia estar rindo de nenhuma dessas pessoas, e nem Humble, mas será que tem algum problema? Afinal, em algum lugar, de algum modo, estamos celebrando a vida, né? Não tenho certeza. Jimmy, a duas mesas de nós, percebe meu riso contido, sorri pra mim e também ri.

– Eu falei: vai acontecer com você!

– E lá vamos nós de novo. Que será que se passa na *cabeça* dele? – pergunta Humble.

Não consigo segurar. É demais. Caio na risada. Pedaços de tênder de frango e suco se espalham pelo meu prato.

– Ah, agora peguei você – continua Humble. – E aí vem o convidado de honra: Salomão.

O judeu hassídico chega segurando a calça. Ainda tem comida na barba. Ele pega a bandeja, abre um pacote de espaguete feito no micro-ondas e começa a enfiar na boca, fazendo o maior barulho ao mastigar e engolir.

– Esse cara come uma vez por dia, mas parece que é o último dia dele na Terra – diz Humble. – Acho que é o mais doido de todos. Ele tem como se fosse uma espécie de ligação direta com Deus.

Salomão ergue os olhos, gira a cabeça prum lado, pro outro, e volta a comer.

Humble baixa o tom para um cochicho de verdade. – Ele tomou algumas centenas de tabletes de ácido e estourou as pupilas. Seu globo ocular fica dilatado direto.

– Não acredito!

– Sério. É um tipo de ritual dos hassídicos: os Judeus do Ácido. Parece que tem um trecho das escrituras sagradas deles que diz que essa é uma das maneiras de conversar com Deus. Mas ele levou a coisa longe demais.

Salomão levanta, deixa a bandeja na mesa com cara de nojo e vai pro seu quarto, a uma velocidade alarmante.

– É que nem o homem-toupeira, ele volta sempre pra toca – diz Humble. – Mas os toupeiras de verdade são os anoréxicos; você nem vê os caras.

– Quantas pessoas tem aqui? – pergunto.

– Eles dizem que são vinte e cinco – explica Humble. – Mas isso sem contar os clandestinos.

Olho em volta. Jennifer/Charles não está na sala.

– O tal... ahn..., você sabe, o *Charles*? Ele já foi embora?

– Sim, o traveco já foi. Saiu hoje de tarde. O traveco deu em cima de você?

– Deu.

– O Smitty deixa ele fazer isso. Ele se diverte pra caramba de ver.

– Não acredito que ele *foi embora* assim, sem mais. Aqui ninguém faz tipo uma festa quando você sai?

– Nada disso. As pessoas daqui não *querem* ir embora. Sair significa voltar pra rua ou pra cadeia ou tentar recuperar as coisas que ficaram num carro apreendido, como no meu caso. Uma situação como a sua, com pais e uma casa: isso é raro. E, além do mais, com tantas pessoas indo e vindo, a gente ia ficar doido tentando fazer uma festa toda vez. Ia acabar que nem o Fanático Um e o Fanático Dois.

Minha bandeja ficou uma nojeira com aquela comida toda espalhada.

– Você me fez estourar de rir, Humble – digo a ele.

– Eu sei. O pessoal aqui se diverte comigo. O ruim é que eu estou aqui, quando podia estar num palco sendo pago por isso.

– Por que você não experimenta subir num palco?

– Estou velho.

– Preciso pegar uns guardanapos. – Levanto e vou até Smitty, que me dá uma pilha. Volto, limpo a bandeja e começo a atacar a pera.

– Você tem uma admiradora secreta – diz Humble. – Eu devia ter adivinhado. Eu sei como você opera.

– Quê?

– Ela acabou de sair daqui. Olhe pra sua cadeira.

Levanto e vejo. Tem um pedaço de papel ali, virado pra baixo. Desviro o papel, está escrito: ESPERO QUE VOCÊ ESTEJA PASSANDO BEM. O HORÁRIO DE VISITAS É AMANHÃ DAS 19h00 ÀS 19h05. EU NÃO FUMO.

– Viu? Sua garotinha com o rosto cortado acabou de sair daqui. – Humble levanta. – Tive um pressentimento. Você agora está começando a me parecer um macho rival. Talvez eu tenha que ficar de olho em você.

Ele deposita a bandeja dele e fica na fila pra pegar os remédios. Eu dobro o papel e coloco no bolso onde meu celular costumava ficar.

vinte e oito

– Craig! Ei, companheiro! Telefone!

Estou sentado com Humble do lado de fora da sala de fumantes, para a pausa de cigarro das dez da noite. Penso: onde é que eu estava mesmo às dez da noite do dia anterior. Ah, acabando de deitar na cama da Mãe. Humble não fuma, diz que tem aversão, mas quase todos os demais aqui fumam, incluindo o rapaz negro que tem medo da gravidade, e a grandona, Becca, os dois que eu achei que eram menores de idade. Armelio, Ebony, Bobby, Johnny, Jimmy... não importa o quanto pareçam pirados, eles não têm nenhum problema em migrar até a haste superior esquerda do H e sentar nos sofás, quietinhos, esperando a marca específica de cigarro, que eu descobri que, na verdade, não é o hospital que fornece – eles já são internados com os pacotes de cigarro, que as enfermeiras guardam numa bandeja especial. Depois que cada um pega seu cigarro do respectivo maço, eles fazem fila única diante de uma porta, vermelha, passando pela enfermeira Monica, cuja função é acender o cigarro de todos. Quando a porta é fechada, o cheiro vaza pela fresta de baixo e você ouve conversas – todo mundo falando ao mesmo tempo, como se eles tivessem guardado as palavras pra uma hora em que houvesse fumaça para soltá-las no meio dela.

– Como você está indo no seu primeiro dia, Craig? – me perguntou a enfermeira Monica faz cinco minutos, ao fechar a porta. – Você não fuma, pelo que estou vendo.

– Não.

– Isso é bom. Um vício terrível. E é muito comum no pessoal da sua idade.

– Um monte de amigos meus fumam. Eu simplesmente, sabe como é... nunca gostei.

– Vejo que você está se adaptando superbem ao andar.

– Estou.

– Bom, bom. Isso é muito importante. Amanhã a gente vai conversar mais sobre sua adaptação e sua situação e sobre como você está se sentindo.

– Tá bom..

– Você precisa ficar de olho nesse cara – diz Humble. – Ele é esperto.

– Ah, é? – exclama Monica.

Eu estava procurando a loirinha, Noelle – precisava me lembrar de encontrar com ela –, mas ela não estava por ali. Nem o Salomão. Perto do Humble estava a mulher que ele identificava como a Professora, que observava a gente com os olhos arregalados. De repente, Humble começou a falar comigo e com a Monica sobre uma antiga namorada dele, que tinha, segundo ele, "mamilos que nem rabo de porco, quem nem batatinha frita enrolada, não estou brincando". Monica morria de rir. A Professora disse que Humble era desagradável. Monica falou que era bom rir de vez em quando e perguntou se ela não tinha alguma história pra compartilhar.

– Sim, todos nós sabemos que você tem algumas histórias indiscretas da sua juventude, Professora – provocou Humble.

A Professora tinha uns olhos de aspecto sonhador. Achei que ela estivesse a ponto de ter uma convulsão. E ela disse, com voz pequena e suave, num toque anasalado: – Eu tive muitos namorados, mas apenas um homem.

Fiquei imaginando onde é que eu tinha ouvido isso antes, quando o Armelio interrompeu.

– Vamos, companheiro! O telefone é pra você!

– Certo. – Levantei.

– Você tem sorte, companheiro. São mais de dez horas. Geralmente eles desligam o telefone às dez.

Desligar o telefone. Imagino uma grande alavanca na minha mente e um homem acionando-a para baixo.

– O que acontece se alguém liga pra cá e o telefone está desligado?

– Ele simplesmente fica tocando e tocando – explica Humble – e as pessoas lembram que estão num hospital psiquiátrico.

Ando pelo corredor. O fone está balançando, dependurado. Pego o fone.

– Alô.

– Ei, é da casa dos lunáticos? – É Aaron. É Aaron, muito doido.

– Como é que você conseguiu esse número? – pergunto. O homem de barba, que vi se balançando no refeitório quando acabei de me internar, está andando pelo corredor central, olhando fixo pra mim.

– Minha namorada me passou o número. Que você acha? Como é que é aí, mano? – pergunta Aaron.

– Como é que você soube onde eu estou?

– Eu procurei, cara! Você acha que sou tonto? Frequento a mesma escola que você! Fiz uma busca reversa do número e descobri exatamente onde você está: Hospital Argenon, Psiquiatria Adulta! Mano, como é que você conseguiu entrar em *adultos?* Eles servem cerveja aí?

– Aaron, vamos lá, cara!

– Sério, mano. E as minas? Tem menina gostosa por aí? *Hmm.*

Ouço risadas ao fundo, por cima do rap que está tocando.

– Me dá o fone! – A lamúria aguda do Ronny vem pela linha telefônica. – Deixa eu falar!

Ronny faz sua graça: – Mano, você pode me arrumar um Vicodin aí?

Urros. Urros de risada. E ao fundo Nia protesta: – Gente, deixa o cara sossegado.

– Me dá isso... Craig, agora sério. – É o Aaron de volta. – Mano, eu sinto muito, de verdade. Eu... escuta, como é que você está, cara?

– Estou... estou bem. – Começo a suar.

– O que aconteceu?

– Eu não tive uma noite boa, então me internei no hospital.

– Mas o que isso quer dizer: "Eu não tive uma noite boa"?

O homem no meu estômago está de volta, me dando um tranco. Vontade de vomitar pelo telefone.

– Eu estou deprimido, entendeu, Aaron?

– Sim, eu sei, mas deprimido com quê?

– Não, cara, eu estou deprimido no geral. Eu tenho tipo uma depressão clínica.

– De jeito nenhum! Você é tipo o cara mais feliz que eu conheço!

– Do que você está *falando*?

– Foi uma piada, Craig. Você é tipo a pessoa mais doida que eu conheço. Lembra na ponte aquele dia? Mas, sabe o que é, o problema é que você não *relaxa* o suficiente. Tipo que nem quando você está aqui, você está sempre preocupado com a escola ou algo assim; você nunca simplesmente relaxa e deixa as coisas *rolarem*, entendeu? A gente está dando uma festa hoje à noite... Onde é que você vai estar?

– Aaron, quem está aí na sala?

– A Nia, o Ronny, o Scruggs... ahn... minha amiga Delilah. – Eu nem conheço a Delilah.

– Quer dizer que todas essas pessoas sabem onde eu estou agora.

– Mano, a gente acha incrível o lugar onde você está! A gente quer dar um pulo aí pra visitar!

– Não acredito, cara.

– Como assim?

– Não acredito que você está fazendo isso.

– Não seja tão fresco, cara. Você sabe que se fosse eu que estivesse num hospício você também ia ligar pra mim e ficar me zoando um pouco. É porque a gente é amigo, cara!

– Isso aqui não é hospício.

– Quê?

– É um hospital psiquiátrico. É para pacientes de estadia curta. No hospício o cara fica de vez.

– Bom, pelo jeito você já ficou tempo suficiente pra virar especialista no assunto. Quanto tempo você vai ficar?

– Até meu padrão estar restabelecido.

– Que isso quer dizer? Peraí, ainda não entendi bem: antes de qualquer coisa, o que havia de errado com você?

– Já te falei, eu estou deprimido. Eu tomo remédio pra isso, que nem sua namorada.

– Que nem minha namorada?

– Craig, cale a boca! – Nia berra ao fundo.

– Minha garota não toma comprimido nenhum – diz Aaron.

Ronny berra: –A única coisa que ela toma é... – e o resto é cortado pelas risadas, e ouço alguém bater nele com alguma coisa.

– Talvez você devesse conversar com ela um pouco mais e tentar saber como ela é na verdade – digo eu. – Talvez você aprendesse alguma coisa.

– Agora você está me dizendo como é que eu tenho que lidar com a Nia? – pergunta Aaron. Ouço ele passar a língua pelos lábios. – Vamos lá, cara, como se eu não soubesse do que se trata na real?

– Vamos lá, Aaron. Então, do que é que se trata na real?

– Trata-se que você quer a minha namorada, mano. Você está vidrado nela já uns dois anos. Fica louco da vida porque não consegue a mina, e agora decide que em vez de ficar louco você vai ficar deprimido, e sai de cena e vai parar em algum lugar, provavelmente querendo se transformar no problema de alguém, tentando fazer o papel de vítima pra no final conseguir que ela fique com você... E aí eu ligo pra você *como amigo* pra tentar deixar a coisa mais leve pro seu lado e você me joga esse lixo todo em cima? Quem você pensa que *é?*

– *Yo,* Aaron.

– Quê?

Vou fazer um truque que o Ronny me ensinou. Ele costumava fazer isso há muito tempo, e acho que o Aaron já se esqueceu do que se trata.

– *Yo.*

– Quê?

– *Yo.*

– Quê?!

– *Yo, yo, yo, yo, yo...*

Faço uma pausa. Segura, segura...

– *Foda-se você.*

E bato o telefone na cara dele.

O fone acerta meu dedo e eu entro uivando de dor no quarto, com o Muqtada lá.

– Que aconteceu? – pergunta ele.

– Eu não tenho amigos – digo, pulando e segurando meu dedo.

– Essa é uma coisa dura de aprender.

Olho pela janela, através das persianas, pra noite. Agora estou fudido mesmo. Deixo meu dedo debaixo da água fria, no banheiro. Não achei que podia ficar mais fudido do que estava ontem à noite, mas cá estou. Num hospital. Mergulhei no lugar mais fundo que podia. Estou num lugar onde não tenho permissão de me barbear – mesmo que eu tivesse uma necessidade biológica de me barbear –, porque eles têm receio que eu use as lâminas para me ferir. *E todo mundo sabe.* Estou num lugar onde tem gente sem dentes que tem que comer dieta líquida. *E todo mundo sabe.* Estou num lugar onde o cara com quem almoço mora num carro. *E todo mundo sabe.*

Não sou mais capaz de funcionar aqui. Quero dizer, na vida: não sou capaz de funcionar nesta vida. Não estou nem um pouco melhor do que estava ontem à noite na cama, com uma diferença: quando estava na minha cama – ou melhor, na cama da minha mãe –, podia fazer algo a esse respeito; agora que estou aqui não posso fazer nada. Não posso pegar minha bike e ir até a

Ponte do Brooklyn; não posso tomar um monte de comprimidos e conseguir um good sleep. A única coisa que posso fazer é esmagar minha cabeça na tampa da privada, e eu ainda não sei nem se isso funcionaria. Eles tiram de você todas as opções, e tudo o que você pode fazer é viver, e é como Humble disse: *Não estou com medo de morrer; estou com medo de viver.* Eu já tinha medo antes, mas estou com mais medo agora, que virei uma piada pública. Os professores vão ficar sabendo pelos alunos. Vão achar que estou tentando arrumar uma desculpa pelo mau rendimento.

Deito na cama e me cubro com o solitário lençol. – É foda.

– Você está deprimido? – pergunta Muqtada.

– Estou.

– Eu também sofro de depressão.

Sinto o Ciclo começando de novo... Alguma hora vou ter que sair daqui e voltar pra minha vida real. Esse lugar não é real. É uma cópia da vida, pras pessoas falidas. Eu sou capaz de lidar com a cópia, mas não sou capaz de lidar com a coisa real. Vou ter que voltar para a Executive Pre-Professional e encarar os professores e o Aaron e a Nia, porque, afinal, que raios eu sei além disso? Apostei tudo naquele teste estúpido. No que mais eu sou bom?

Em nada. Não sou bom em nada.

Levanto e vou até o posto das enfermeiras.

– Não vou conseguir dormir.

– Não vai conseguir dormir? – A enfermeira é uma senhorinha de cabelo branco, de óculos.

– Não, eu sei que não vou *conseguir* dormir – respondo. – Estou tomando ações preventivas.

– Nós temos um sedativo, Atavan. É injetável. Vai relaxar e fazer você dormir.

– Vamos nessa, então – digo, e, com a supervisão de Smitty pelo telefone, sento e tenho uma pequena agulha acoplada no que parece ser um clipe de papel, presa no meu braço. Fico olhando fixo pra frente enquanto um troço amarelo é bombeado dentro de mim e então entro capengando no meu quarto – capengando porque sinto que a coisa bate na mesma hora em que levanto da cadeira. É algum tipo de relaxante muscular poderoso, e mãos amorosas me derrubam e eu desabo na cama depois de passar por Muqtada, mas o último pensamento que tenho antes de adormecer é:

Ótimo, soldado, agora você está deprimido, internado num hospital e dependente de drogas. E todo mundo sabe.

PARTE 6: SEIS NORTE, DOMINGO

vinte e nove

Sou acordado por um cara de avental azul-claro que mede minha pressão. É um jeito interessante de acordar. O cara entra no quarto com um carrinho – os carrinhos fazem o maior sucesso por aqui – enquanto a luz se insinua pelas persianas.

– Preciso coletar seu sangue. Pro pessoal lá de baixo.

– Hmm, tá bom.

Estico o braço. Estou exausto demais pra perguntar qualquer coisa. Ele colhe um pouco de sangue com muita perícia, das costas da minha mão, logo abaixo do ossinho saliente do dedo médio – não deixa marca nenhuma – e sai com o carrinho, deixando Muqtada dormindo, ou quem sabe acordado e paralisado pela vida... Difícil dizer. Quero dormir mais um pouco, mas depois que você é espetado fica propenso a levantar; então, saio da cama e tomo uma ducha, com as toalhas providenciadas pelo hospital e o xampu providenciado pelos meus pais e o sabonete básico que eu bombeio da parede. O chuveiro é superquente e maravilhoso, mas não fico muito tempo – preciso cortar o hábito de me demorar no chuveiro, então me enxugo –, e levo as toalhas de volta ao posto das enfermeiras. Smitty não está lá; no lugar dele tem um cara grande que se apresenta como Harold e diz pra jogar as toalhas num cesto, que parece aquela lata de lixo que tem lá no refeitório, onde vi Humble e Bobby jogando caroços de maçãs e cascas de banana.

– Ei, companheiro, você levantou! – Armelio me chama, vindo aos pulos pelo corredor. – Dormiu bem?

– Não muito. Precisei de um pico.

– Tudo bem, companheiro, todo mundo aqui precisa de um pico de vez em quando.

– He-he. – Abro o primeiro sorriso do dia. Armelio também inaugura um.

– É hora de acordar todo mundo pra medir os sinais vitais – diz ele, andando pelo corredor. – *Vamos lá, pessoal, todo mundo! Sinais vitais! Hora de medir os sinais vitais!*

Uma caravana dos meus sonolentos companheiros pacientes mentais – ou melhor, acho que tecnicamente somos pacientes psiquiátricos internos em tratamento – emerge dos respectivos compartimentos, todos esfregando os olhos e cambaleando como se tivessem algum emprego para onde ir e precisassem apenas de uma primeira xícara de café. Surpreso com minha boa sorte, coloco-me no primeiro lugar da fila e sou o primeiro a ter pressão e pulso medidos: 120/80. Continuo sendo o retrato da saúde perfeita.

– Craig? – Harold, o grandão, pergunta depois que todo mundo sai.

– Sim?

– Você não tem preenchido seus cardápios.

– Como assim?

– Todo dia você tem que escrever que tipo de refeição prefere. Escolha uma dessas.

Ele segura o que parece ser uma espécie de jogo americano de mesa, com colunas de comida: *Café da manhã, almoço, jantar.*

– Você deve ter recebido um desses no seu kit de boas-vindas que a enfermeira lhe deu.

Ah, aquele que eu ignorei completamente. Aceno com a cabeça.

– É que... sabe... eu não...

– Tudo bem, mas, se você não marcar suas refeições, vai receber sempre a que a gente escolher pra você. Então marque uma refeição pro almoço e jantar de hoje. No café da manhã você terá que comer uma das omeletes.

Coloco os cotovelos em cima da mesa e olho as opções do cardápio: hambúrguer, nuggets de peixe, vagem, peru recheado, frutas frescas, pudim, mingau de aveia, suco de laranja, leite integral, leite desnatado, chá, café, chocolate quente, sopa de ervilha, sopa de legumes, salada de frutas, queijo fresco, requeijão, manteiga, geleia... comida altamente processada. Não vou ter problema de comida aqui. Meus olhos passeiam pelas opções.

– Circule o que você quer – explica Harold. Começo a circular.

– Se quiser duas porções de alguma coisa, coloque dois X na frente. – Começo a colocar XX.

Adoraria que o mundo fosse assim, que eu simplesmente levantasse da cama e marcasse a comida que iria comer e ela viesse mais tarde até mim.

Acho que é mais ou menos assim, só que você tem que pagar o que quer comer; então, talvez o que eu esteja querendo seja o comunismo, mas acho que na realidade é mais profundo do que o comunismo – estou pedindo simplicidade, pureza e facilidade de escolher, sem pressões. Estou pedindo algo que nenhum sistema político vai oferecer, algo que talvez você só tenha na pré-escola. O que estou querendo é a pré-escola.

– Depois do café da manhã, preencha outro pra amanhã – diz Harold quando eu lhe entrego meu cardápio.

O café da manhã chega ao refeitório e a omelete é como se fosse um experimento científico: será que a ausência de queijo é explicada pelos misteriosos buracos que pontuam o suposto ovo?

– Sua primeira omelete – diz Bobby. Hoje, pra variar, sento com ele e não com Humble. Johnny fica rodeando a mesa.

– De fato, é encorpada. – Espeto com o garfo.

– É como um rito de passagem – diz Johnny. Ele fala devagar e sem nenhuma ênfase nas palavras.

– Todo mundo tem que comer a omelete.

– É, agora você também faz parte – diz Bobby.

– Hmm! – suspira Johnny.

– Vocês dormiram bem? – ensaio dizer.

– Estou ansioso, muito ansioso – diz Bobby.

– Por quê?

– Tenho uma entrevista amanhã, com uma casa de adultos.

– Que é isso?

– Hmm – suspira Johnny. – É onde gente como nós vai morar.

– É basicamente um lugar como esse, só que você tem um emprego – explica Bobby. – Você não precisa de um passe para sair; pode sair à hora que quiser, mas tem que provar que está empregado e que vai voltar lá pelas sete da noite.

– Peraí, você pode sair daqui se tiver um passe?

– Pode. Depois de cinco dias internado, eles têm que lhe dar um passe se você pedir.

– Vou tentar arrumar esse passe quando fizer cinco dias.

– Hmm – suspira Johnny. – Boa sorte.

Começo pela laranja, que é umas duzentas vezes mais comestível que a omelete. – Por que você está nervoso com a entrevista? – pergunto ao Bobby.

– Ansioso, não nervoso. É diferente. É uma distinção médica.

– Tudo bem. Então, por que você está ansioso? Tenho certeza que vai entrar.

– Não dá pra ter certeza de uma coisa como essa. E, se eu complicar as coisas, vou ter problemas: eu já estive aqui por tempo demais; minha cobertura não vai durar muito. Quando é você que faz as apresentações pros novatos, é hora de ir embora. – Ele enfia na boca uma boa colherada de mingau de aveia. – O último lugar em que estive não vai me permitir voltar porque eu sou muito exigente com comida. Não é que nem aqui. Lá você não escolhe comida.

– Bem, por outro lado, agora você já sabe o que não deve dizer! – eu enfatizo.

– É, isso é verdade.

– Está vendo? Quando você complica as coisas – reflito eu –, já aprende como vai ter que fazer da próxima vez. Os problemas surgem é quando as pessoas *elogiam* você. Porque isso quer dizer que elas esperam que você continue daquele jeito.

Bobby concorda. – É a pura verdade.

– Hmm, é... – diz Johnny. – Minha mãe vivia me elogiando, e olha só o que eu virei.

– Esse garoto promete – ri Bobby. – Ele segura a onda.

– Hmm, é, ele segura a onda. Você toca guitarra, garoto?

– Não.

– O Johnny toca, é um grande guitarrista – diz Bobby. – Bom de verdade. Ele tocava na década de 1980.

– É mesmo?

– *Shhh* – faz Johnny. – Tocava nada.

Bobby continua: – Ele toca melhor que o cara que eles trazem aqui pra tocar pra nós. Mas é um cara legal, esse que vem aqui tocar.

– É, ele segura a onda.

– Ele segura a onda. É hoje que ele vem tocar pro grupo?

– É amanhã. Hoje é arte.

– Com a Joanie.

– Isso.

Bobby toma um gole de café. – Se não existisse café nessa terra, eu já teria morrido.

Dou uma olhada na sala: todos estão aqui, exceto Salomão, os Anoréxicos (que agora já vi espreitando dos seus quartos como se fossem, literalmente, esqueletos em armários) e Noelle. Onde será que ela está? Ela não apareceu pra medição dos sinais vitais. Talvez tenha conseguido um passe e saído.

Espero que esteja de volta à noite pro nosso encontro. Tecnicamente, vai ser meu primeiro encontro.

– Sabe, vou lhe contar por que é que estou *realmente* ansioso. – Bobby sobe o tom de voz, inclinando-se sobre o café. – É por causa dessa estúpida blusa. – Ele puxa pra frente sua blusa do Marvin, o Marciano DOMINADOR DO MUNDO. – Como é que eu posso ir para uma entrevista com isso?

– Hmm – suspira Johnny. – Nunca subestime o poder de Marvin.

– Fica quieto, cara. Estou falando sério.

– Eu tenho umas camisas – digo.

– Quê? – Bobby me olha.

– Eu tenho camisas, posso lhe emprestar uma.

– Quê? Você faria isso?

– Claro! Que tamanho você usa?

– Médio. E o seu?

– Ah, infantil grande.

– O que isso quer dizer? – Bobby vira-se para Johnny.

– Eu nem sabia que criança tinha vários tamanhos – diz Johnny.

– Acho que vai servir. – Eu fico em pé. Bobby fica em pé do meu lado, e embora sua postura seja bem diferente – ele pende para trás, de verdade – dá a impressão de que pode servir.

– Eu tenho uma camisa de colarinho azul que a minha mãe me faz usar na igreja toda semana. Posso pedir pra ela trazer.

– Hoje? A entrevista é amanhã.

– É. Sem problemas. Ela mora a duas quadras daqui.

– Você faria isso por mim?

– Claro!

– Beleza – diz Bobby. Nos apertamos as mãos. – Você realmente segura a onda, garoto. É uma boa pessoa. – Olhamos nos olhos um do outro durante o cumprimento. Os olhos dele ainda estão cheios de morte e horror, mas neles vejo meu rosto refletido, e nos meus pequenos olhos dentro dos seus penso ver alguma esperança.

– Boa pessoa – Johnny faz eco. Bobby senta.

Coloco minha bandeja de volta no carrinho e Humble vem atrás de mim.

– Você não sentou comigo, estou muito magoado com isso – diz ele. – Eu talvez tenha que lhe dar o troco mais tarde.

trinta

A enfermeira Monica me leva pra mesma sala onde fui entrevistado no dia anterior, e pergunta como estou me adaptando. Olho pras paredes brancas e pra mesa onde ela me mostrou aquela tabela de dor e então penso que já avancei um bom pedaço desde ontem; já comi e dormi; não há como negar isso. Comer e dormir vão fazer bem ao corpo. Mas precisei da injeção.

– Como estamos nos sentindo hoje? – pergunta ela.

– Ótimo. Quer dizer, não consegui dormir ontem à noite. Precisei tomar injeção.

– Vi na sua ficha. Por que acha que não conseguia dormir?

– Meus amigos ligaram. Eles estavam meio... tirando sarro da minha situação toda.

– E por que eles teriam feito isso?

– Não sei.

– Talvez não sejam seus amigos.

– Bem, eu disse pra eles... "Fodam-se", basicamente. Para o principal, o Aaron. Eu disse pra ele: "Foda-se você".

– Isso fez você se sentir bem?

Eu suspiro. – Sim. E tinha também uma garota.

– Quem seria ela?

– A Nia. Amiga minha.

– E ela?

– Não quero mais saber dela também.

– Então, você tomou um monte de decisões importantes em seu primeiro dia aqui.

– É.

– Isso acontece com muita gente: as pessoas chegam e tomam grandes decisões. Às vezes, são boas decisões, às vezes são decisões ruins.

– Bom, espero que tenham sido boas, claro.

– Eu também. Como você se sente em relação às decisões?

Imagino Nia e Aaron se dissolvendo, substituídos por Johnny e Bobby.

– Era o que eu tinha que fazer.

– Maravilha! Agora, você fez novos amigos aqui também, não é?

– Com certeza.

– Vi você conversando com Humboldt Koper fora da sala de fumantes ontem à noite.

– É esse o nome verdadeiro dele? – Ri. – É verdade, mas você também estava lá conversando. Todos nós.

– Isso mesmo. Bem, você também poderia não ficar tão amigo dos seus colegas pacientes do andar.

– Por que não?

– Isso às vezes faz a pessoa tirar o foco do processo de cura.

– Como assim?

– Aqui é um hospital. Não é um lugar para fazer amigos. Amigos são uma coisa ótima, mas esse lugar diz respeito a você e a levar você a se sentir melhor.

– Mas... – Fico inquieto. – Eu *respeito* Humble. *Respeito* Bobby. Tenho mais respeito por eles depois de um dia e meio do que tenho pela maior parte das pessoas... no *mundo*. Sério!

– Simplesmente tenha cuidado ao estabelecer relacionamentos mais íntimos, Craig. Concentre-se em *você*.

– Tá bom.

– Só assim é que o processo de cura se instala.

– Certo.

A enfermeira Monica inclina-se pra trás, com seu rosto de lua.

– Como você sabe, temos algumas atividades no andar.

– Sei.

– No seu primeiro dia você se excluiu dessas atividades, mas depois disso espera-se que você frequente todas elas diariamente.

– Tá bom.

– Isso quer dizer que você começa hoje. Elas são uma oportunidade de você explorar seus interesses. Bem, eu pergunto, então: quais são seus hobbies?

Não foi uma boa pergunta, Monica.

– Não tenho nenhum.

– *A-hã*. Nenhum mesmo?

– Não.

Eu trabalho, Monica, e penso no trabalho, e piro por causa do trabalho, e fico pensando no quanto eu penso no trabalho, e então piro por causa do quanto eu penso no quanto eu penso no trabalho, e penso sobre como eu fico pirado por causa do quanto eu penso no quanto eu penso no trabalho. Será que isso conta como hobby?

– Muito bem. – Ela faz algumas anotações. – Então, podemos colocar você em qualquer grupo de atividade.

– Acho que sim.

– E você vai participar?

– Posso jogar baralho com Armelio nos grupos?

– Não.

– E participar dos grupos vai me ajudar a sair daqui na quinta?

– Não posso garantir. Mas o fato de não participar será visto como um passo atrás no processo de cura.

– Tá bom. Pode me inscrever.

A enfermeira Monica marca numa folha no colo dela. – Sua primeira atividade será de arte e artesanato, hoje à noite, antes do jantar, com a Joanie, na sala de atividades, que fica depois das portas atrás do posto das enfermeiras.

– Achei que aquelas portas nunca fossem abertas.

– Podemos abri-las, sim, Craig.

– A que horas começa?

– Às sete.

– Ah, eu não vou poder estar lá exatamente às sete.

– E por quê?

– Preciso encontrar com alguém às sete.

– Uma visita?

– Sim – minto.

– Um amigo?

– Bem, sim. Até o momento. Espero que sim.

trinta e um

Às 18h55 estou no final do corredor, no lugar onde encontrei meus pais ontem e de novo hoje – por volta das três, sem a Sarah dessa vez; ela estava na casa de uma amiga. O Pai não fez nenhuma piada e a Mãe trouxe a camisa pro Bobby, que apertou a mão dela e disse: *Seu filho é ótimo,* e ela disse que já sabia disso. O Pai perguntou se a gente via filmes, e eu disse que sim, mas que, como tinha muita gente mais velha, na verdade era uma chatice ver filmes com Cary Grant e Greta Garbo, esse tipo de coisa, e ele perguntou se eu gostaria que ele trouxesse o DVD do *Blade II.* E eu chequei com Howard e descobri que o hospital tinha um DVD player, como tem em qualquer lugar do mundo, então o Pai e eu marcamos de ver na quarta à noite, dali a três dias, quando ele não teria que trabalhar até mais tarde. Ele viria e traria o *Blade II* e a gente assistiria junto.

O lugar em que estou sentado é a parte do H oposta à que fica ao lado da sala de fumantes; Noelle disse que não fuma, então acho que vai querer encontrar comigo aqui. Não falo dela com meus pais. O que eu conto é que conversei com meus amigos e que não foi nada bom, mas que, de uma maneira ou de outra, eles provavelmente eram parte do problema e que seria bom ficar longe deles um tempo. A Mãe disse que sabia que meus amigos fumavam maconha e que eles, de qualquer modo, deviam ser uma má influência. O Pai disse: *Bem, você não fumou maconha, certo, Craig?,* e eu disse que não, que não tinha fumado, que iria fumar antes do vestibular, como ele havia me dito. E todos demos risada.

Eles perguntaram sobre comida e eu disse que estava comendo muito bem, o que era verdade.

Perguntaram como ia meu sono e eu disse que estava dormindo muito bem, o que eu esperava fosse verdade naquela noite.

Agora eu sento de pernas cruzadas, só que imagino que talvez pareça esquisito; então, descruzo as pernas, só que aí sinto frio e fico nervoso; então, cruzo as pernas de novo. Exatamente às sete, Noelle, com as mesmas roupas que vestia ontem – calça cápri escura e camiseta regata branca – vem pelo corredor. Ela senta na cadeira ao lado da minha e afasta o cabelo do rosto com seus dedos pequenos, sem esmalte.

– Você veio – diz ela.

– Bom, eu vim, você me passou o bilhete, né? É tipo a primeira vez que uma garota me passa um *bilhete.* – Eu sorrio. Tento sentar bem aprumado e ficar com bom aspecto na cadeira.

– A gente não vai demorar – diz ela. – E vai ser tipo um jogo.

– Cinco minutos, certo?

– Certo. O jogo é o seguinte: são só perguntas. Eu faço uma pergunta e você me faz uma pergunta.

– Tá bom. A gente tem que responder também à pergunta?

– Se quiser, você pode responder. Mas, de qualquer modo, você tem que terminar fazendo outra pergunta.

– Ou seja, a gente vai ficar trocando perguntas. Tipo umas vinte perguntas. E por que a gente precisa conversar desse jeito?

– É a melhor maneira de conhecer uma pessoa. E em cinco minutos dá pra fazer bem mais que vinte perguntas. Se a gente não ficar enrolando, é claro. Vou começar. Está pronto?

Eu me concentro. – Pronto.

– Não, você tem que me responder com uma pergunta. Não vai me dizer que você é um estúpido. Você é estúpido?

– Não! – Balanço a cabeça na mesma hora. – Ahn... você está pronta?

– Agora, sim. Começamos. Primeira pergunta: Você me acha feia?

Meu Deus, ela vai direto ao ponto. Dou uma olhada geral nela. Fico um pouco sem graça de fazer isso, porque estou olhando pra ela de baixo pra cima, como faria se ela estivesse na internet. Olho pros pés dela, com um tênis preto básico e tornozelos pequenos, e pernas branquinhas e a parte inferior da calça cápri, abaixo do joelho, e subo pelo corpo dela até a cintura fina, e depois passo pela saliência acentuada dos seios e pelo pescoço, que se esgueira pela gola desigual, laceada, da camiseta regata, e sigo até o queixo pequeno e os lábios. Os cortes no rosto dela se alinham ao longo das bochechas e da testa: pequenos cortes paralelos, três juntos em cada lugar, com manchinhas de pele esbranquiçada nas pontas, no lugar onde estão se curando. Não parecem ser cortes muito profundos, e são finos – tenho a impressão de que quando ficarem curados ela vai ficar linda. E ela é linda. Sem dúvida. Olhos verdes, inteligentes.

– Não, você é incrível – digo.

– Qual é sua pergunta?

– Xiii, é mesmo... Por que você me passou o bilhete?

– Achei você interessante. Por que você fez o que eu disse?

– Eu... – Não consigo pensar rápido numa resposta inventada. – Sou um cara hétero, sabe como é. Então, se uma garota vem falar comigo ou algo assim, eu faço exatamente o que ela diz. – Espere um pouco, cara: faça isso virar um *elogio*. – Especialmente se for uma garota *bonita*. – Eu sorrio.

– Estou vendo que você não é muito bom nesse jogo. De novo, qual é a sua *pergunta*?

– É mesmo, certo. Ahn... você é hétero?

Ela suspira. – Sou. Não fique excitado demais. Você não está tendo uma ereção, está?

– *Não!* – Cruzo as pernas. – Não. Então... como é que você veio parar aqui?

– Hmm, essa é uma ótima pergunta. Porque eu passei dos limites. O que você acha?

– Alguém flagrou você na hora que estava cortando o rosto?

– *Ding-ding-ding!* Acertou. De fato, logo depois chegou alguém. Eu estava sangrando na pia do lavabo. Como você veio parar aqui?

– Eu mesmo me internei. *Quando* você chegou aqui?

– *Por que* você se internou? Há vinte e um dias. *Ops*, desculpa. Inverta essas duas frases. Finja que eu terminei com a pergunta. – Ela esfrega os braços.

– Não estava me sentindo bem. Eu liguei, sabe, aquela Linha Direta de Suicídio, e eles disseram para eu vir pra cá. Por que você está aqui há tanto tempo?

– Eles não têm certeza que eu não vou mais me machucar. Que remédio você toma?

– Zoloft. E você?

– Paxil. Onde você mora?

– Aqui perto. E você?

– Manhattan. O que seus pais fazem?

– Minha mãe desenha cartões de felicitação e meu pai trabalha com planos de saúde. E os seus?

– Minha mãe é advogada e meu pai já morreu. Você quer saber como ele morreu?

– Sinto muito. Como foi? Se eu quero saber?

– Isso são duas perguntas. Sim, você quer saber. Ele morreu pescando. Caiu do barco. Essa não é a coisa mais estúpida que você já ouviu?

– Não. Não é, *nem de longe* – digo. – Você quer saber qual é o jeito de morrer mais estúpido que eu acho?

– Qual?

– Asfixia autoerótica. Sabe o que é isso?

– Quando as pessoas se amarram com cordas enquanto estão trepando? É isso, né?

– Certo. Li sobre isso no MED. Você já leu o MED?

– Aquele livrão sobre distúrbios psíquicos?

– Esse mesmo!

– Claro. Você já ouviu falar da Maldição de Ondina?

– Ah, meu Deus! Achei que fosse o único que sabia disso. É quando você esquece como faz para respirar. Hmm... onde você viu o MED pela primeira vez?

– Na estante do meu médico de doido. E você?

– Também. Você também chama eles de "médico de doido"?

– Bom, é o que eles são, né?

Eu paro. Preciso fazer uma pausa. Coloco as mãos no joelho e fico balançando pra frente e pra trás. Esse jogo é difícil. – Seu nome de verdade é Noelle?

– Por que não podia ser?

– Depois de toda aquela história do almoço de ontem, não sei mais no que acreditar. Você sabe qual é meu nome?

– Claro. Craig Gilner. Você me acha uma idiota?

– Como você sabe meu sobrenome?

– Li no seu bracelete. Quer ler o meu?

– "Noelle Hinton". Ei... – Eu penso. – Então lá vai a pergunta: você sabia o que estava acontecendo no almoço de ontem?

– Com a "Jennifer"? Claro. Ele faz isso com todo mundo. A minha curiosidade é a seguinte: por que você se aproximou?

– Achei que ela... quer dizer, ele... era, você sabe, uma garota. E o que você perguntou mesmo?

– Por que você veio aqui agora?

– Espere, eu esqueci de responder à pergunta anterior.

– Tudo bem. Você perdeu um ponto. Por que você veio?

– Hmm, acho que já falei: porque você é uma garota. E você me pediu pra vir. E você parece legal? – *Você já disse que ela é bonita; agora mostre que você não é um babaca e diga que ela é legal.*

– Vendo você tentando responder direito a essas perguntas é muito hilário. Você é um tonto. Você sabe que é tonto, não sabe?

Noelle se encosta na cadeira e se espreguiça. O cabelo se afasta do rosto e os cortes se destacam sob a luz. As linhas da camiseta regata se harmonizam com o cabelo.

– Sabia que esses cortes no rosto, na verdade, não ficaram tão feios assim?

– Há quanto tempo estou aqui, Craig?

– Você falou que são vinte e um dias. É verdade?

– Sim. Você consegue imaginar como eram quando eu cheguei?

– Vai ficar cicatriz?

– Preciso fazer uma cirurgia pra eliminar as cicatrizes. Acha que eu devo?

– Acho que não. Por que esconder as coisas pelas quais você passou?

– Não sei se isso é mesmo uma pergunta. É óbvio demais. Será que eu não ficaria mais feliz sem as cicatrizes?

– Não sei. Difícil dizer o que poderia fazer você feliz. Eu achava que eu seria mais feliz se fizesse um ensino médio realmente puxado, e acabei aqui. Ah, me conte, em que escola você estuda?

– Na Delfin. – É uma escola particular de Manhattan; se não me engano é a última que ainda obriga a usar uniforme.

– E você?

– Na Executive Pre-Professional. Vocês usam uniforme lá?

– Você é tipo aqueles caras que têm tara por colegialzinha de uniforme?

– Não. Quer dizer... *não.*

– Perdeu mais dois pontos. Você não fez a pergunta. Você gosta desse jogo?

– Gosto de conversar com você. É como um problema de matemática. Você gosta de conversar comigo?

– Tudo certo. Você gosta de matemática?

– Achei que era bom nisso, mas vi que estou um ano atrasado em relação a todos os outros. E você?

– Eu vou mal na escola. Passo a maior parte do tempo no balé. Mas não sou alta o suficiente pra isso. Você já passou por algo assim, de não ser alto o suficiente pra alguma coisa?

– Talvez, em algumas atrações do parque de diversões, quando era pequeno. Por quê?

– Eu ainda sou baixinha demais para essas atrações. É foda ser baixinha. Lembre-se disso. – Ela para.

– Você perdeu um ponto.

– E você já perdeu três. Acabou o jogo.

– Tá bom. Legal. – Eu me recosto na cadeira. – Ufa. E agora?

– *Boa pergunta*. Não tenho ideia. Eu preciso ir pra atividade de artes e artesanato.

– Eu também.

– Vamos juntos?

– Tá bom. – Eu paro. Isso é uma dica, certo? – Será que a gente... hmm... posso tipo beijar você ou sei lá?

Noelle encosta na cadeira e morre de rir. – Não, você não pode me *beijar*! Que é isso? Você acha que a gente joga o jogo uma vez e aí você já pode me *beijar?*

– Bom, achei que estava rolando alguma coisa entre a gente.

– Craig. – Ela se inclina pra frente, me olha bem nos olhos. – Não. – Ela sorri. Os cortes encrespam.

– Você sabe quando vai sair? – pergunto.

– Quinta-feira.

Meu coração dá um pulo. – Eu também. – Começo a me inclinar pra frente...

– Não. Não, Craig. Artes e artesanato.

– Tá bom. Levanto. Estendo minha mão pra Noelle. Ela ignora.

– Corre, cara! – diz ela e sai correndo pelo corredor até a sala de atividades, eu atrás, tentando alcançá-la – como é que eu não consigo alcançá-la, com essas minhas pernas bem mais compridas? Será que aula de balé ensina a pessoa a correr? Howard grita pra nós quando passamos pelo posto das enfermeiras – "Crianças! Crianças! Nada de correr no andar!" –, mas eu não dou a mínima.

trinta e dois

– *E, então, quem é aqui que gosta de desenhaaaaar?* – pergunta Joanie. Joanie é uma mulher grandona, sorridente, com muita maquiagem e braceletes. Ela dirige a sala de atividades, que é *exatamente* a sala de artes que eu tinha no jardim de infância. Pelas paredes há pinturas feitas pelos pacientes, de hambúrgueres, cachorros e pipas, e também cartazes – OBSTÁCULOS SÃO AQUELAS COISAS ASSUSTADORAS QUE APARECEM QUANDO TIRAMOS NOSSA MENTE DAS NOSSAS METAS; SONHOS SÃO APENAS SONHOS ATÉ QUE VOCÊ ACORDA E DECIDE TORNÁ-LOS REAIS; COISAS QUE EU TENHO QUE FAZER HOJE: 1) INSPIRAR 2) EXPIRAR. O alfabeto, felizmente, não está visível em nenhum lugar da sala; se eu visse *Aa Bb* provavelmente iria começar o Ciclo de novo. Há um pôster interessante: PESSOAS COM PERTURBAÇÕES MENTAIS CONTRIBUEM PARA O NOSSO MUNDO. Ele lista Abraham Lincoln, Ernest Hemingway, Winston Churchill, Isaac Newton, Sylvia Plath e um monte de outras pessoas inteligentes que de algum modo eram doidas.

Mas eu estou deprimido. Quer dizer, essa sala tem o aspecto que eu esperaria de uma sala de instituição psiquiátrica. Adultos reduzidos a crianças, sentados, pintando com os dedos; uma supervisora alegre dizendo que tudo o que eles fazem é excelente. Mas não era isso que eu estava pedindo quando preenchi os cardápios?

Você queria pré-escola, soldado, pois tome pré-escola.

Eu queria o conforto da pré-escola, não o ambiente.

Você vai ter que engolir o bom junto com o ruim. Assim como a sua garotinha aqui. Aposto que você não imaginava chegar aqui e encontrar uma bela moçoila como essa.

Bem, ela não é uma moçoila.

Tenho a impressão de que moçoila significa namorada. Olho para Noelle. Estamos tentando decidir onde sentar.

Só falei com ela uma vez.

Ela gosta de você, rapaz, e, se você não é capaz de perceber isso, não vai conseguir diferenciar um rifle de um revólver de brinquedo nessa guerra.

Que guerra é essa, de novo?

A que você está travando com a própria cabeça.

Certo, e como estamos indo?

Você está tendo avanços, soldado, não consegue ver isso?

Noelle e eu sentamos com Humble e a Professora. – Vejo que vocês dois já estão se conhecendo – diz Humble.

– Deixe os dois em paz – diz a Professora.

– Onde vocês estavam? – continua Humble. – Estavam debaixo de uma árvore, aos *B-E-I-J-O-S*?

– Não.

– Não tem nada acontecendo – diz Noelle.

– Só estamos sentando um perto do outro – digo.

– Craig e Noelle, sentados sob uma árvore... – Ele levanta, põe as mãos nos quadris e dá uns passinhos de dança.

– Calma, calma, o que está acontecendo aqui? – intervém Joanie. – Está havendo algum problema, senhor Koper?

– Não. Problema? Não sei do que a senhora está falando. – Ele ergue as mãos e senta. – É *comigo*?

Joanie não faz por menos e anuncia: – Esse é um tempo livre, de terapia artística recreativa, para todos vocês que chegaram atrasados! – Humble aponta pra mim e Noelle, como quem diz: *Que vergonha, vocês dois, hein?* – Isso quer dizer que todos podem desenhar o que tiverem vontade. É uma ótima chance de explorar a criatividade e descobrir o que gostam de fazer como lazer! O lazer é *muito importante!*

Joanie se aproxima de mim depois de fazer o anúncio: – Você é novo. Olá, meu nome é Joanie. Sou a diretora de recreação.

– Craig. – Aperto a mão dela.

– Quer papel é lápis, Craig?

– Não. Acho que não vou fazer nada. Não sei desenhar.

– Claro que sabe. Não precisa ser nada figurativo. Pode fazer coisas abstratas. Quer *lápis de cor?*

– Não. – Meu Deus, é meio constrangedor! Alguém lhe perguntar se você quer *lápis de cor*.

– Que tal com tintas?

– Eu já disse: não sou capaz de desenhar.

– A tinta é para pintar, não é para desenhar.

– Certo, mas eu não sei fazer nem uma coisa nem outra.

– E com marcadores de texto?

– Não.

– Atenção, todos! – Joanie dirige-se à sala. – Nosso novo convidado, Craig, tem o que chamamos de *bloqueio artístico*. Ele não consegue pensar em nada para desenhar!

– Isso é péssimo, companheiro! – grita Armelio da mesa dele. – Quer jogar baralho?

– Armelio, nada de cartas aqui. Bem, alguém pode sugerir ao Craig alguma coisa que ele possa desenhar?

– Um peixe! – grita Bobby. – Peixe é fácil de desenhar.

– Comprimidos – diz Johnny.

– Johnny – adverte Joanie. – A gente não desenha comprimidos.

– Uma salada – diz Ebony.

– Ela quer que você desenhe, mas com certeza não vai ser capaz de comê-la – diz Humble e solta uma gargalhada.

– Senhor Koper! Chega. Por favor, saia da sala.

– *Aaaaaahhhh* – lamentam todos.

– É isso mesmo! – diz Ebony. Ela faz o gesto de um juiz de futebol. – O senhor está *expulso!*

– Ótimo. – Humble fica em pé. – Como quiser. Pode pôr a culpa em mim. Coloque a culpa no cara que tem total respeito por todo mundo. – Ele pega suas coisas, que são quase nada, e sai da sala de atividades. – Vocês todos são um bando de yuppies!

Observo ele indo embora.

– Você podia desenhar um gato! – diz o rapaz que tem medo da gravidade. – Eu tinha um gato. Ele morreu.

– Pau de macarrão – diz o homem de barba. São as primeiras palavras que ouço ele dizer desde que o vi no refeitório no dia que cheguei. Ele ainda se balança e ainda anda pelos corredores sempre que não está enfiado no quarto.

– Puxa, Robert, que foi isso? – pergunta Joanie. – Isso é muito bom. Que foi que você disse mesmo?

Mas ele se fecha como uma ostra. Não vai dizer de novo. *Pau de macarrão*. Fico imaginando o que será que isso significa pra ele. Se eu tivesse alguma coisa pra dizer, não acho que seria pau de macarrão. Provavelmente seria *sexo*. Ou *Mudança*.

– Craig podia desenhar alguma coisa da infância dele – diz Noelle ao meu lado.

– Sim, é uma boa ideia. Noelle, você não quer dizer isso mais alto?

Ela suspira e então anuncia pra sala: – Craig poderia desenhar alguma coisa da *infância* dele.

– Isso mesmo – concorda Joanie. – Craig, você gostou de alguma dessas sugestões?

Mas eu já fui embora. Comecei a desenhar um rio no alto da página e fiz ele ir dando voltas até encontrar um segundo rio. Não, espere, você ainda precisa colocar primeiro as ruas, porque as pontes têm que ir por cima da água, lembra? Primeiro, as estradas, depois os rios, depois as ruas. Está tudo voltando pra mim. Quanto tempo faz que eu não fazia isso? Desde que eu tinha nove anos? Como poderia esquecer? Traço uma estrada no centro da página e faço ela encontrar com outra num cruzamento lindo, tipo espaguete. Uma rampa sai da junção e atravessa um parque e termina num círculo, um agradável rebuliço de atividade residencial. As quadras começam a partir daqui. O mapa vai se formando. A minha cidade.

– Olha, alguém conseguiu desbloquear a mente do Craig! – anuncia Joanie do outro canto da sala. Eu olho de novo. Ebony, que estava sentada mais afastada, passa pelo árduo processo de levantar com sua bengala e vem andando na minha direção. – Eu quero ver.

– Hmm, obrigado, Ebony – digo, voltando pro mapa.

Ela olha por cima do meu ombro. – *Nooosssaa!* Ficou lindo – diz ela.

– Que é isso? – berra Armelio.

– Vamos tentar não gritar na sala – diz Joanie.

– Isso é extraordinário – diz a Professora, sentada ao meu lado.

– Eu mereço metade dos créditos – diz Noelle, que está esboçando uma flor à minha direita. Ela me dá uma olhada de soslaio. – Você sabe que eu mereço.

– Merece – respondo, fazendo uma pausa pra olhar pra ela. Volto pro mapa. Está fluindo para fora de mim.

– Isso aí é o *cérebro* de alguém? – pergunta Ebony.

Olho pra ela, rodando sua boca e sorrindo. Olho pro mapa. Não é um cérebro, claramente; é um *mapa*. Será que ela não consegue ver rios e estradas e trevos? Mas eu vejo que também *poderia* ser um cérebro, como se todas as estradas fossem neurônios retorcidos, levando nossas emoções de um lugar para outro, trazendo a cidade pra vida. Um cérebro funcional é provavelmente muito parecido com um mapa, onde todo mundo pode ir de um lugar a outro pelas rodovias. São os cérebros não funcionais que ficam bloqueados, que têm becos sem saída, que estão em obras, como o meu.

– Sim – digo eu, assentindo pra ela. – Sim, é exatamente isso. Um cérebro. – E paro meu mapa pela metade – esse sempre foi um problema pra mim: *terminar* as malditas coisas que eu começo; sempre fico sem energia antes de chegar à margem da página – e então termino desenhando uma cabeça em volta do mapa. Coloco um nariz e duas concavidades emparelhadas como lábios e um pescoço descendo. Desenho a cabeça de tal jeito que bem no lugar onde o cérebro estaria fique posicionada essa bolha de mapa de ruas da cidade. Faço uma rotatória virar olho e coloco alamedas que levam até a boca, e Ebony fica atrás de mim dando risadinhas e batendo a bengala de leve no chão.

– Que lindo!

– Agora ficou bom – digo, olhando o desenho. Decido que está pronto. Posso fazer melhor. Coloco minhas iniciais na parte de baixo – CG, como se fosse "Computação Gráfica" – e deixo o desenho de lado. Peço mais papel e começo mais um.

É fácil. É fácil e bonito e eu posso fazer. Posso fazer essas coisas pra sempre. Durante o tempo restante da sessão de artes e artesanato faço cinco desenhos.

Fico tão concentrado que nem percebo quando Noelle sai. Encontro apenas um bilhete, que ela deixou do meu lado, decorado com uma flor, quando recolho minhas coisas da sala.

VOU DAR UM TEMPO DE VOCÊ. NÃO É BOM EU FICAR MUITO APEGADA. O PRÓXIMO ENCONTRO VAI SER NA TERÇA-FEIRA, MESMA HORA E LOCAL. NÃO SE PREOCUPE QUE A ESPERA SEJA LONGA. ACHO VOCÊ REALMENTE LEGAL.

Dobro o bilhete e coloco no bolso, junto com o outro. Depois de artes e artesanato vem a janta, e então Humble diz que me perdoa por tê-lo metido em encrenca, e eu lhe agradeço, e depois do jantar rola um joguinho de cartas com o Armelio, que me diz que, agora que eu já tenho um pouco de experiência nas costas, talvez esteja pronto para o grande torneio de cartas que eles vão realizar amanhã à noite.

– Vocês jogam a dinheiro? – pergunto.

– Não, companheiro! Jogamos com botões!

Fico zanzando fora do saguão durante o intervalo pra fumar – basicamente, apenas sigo o grupo; aonde eles vão, eu vou – e converso com Bobby sobre o meu dia.

Depois vou pro meu quarto com meu desenho do mapa/cérebro. Ninguém arrumou minha cama durante o dia – eles não ficam mimando você na Seis Norte –, mas o travesseiro voltou à sua forma normal, não está mais afundado pela minha cabeça suarenta, e quando deito ele solta o ar no chiado mais lento e suave que já ouvi.

– Está se sentindo melhor? – pergunta Muqtada.

– Bem melhor – respondo. – Você realmente precisava sair mais do quarto, Muqtada. Tem todo um mundo lá fora.

– Rezo todo dia para que uma hora eu melhore como você.

– Bom, eu não estou tão melhor assim, cara.

Mas estou bom o suficiente pra dormir. Sem precisar tomar injeção.

PARTE 7: SEIS NORTE, SEGUNDA-FEIRA

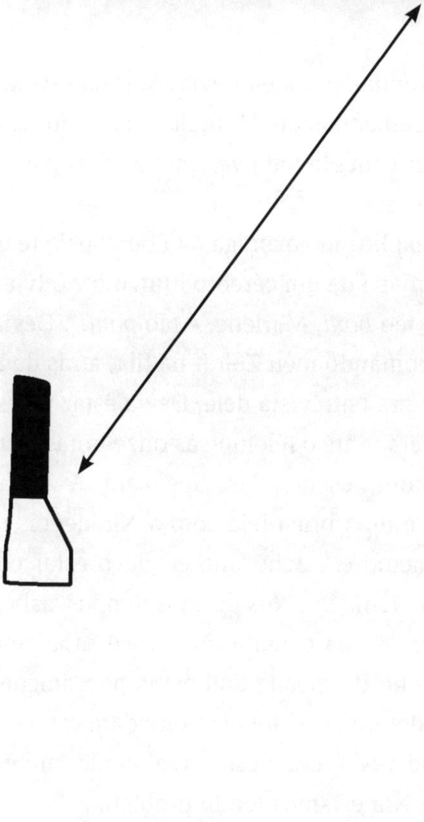

trinta e três

O dia seguinte é segunda-feira e eu devia estar na escola.

Não devia estar comendo com Humble e ouvindo falar o que a namorada dele costumava fazer com ele toda vez que os dois passavam por um Burger King. Devia estar na escola.

Não devia estar explicando à amiga da Ebony pelo telefone que aquilo que eu desenhei foi um mapa de um cérebro humano e ouvir Ebony atrás de mim comentando: "Ele é tão *bom*, Marlene, é tão *bom!*". Devia estar na escola.

Não devia estar tomando meu Zoloft na fila, atrás de Bobby, que está vestindo minha camisa pra entrevista dele. Devia estar na escola.

Junto coragem para ir até o telefone às onze horas e checar as mensagens.

"Ei, Craig, é o Aaron, escute, desculpe, cara. A verdade é que eu, provavelmente... bem, tive uma briga feia com a Nia depois que você me contou que ela tomava remédio e... acho que eu devo estar com um pouco desse negócio de depressão também. Nos últimos tempos, sabe, eu tenho sido meio incapaz às vezes de sair da cama e eu... você sabe, ando realmente muito sonolento e perco o fio da meada dos meus pensamentos. Então, acho que talvez eu tenha ligado pra você aquela noite daquele jeito porque estava projetando, isso é o que a Nia diz, e estou realmente interessado em fazer uma visita a você. Eu e a Nia estamos tendo problemas."

Ligo de volta pra ele e deixo uma mensagem. Digo que, se ele se sente deprimido, tem que ir primeiro ao clínico-geral dele e pegar uma indicação para um psicofarmacologista e passar pelo processo, como eu fiz. Digo que não há por que se envergonhar disso. Digo que fico feliz de ele ter ligado, mas que não sei se ele devia me visitar, porque, na verdade, estou aqui tentando clarear minhas ideias e acho que gostaria de manter o mundo aqui dentro o mais separado possível do mundo aí fora. E pergunto o que está acontecendo com ele e a Nia, se eles já fizeram as pazes.

"Olá, Craig, aqui é o senhor Reynolds de novo..."

Ligo pra ele de volta e deixo uma mensagem, dizendo que estou no hospital por razões pessoais e que ele terá os trabalhos de laboratório assim que eu ficar bom e em condições de fazê-los. Digo que vou providenciar toda a documentação dos médicos – incluindo psicofarmacologistas, psiquiatras, psicólogos, enfermeiras, diretoras de recreação e do presidente Armelio –, que estou sendo cuidado no momento em uma instituição onde o estresse de fazer trabalhos de laboratório não caberia. E digo que, se ele quiser falar comigo de novo, pode ligar para o número que eu deixo, e que não estranhe se alguém atender dizendo "Bar do Joe".

"Oi, Craig, aqui é a Jenna, uma das amigas da Nia e tipo... certo, fico meio mal de falar, mas você não gostaria de sair comigo logo mais? Ouvi falar de toda essa história que você está vivendo, tipo você no hospital, essas coisas, e meu último namorado era muito insensível em relação a esse tipo de coisa, porque eu tipo passei por isso também. Então pensei que você provavelmente ia me entender melhor, e sempre achei você fofinho – a gente se viu umas duas vezes –, mas sempre achei que você era muito tímido e que não ia ser divertido sair com você; eu não entendia que você podia estar assim tipo deprimido. E acho que é realmente corajoso da sua parte admitir isso, então eu acho que seria legal a gente sair junto um dia."

Muito bem. Ligo de volta para Jenna e deixo uma mensagem dizendo que na semana que vem eu posso sair com ela, talvez.

E é isso. As outras mensagens são do Ronny e do Scruggs e são sobre maconha, e eu ignoro. Penduro o fone no aparelho sem acertar meu dedo. Muqtada está bem na minha frente.

– Segui seu conselho. Saí um pouco do quarto.

– Beleza! Bom dia! Como vamos indo?

Ele dá de ombros. – Bem. O que há para se fazer?

– Um monte de coisas. Você gosta de desenhar?

– *Hmm.*

– Gosta de jogar cartas?

– *Hmm.*

– Gosta de... ouvir música?

– Gosto.

– Ótimo, então...

– Mas só música egípcia.

– Ahn... – Tento pensar onde é que posso arrumar música egípcia, ou mesmo achar algum nome pra começar a procurar, quando de repente Salomão despenca na minha frente com suas sandálias.

– Desculpe, mas, por favor, eu estou tentando descansar! – grita ele pra nós. Muqtada dá uma olhada nele e seu rosto se curva numa risada, e os óculos sobem pelo nariz.

– Qual é o problema? – pergunta Salomão.

– Dezessete dias! – diz Muqtada. – Faz dezessete dias que o judeu não se digna a falar comigo! E agora ele fala. Estou honrado.

– Eu não falei com você, falei com ele. – Salomão aponta pra mim.

– Vocês dois já se conhecem? – pergunto.

Muqtada e Salomão cumprimentam-se – as calças do Salomão caem um pouco, mas ele arqueia as pernas e consegue segurá-las. Em seguida, retira a mão e cai fora. Muqtada se vira pra mim: – Acho que isso já foi o bastante para um dia. – E volta pro nosso quarto.

Eu balanço a cabeça.

O telefone toca perto de mim. Eu chamo o Armelio. Ele vem depressa, atende, diz: “Bar do Joe” e me passa o fone.

– Pra mim?

– Sim, companheiro.

Pego o fone. – Estou procurando o Craig Gilner – ouço uma voz autoritária do outro lado da linha.

– Ahn, sou eu falando. Quem é?

– Aqui é o senhor Alfred Janowitz, Craig. Sou seu diretor na Executive Pre-Professional High.

– Minha nossa! – digo e desligo na hora.

O telefone começa a tocar de novo. Fico do lado dele e ignoro, explicando a Armelio e a todos os demais que passam por ali que a ligação é pra mim, mas que não posso atender. Eles entendem perfeitamente. *Era o diretor.* Eu estava certo. Já vi o cara antes; foi quem nos recebeu no primeiro dia, quando eu estava muito doido junto com Aaron, e que disse pra nós que apenas os melhores haviam sido aceitos e que apenas os melhores seriam recompensados. É o cara que passa pelas classes e dá aquela olhada enquanto a gente faz prova e nos distribui chocolates como se isso fosse uma compensação. É o cara que diz: “Seu dia na escola não deve terminar antes das cinco da tarde”, e que aparece sempre nos jornais como o mais correto e eficiente dos diretores e agora está atrás de mim porque sabe que eu pirei e que não estou entregando os trabalhos. Nunca deveria ter deixado aquela mensagem pro senhor Reynolds. É isso. Estou sendo expulso. Estou fora da escola. Nunca mais vou frequentar o ensino médio. Nunca vou conseguir entrar numa faculdade.

Quando o telefone finalmente para de tocar, começo a andar.

Eu estava certo o tempo todo. O que eu estava pensando? Que você vai somando suas pequenas vitórias aqui dentro e acha que elas contam alguma coisa. Você se acalma pensando que a Seis Norte é o mundo real. Só porque faz amigos e tem uma pequena conversa animadora com uma garota você acha que foi bem-sucedido, Craig? Você está longe disso. Não conquistou nada. Não provou nada. Você não melhorou. Não conseguiu um emprego. Não está ganhando dinheiro nenhum. Está aqui às custas do dinheiro do Estado, tomando os mesmos comprimidos que tomava antes. Está desperdiçando o dinheiro dos seus pais e o dinheiro de quem paga imposto. Na realidade, não há nada de errado com você.

Tudo isso foi uma desculpa, penso. Eu estava indo muito bem. Tirava 93 de média e conseguia manter a cabeça acima da linha d'água. Tinha bons amigos e uma família amorosa. E, pelo fato de precisar ser o centro das atenções, de precisar de algo mais, acabei vindo parar aqui, chafurdando em mim mesmo, tentando convencer todo mundo à minha volta que eu tinha alguma espécie de... doença.

Não tenho doença nenhuma. Dá pra ir levando. Depressão não é uma doença. É um pretexto pra ser uma *prima donna*. Todo mundo sabe disso. Meus amigos sabem disso; meu diretor sabe disso. A transpiração começou de novo. Posso sentir o Ciclo urrando dentro do cérebro. Não fiz nada certo. Fiz o quê? Um monte de desenhinhos? Isso não conta nada. Estou acabado. Meu diretor acabou de ligar pra mim e eu desliguei na cara dele e não voltei a ligar. Estou acabado. Fui expulso. Estou acabado.

O homem está de volta no meu estômago e corro pro banheiro, mas algo em mim impede que a coisa saia. Fico debruçado na privada gemendo e tossindo, mas não sai nada, e então lavo a boca e deito na cama.

– O que aconteceu? – pergunta Muqtada. – Você nunca dorme de dia...

– Estou numa grande encrenca – digo, e fico lá deitado, levantando só pra mastigar alguma coisa no almoço, até que a doutora Minerva chega às três da tarde e enfia a cara no meu quarto.

– Craig? Vim aqui para a gente conversar.

trinta e quatro

– Estou realmente contente de vê-la, doutora. – Estamos de novo na sala onde a enfermeira Monica faz as medições. A doutora Minerva parece bem familiarizada com a sala.

– Também fico contente de vê-lo, Craig. Contente por ver que você está bem – diz ela.

– É, na verdade, tem sido uma montanha-russa.

– Uma montanha-russa emocional.

– Isso.

– Em que ponto dessa montanha-russa você está neste momento, Craig?

– Embaixo. Bem lá embaixo.

– O que levou você lá para baixo?

– Recebi uma ligação do diretor da minha escola.

– E o que ele queria?

– Não sei. Eu desliguei.

– O que você acha que ele queria, Craig?

– Me expulsar da escola.

– E por que ele iria querer fazer isso?

– Por quê? Porque eu estou aqui, né? Porque não estou indo à escola, talvez?

– Craig, seu diretor não pode expulsar você só porque você está num hospital psiquiátrico.

– Bem, você sabe de todos os meus outros problemas.

– Quais são esses problemas?

– Ficar zanzando o tempo inteiro com os meus amigos, ficar deprimido, não fazer os trabalhos da escola...

– A-hã. Vamos deixar isso de lado um pouco, Craig. Não vejo você desde sexta-feira. Você poderia falar um pouco mais sobre como veio parar aqui?

Discorro pra ela a ladainha. Há muito mais a acrescentar agora, sobre estar na Seis Norte. Sobre Noelle e o fato de estar comendo sem vomitar, e sobre o sono, que às vezes pinta, às vezes não.

– E como é isso comparado com a sexta-feira, Craig?

– Melhor. Muito, muito melhor. Mas a questão é se eu estou realmente melhor ou se estou apenas iludido com uma falsa sensação de segurança por esse ambiente artificial. Quer dizer, aqui não é o normal.

– Em nenhum lugar é o normal, Craig.

– Acho que não. Quais as novidades desde que eu vim pra cá?

– Alguém tentou soltar gás tóxico no Four Seasons de Manhattan.

– Nossa!

– Não é brincadeira. – A doutora Minerva dá um sorriso forçado. Depois inclina-se pra mim. – Craig, tem uma coisa que você não mencionou e que a sua diretora de recreação me contou. Ela disse que você tem feito arte durante sua estada aqui.

– Ah, sim, mas não foi nada sério. Foi só ontem.

– E como foi?

– Bem, você lembra que eu lhe contei na última sessão que eu gostava de desenhar mapas quando era criança? É algo que veio mais ou menos disso.

– Como assim?

– Quando me deram lápis e papel na sessão de artes e artesanato, eu lembrei... bem, não é que eu lembrei; na verdade, foi a Noelle que me deu a dica...

– Noelle é a garota que você conheceu?

– Isso.

– Pelo jeito que você descreve a garota, posso ver que está rolando uma boa amizade entre vocês.

– Não, nada de amizade. O que tem é que a gente marcou de sair quando eu tiver alta, acho.

– Você acha que está em condições de fazer isso, Craig?

– Plenamente.

– Tudo bem. – Ela faz mais uma anotação. – E, então, como foi que Noelle ajudou você?

– Ela sugeriu que eu desenhasse alguma coisa da minha infância, e isso me fez lembrar dos mapas.

– Entendo.

– E aí comecei a desenhar um, mas então a Ebony veio...

– Você já chama todo mundo pelo nome, com a maior intimidade.

– Claro!

– Você alguma vez se achou bom em fazer amigos, Craig?

– Não.

– Mas é capaz de fazer amigos aqui.

– É. Mas aqui é diferente.

– Diferente como?

– Sei lá... aqui não há pressão.

– Não há pressão para fazer amigos?

– Não, quero dizer que aqui não há pressão pra você *trabalhar* duro.

– Como existe no mundo lá fora?

– É, isso.

– A tremenda pressão lá de fora. Os seus Tentáculos.

– Isso.

– Existem Tentáculos aqui dentro, Craig?

Eu paro e penso. O jeito de eles levarem as coisas na Seis Norte ficou claro pra mim: trata-se principalmente de manter as pessoas ocupadas e passando o tempo. Você acorda e imediatamente já tem um medidor de pressão em volta do seu braço e alguém tomando o pulso. Depois o café da manhã. Aí você pega os remédios e depois tem uma pausa pra fumar um cigarro, e depois talvez uns quinze minutos pra ficar por sua conta antes que comece algum tipo de atividade. Isso vai indo até o almoço e depois tem mais remédios e mais um cigarro e mais atividades, e, aí, de repente, o dia acabou. É hora de jantar, e fica todo mundo passando o sal e a sobremesa, e então já são dez da noite, mais um cigarro e cama.

– Não, aqui não há Tentáculos – digo. – O oposto de um Tentáculo é uma tarefa simples, algo que é colocado na sua frente e você faz sem questionar. É isso que eles têm aqui.

– Certo. Seus únicos Tentáculos aqui são suas chamadas telefônicas, que são o que levou você a ficar tão pra baixo neste momento.

– Certo.

A doutora Minerva toma nota. – Agora tem uma questão importante, Craig. Há Âncoras aqui?

– Hmm.

– Alguma coisa à qual você possa se agarrar.

Penso nisso. Se uma Âncora é uma constante, aqui tem um monte delas. Tem aquela FM suave tocando o tempo inteiro, que às vezes beira perigosamente o funk, e que vem do posto das enfermeiras, não importa se é Smitty ou Howard que está lá. Tem a programação inalterável: a comida que vem e vai, os remédios sendo distribuídos, os anúncios do Armelio. Tem a constância do próprio Armelio, sempre disposto a jogar cartas. E Jimmy está sempre por ali, dizendo: "Vai acontecer com você!"

– As pessoas são as Âncoras – digo.

– Mas as pessoas não são boas Âncoras, Craig. Elas mudam. As pessoas aqui estão prestes a mudar. Os pacientes vão embora. Não dá para contar com eles como apoio.

– Quando é que eles irão embora?

– Não tenho como saber isso.

– E os funcionários?

– Eles mudam também, só que numa escala de tempo diferente. As pessoas sempre vêm e vão.

– Noelle. Ela é bonita e inteligente e eu gosto dela, realmente. Ela poderia ser uma Âncora.

– Não escolha como Âncora nenhum membro do sexo oposto por quem você se sinta atraído – diz a doutora Minerva. – Os relacionamentos mudam mais ainda que as pessoas. É como se fossem duas pessoas mudando. É exponencialmente mais volátil. Ainda mais dois adolescentes.

– Mas Romeu e Julieta eram adolescentes – eu comento.

– E o que aconteceu com Romeu e Julieta?

– Ah, é... – murmuro. – É verdade.

– E será que nós avançamos, Craig? Será que demos um passo adiante, em vez de ficar apenas tendo esses pensamentos?

– Sim – confirmo.

– Porque, se ficarmos tendo esses pensamentos de novo, você já sabe, vai ter que voltar pra cá.

– Eu sei, e eu não quero.

– Por quê?

– Sabe... Seria foda eu me matar. Eu iria magoar um monte de gente... seria muito foda.

– Certo. – A doutora Minerva inclina-se sobre a mesa. – *Seria* foda. E não só para as outras pessoas. Mas para você.

– Não seria uma coisa, vamos dizer, nobre – digo. – Que nem esse cara, o Muqtada, meu colega de quarto, ele está praticamente morto. Não faz nada. Só fica deitado na cama o dia inteiro.

– Certo.

– E eu não quero ficar que nem ele. Não quero viver desse jeito. E, se eu estivesse morto, basicamente iria viver desse jeito.

– Excelente, Craig!

Ela para. É como eu digo: um bom médico de doido sabe quando deve introduzir uma pausa dramática.

Bato o pé. A luz fluorescente faz um zumbido.

– Vamos voltar para as suas Âncoras – diz a doutora Minerva. – Você consegue pensar em mais alguma coisa que viu aqui que poderia ocupar seu tempo quando você sair?

Fico pensando. Sei que tem alguma coisa. Está na ponta da língua do meu cérebro. Mas não vem.

– Não.

– Ok, sem problemas. Você fez um grande progresso hoje. Só tem mais uma coisa que a gente precisa fazer: ligar para o diretor da sua escola.

– Não! – digo a ela, mas ela já está decidida, tira o celular da bolsa, que ao que parece é permitido usar aqui em cima. – Alô. Eu precisaria do número da Executive Pre-Professional de Manhattan.

– Você não pode, não pode, *não pode* – digo, inclinando-me na mesa e pegando o celular dela. Por sorte, as persianas estão abaixadas e ninguém pode me ver aqui dentro. Se vissem, provavelmente iriam me sedar. Ela levanta e anda até a porta, apontando pra fora. *Será que eu quero que venha alguém da segurança aqui?* Eu sento de novo.

– Alô. – diz ela. – Preciso falar com o diretor. Estou retornando uma ligação que ele fez a um de seus alunos sobre uma questão de saúde e de regulamento da escola. Sou a mãe.

Uma pausa.

– Ótimo. – Ela cobre o telefone com a mão. – Estão passando a ligação.

– Não acredito que você esteja fazendo isso – digo.

– Eu não acredito que você esteja preocupado por eu estar fazendo isso... Sim, alô. É o senhor... – Ela olha pra mim.

– Janowitz – digo baixinho.

– ... Janowitz?

Ouço um *murmúrio* afirmativo pela linha.

– Sou a doutora Minerva, estou ligando a respeito do seu aluno Craig Gilner. O senhor ligou para ele na seção de psiquiatria do Hospital Argenon, no Brooklyn. Eu sou a terapeuta do Craig e estou neste momento com ele. Gostaria de falar com o Craig?

Ela acena a cabeça. – Vamos lá, Craig.

Pego o celular dela – menor que o meu, mais cheio de zumbidos. – Hmm, alô.

– Craig, por que você desligou da outra vez? – A voz retumbante dele é alegre e gentil, ele está quase rindo.

– Ahn... achei que estava encrencado. Achei que ia ser expulso da escola. O senhor me ligou, sabe como é, aqui no *hospital.*

– Craig, eu liguei para você porque recebi uma mensagem de um dos seus professores. Eu só queria lhe dizer que você pode contar com todo o apoio da escola nessa situação toda que você vem atravessando e que estamos absolutamente à disposição para que você repita o semestre, ou compense nas férias, ou para que a gente lhe passe trabalho para fazer onde você está agora, caso você perca um número de dias que justifique isso.

– Ah.

– Ouça, não fazemos qualquer tipo de julgamento sobre nossos alunos por estarem no *hospital.* Só faltaria isso, não é, Craig?

– Não, mesmo? Olhe, é tipo uma internação por motivos psiquiátricos...

– Eu sei que se trata disso. Acha que não temos outros alunos nesse tipo de situação? É uma ocorrência muito comum entre jovens.

– Ah, tá... Bem, obrigado.

– Como você está indo?

– Estou melhor.

– Você sabe quando poderá sair?

Não quero lhe dizer quinta e de repente vai ser sexta. Ou a quinta da outra semana. Ou o ano que vem.

– Acho que logo – digo.

– Ok. Então, fique bem, e, na hora que você voltar, estaremos esperando por você aqui na Executive Pre-Professional.

– Obrigado, senhor Janowitz. – E eu imagino a cena na minha mente: eu voltando pra escola. Meu pequeno grupo de amigos – embora não sejam mais meus amigos –, meio com um pé atrás, vendo a nova coleção de garotas que gostam de mim porque sou deprimido, e os professores, todos simpáticos comigo, e o diretor, todo gentil de repente. Quero ficar animado com isso. Mas não consigo.

– Está vendo? Foi tão ruim assim? – pergunta a doutora Minerva. E eu tenho que admitir que não. Mas foi como se dissessem a você que a prisão está muito feliz por você ter tido uma suspensão temporária da pena, só que eles vão estar lá de braços abertos para recebê-lo quando você voltar.

– O plano neste exato momento é liberar você na quinta, Craig, e eu vou estar aqui para conversar com você na quarta, certo? – pergunta a doutora Minerva. Eu estendo a mão e agradeço. Digo a ela o que eu digo quando me sinto realmente bem depois de conversar com ela, ou seja, que ela sabe fazer bem o trabalho dela. Então, volto pro meu quarto e faço alguns mapas de cérebro. Estou animado, pensando no grande torneio de cartas do Armelio logo mais à noite.

trinta e cinco

– Okkkk! – diz Armelio. – Todo mundo pronto?

Estamos de volta à sala de atividades. Johnny, Humble, Ebony e a Professora estão aqui. Os homens estão barbeados hoje – descubro que a regra do barbear só é obrigatória nos dias de semana – e todos ficam com um aspecto dez vezes melhor. Até Robert Pau de Macarrão, andando lá fora pelo corredor, parece apresentável. Vou ter que me lembrar disso: uma barba feita pode fazer até um paciente psiquiátrico ter boa aparência.

– Hmm – suspira Johnny. – O Bobby ainda está na entrevista dele.

– É – diz Ebony. – Craig emprestou uma camisa pra ele. Você é muito bom, Craig.

– Obrigado.

– Quando é que você vai fazer mais desenhos?

– Talvez hoje à noite, depois das cartas.

– É isso aí, companheiro, é nas cartas que a gente precisa se concentrar agora – anuncia Armelio. Ele fica na cabeceira da mesa, que está toda coberta com respingos de tinta e marcas de lápis. No meio tem um recipiente de plástico com botões, com quatro divisões iguais. Parece que em algum momento os botões já foram ordenados por tamanho e cor, mas agora estão todos misturados – todos os tons, formatos e enfeites imagináveis. Parecem joias.

– Não quero ver faltar nenhum dos meus botões no final! – diz Joanie ao fundo. Ela está na outra mesa, lendo um romance e supervisionando.

– Tudo bem, ainda estamos procurando o Bandido do Botão Azul – diz Humble. – O primeiro que a gente flagrar conseguindo segurar as calças no lugar a gente já vai ficar de olho. Isso quer dizer que vamos ficar atentos ao Salomão. E à Ebony.

– Eu já lhe disse uma vez, seu estúpido, pra parar de ficar falando das minhas calças.

– Ok. Todo mundo pronto? – pergunta Armelio. – Peguem os botões!

Nossas mãos mergulham no meio da mesa, pegando punhados. Despejamos os botões na nossa frente e usamos as pontas dos dedos para espalhá-los em fileiras verticais. Armelio fica vendo se estamos todos com um monte equivalente.

– Humble, devolva seis botões. Ebony, devolva dez. Johnny, o que está acontecendo, companheiro? Você tem pelo menos uns duzentos botões a mais!

– Eu tenho um bônus de botões – diz Johnny, e nessa hora Bobby entra na sala de atividades.

Ele se move com seu passo normal, meio trotando, inclinado pra trás, vestindo a minha camisa. Para na ponta da nossa mesa, certifica-se de que estamos prestando atenção nele, levanta a mão direita, sacode-a no ar, como se estivesse fazendo um truque de mágica, e então bate os dois punhos sobre a mesa, de modo que seus braços formem um V, como se ele fosse o presidente do Conselho. Ele sorri:

– Eu consegui.

Silêncio na sala.

Joanie começa a aplaudir atrás de nós, lentamente, mas com reverência e determinação. Então, Armelio se junta e o andamento começa a acelerar.

– Muito bem!

– Parabéns!

– Viva a ralé do Brooklyn!

– Bob-by! Bob-by!

Numa sala pequena, oito pessoas batendo palmas pode ser considerado um monte de gente. Os cartazes nas paredes parecem tremer com o aplauso. Conforme o barulho aumenta, há urros, assobios e exclamações. Johnny levanta e dá um abraço de urso no Bobby, do tipo que você pode ver entre dois homens que se conhecem há vinte anos, que já foram o Fanático Um e o Fanático Dois, para os quais a vitória do outro conta tanto quanto a sua.

– Bobby, companheiro, você é o cara! – Armelio se aproxima dos abraçados e bate nas costas de Bobby, quase derrubando os dois.

– Esperem um minuto – diz Bobby. Ele se solta do abraço e levanta a mão direita. – Antes que a gente pire nas cartas, porque estou vendo que os botões já estão fora da caixinha, queria agradecer a esse jovem aqui. – Ele anda até onde estou. – Esse garoto literalmente tirou a camisa dele e me deu, essa azul aqui, sem nunca ter me visto na vida, e, com certeza, sem ele eu não teria conseguido essa casa. Essa nova casa.

Fico em pé e Bobby me abraça, as mãos ossudas enormes cobrem as minhas costas, e sinto a pele velha e macia do rosto dele e o tecido bom da minha camisa caindo muito bem nele, muito melhor que em mim. Penso no quanto isso significa pra esse cara, o quanto isso é mais importante do que conseguir entrar em qualquer ensino médio ou se relacionar com alguma garota ou fazer amizade com alguém. Esse cara simplesmente arrumou um lugar pra *viver*. Eu? Eu já tenho um. Sempre vou ter. Não há nenhuma razão pra me preocupar. Minhas estúpidas fantasias sobre acabar como sem-teto são só isso – o fato é que meus pais podem me resgatar a qualquer hora, em qualquer lugar. Mas pra algumas pessoas já é uma sorte simplesmente estar vivo. E eu não sabia que era capaz de ajudar alguém a ter sorte.

Se o Bobby pode arrumar um lugar pra viver, penso eu, *então eu posso arrumar uma vida que valha a pena viver.*

– Obrigado, garoto – diz Bobby.

– Não foi nada – murmuro. – Obrigado pelo passeio de apresentação.

– E aí, pessoal, nós vamos jogar cartas ou o quê? – pergunta Armelio, mas Bobby o interrompe:

– Só mais uma coisa: eu realmente sinto muito, Craig, mas acidentalmente eu caí em cima de uma coisa ao voltar da entrevista. – Ele vira de costas... Tem um naco de... espere um pouco...

Tem um baita naco de cocô de cachorro grudado nas costas da minha camisa, logo acima do cinto.

– Ah... – Não acredito que eu não tenha sentido o *cheiro*. Será que eu pus a mão em cima na hora do abraço? – Ah, Bobby... tudo bem... depois minha mãe manda lavar e pronto...

– É de mentirinha! – Bobby estende a mão e com um tapa solta a coisa, que vem em cima de mim, bate na minha camiseta (uma camiseta hippie, tingida no estilo *tie-dye*, que todo mundo na Seis Norte adora) e acaba caindo no meio dos botões em cima da mesa.

– É de plástico! Eu guardo desde a década de 1980! Ah! Eu adoro esse negócio!

Armelio cai na risada. – Olha só, que incrível! Parece uma coisa que a minha mãe deixava no meu quarto!

Todo mundo para e se vira.

– Presidente Armelio, a gente não precisa ficar sabendo dessas coisas – diz Humble.

– A sua mãe defecava no seu quarto? – pergunta a Professora.

– Quem disse isso? – pergunta Armelio. – Eu estava falando do plástico. O que há com você?

– Ei, pessoal, vamos acalmar um pouco – diz Joanie, ficando em pé com o livro do lado. – Vamos nos divertir, mas mantendo a calma.

– Tudo bem. Quem é que fica com o botão nojento? – Humble segura o cocô de plástico. – Acho que vale por dois.

Bobby senta e fazemos as apostas. O jogo é pôquer, de sete cartas. Não sou bom nesse jogo. As rodadas começam e as pessoas apostam loucamente, colocando três ou quatro botões já no início do jogo. Não consigo acompanhar. Tenho um número limitado de botões. E ao que parece não estou conseguindo mãos boas de cartas. Então eu passo. Passo três vezes seguidas. Na terceira, Johnny diz: – Você também pode jogar de vez em quando, afinal são só botões.

– É isso aí – diz Humble. – Vou lhe mostrar um segredo. – Ele põe a mão na caixinha de botões e pega um punhado. – Está vendo?

– Estou – diz Armelio, olhando por cima das suas cartas. – Não vá achando que isso não é roubar, Humble. Mais uma dessas e você está fora.

Eu dou risada e aposto seis botões.

– Estou fora do quê, exatamente? – pergunta Humble a Armelio. – Da grande bolada de botões?

– Seja gentil – diz a Professora.

– Ah, olha só essa aqui! – aponta Humble para ela com o polegar. – Tentando dar uma de mediadora. – Ele se inclina pro meu lado. – Não se deixe enganar pelo jeitinho de vovozinha dela. Ela é cheia de truques.

– Desculpa? – A Professora deixa suas cartas na mesa. – O que você quer dizer com esse “vovozinha”?

– Nada, é só que você põe essa fachada de vovozinha pra iludir as pessoas, pra elas acharem que você tem cartas boas na mão! – Humble gesticula querendo dizer que não se deixa enganar.

– Você está dizendo que eu sou velha.

– Não, não é nada disso! Estou dizendo que você faz o gênero vovozinha!

– Humble, peça desculpas – diz Joanie da mesa ao lado.

– Por quê? As vovozinhas são uma coisinha maravilhosa.

– Para sua informação, é bom que você saiba – diz a Professora – que, ao contrário de certas pessoas aqui, eu não minto sobre minha idade.

– Ah, então quer dizer agora que eu sou mentiroso? – pergunta Humble, ficando em pé.

– Todos nós *sabemos* que é isso o que você é – diz a Professora.

– Pes-soaaal... – adverte Joanie.

– Se eu sou mentiroso, sabe o que você é?

– O quê? É melhor você não me chamar de velha porque senão eu pego essa bengala e dou na sua cabeça na frente de todo mundo.

– Você não vai pegar nada do que é meu! – Ebony segura sua bengala mais perto dela. Quietinha, quietinha, é ela quem tem, de longe, mais botões.

– Você é uma yuppie*!* – berra Humble e pega o cocô de cachorro e atira na cabeça dela. – Uma yuppie estúpida que não tem o menor respeito por ninguém!

– *Aaaagh!* – A Professora põe a mão no rosto. – Ele quebrou! Ele quebrou meu nariz! – O cocô de cachorro sai pulando pela sala, e Joanie discretamente recolhe-o e bate em retirada depressinha.

– O-ho – diz Armelio. – Agora vocês conseguiram. Pena, porque o jogo de cartas estava muito bom...

Harold entra na sala com dois grandalhões de macacão azul, Joanie atrás deles. Humble ergue as mãos: – O quê? Eu não fiz nada!

– Vamos, senhor Koper – diz Harold.

– Não posso acreditar! – diz Humble. – Ela me ofendeu! E o cocô de cachorro nem era meu! A arma não era minha!

Ele começa a apontar para Bobby. – Ele é cúmplice. Se vocês vão me levar embora, ele também tem que ir.

– Humble, você tem três segundos pra vir até aqui.

– Tudo bem, tudo bem. – Humble joga as cartas na mesa. – Divirtam-se com os seus botões. – Ele é escoltado por Harold e os guardas da segurança, e ainda leva um sonoro tapa na bunda da Professora. Ela ainda mantém uma das mãos no rosto e diz que está sangrando, mas quando tira a mão não há nenhum tipo de marca. Joanie volta a sentar à sua mesa.

– Vocês todos viram o que aconteceu. Ele me atacou – diz a Professora.

– Sim, sim, nós vimos, Doomba – diz Armelio.

– Desculpa?

– Você é a Doomba; todos sabemos que você é.

– Que é Doomba? – pergunto.

– Se você pergunta, talvez você seja uma Doomba também!

Armelio parece que está puto. É a primeira vez que o vejo assim.

– Hmm – respira Johnny.

– O Craig não é Doomba – diz Bobby. – Ele segura a onda.

– Eu ainda não ganhei? – pergunta Ebony.

– Escuta, como é possível que você tenha tantos botões? – pergunta Armelio. – Você não ganhou nenhuma rodada!

– É porque eu sempre aposto pouco – diz Ebony, inclinando-se pra frente, e de repente um jorro de botões cai do seu sutiã fazendo o maior barulho.

– Ops!

E continuam caindo – uma montanha se derramando em cima da pilha de botões da aposta. Ela começa a rir sem parar, mostrando-nos as gengivas bem nítidas e despojadas e berrando: – Ooooooh, peguei vocês! Enganei todos vocês!

– É isso que dá – diz Armelio, jogando as cartas na mesa. – Toda segunda-feira o torneio de cartas acaba em bagunça! Eu tô fora!

– Você renuncia ao cargo de presidente? – pergunta Bobby.

– Esqueça, companheiro!

Minha língua dói de tanto que eu mordi pra não rir. Pode não ter sido um jogo muito de acordo com o regulamento, mas sem dúvida teve tantos altos e baixos emocionais quanto o pôquer que eles passam na TV. Ajudo a arrumar as coisas, junto com Bobby e Joanie. Mais à noite, quando vou pra cama, fico agitado tentando imaginar o que será que quer dizer Doomba, e me lembrando da Ebony com os botões no sutiã, pensando qual deveria ser a sensação, e me lembrando da Noelle e também de que no dia seguinte eu ia encontrar com ela, e fazendo tudo, menos dormir.

PARTE 8: SEIS NORTE, TERÇA-FEIRA

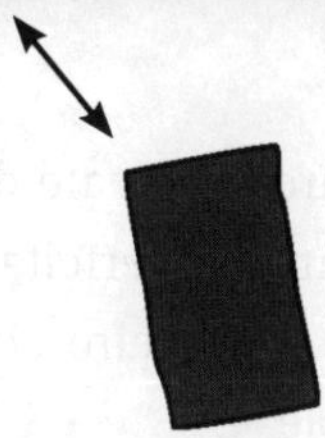

trinta e seis

No dia seguinte, Humble não aparece no café da manhã. Sento com Bobby e Johnny, pego de volta minha camisa, perfeitamente dobrada, e coloco no encosto da minha cadeira. Tomo o primeiro chá Swee-Touch-Nee do dia e pergunto o que foi feito de Humble.

– Ah, ele deve estar feliz. Eles o levaram e lhe deram algum remédio dos bons, provavelmente.

– Tipo qual?

– Você conhece os remédios? Comprimidos?

– Claro. Sou adolescente.

– Bom, Humble é psicótico e deprimido – explica Bobby. – Então, ele toma os ISRS, lítio, Xanax...

– Vicodin – complementa Johnny.

– Vicodin, Valium... ele é o cara que toma os remédios mais pesados aqui.

– Então, quando levam ele embora, dão todos esses remédios?

– Não, isso é o que ele toma *normalmente*. Quando eles o levam embora, dão alguma injeção, acho. Atavan.

– Eu já tomei isso.

– Tomou? Isso derruba você na hora. Foi divertido?

– Foi tudo bem. Não quero ficar tomando esse tipo de coisa a toda hora.

– Hmm. Essa é a atitude correta – diz Johnny.

– A gente ficou um pouco fora de prumo por causa de muita droga, eu e o Bobby.

– É, não foi fácil – diz Bobby. Ele balança a cabeça, olha pra cima, mastiga e junta as mãos.

– Fora de prumo não é bem a expressão certa. A gente ficou fora da face do *planeta*. A gente ficava fora do ar vinte e quatro horas por dia. Perdi muito show de rock.

– Uma pena...

– Santana, Zeppelin... qual era esse último com aquele cara junkie, o Nirvana... Eu vi o Rush, Van Halen, Mötley Crüe... todo mundo. Tudo isso naquela época em que custava dez dólares pra entrar. Mas eu era muito qualquer nota, nem ligava.

– Como assim qualquer nota?

– Encarava qualquer coisa, o que quer que fosse – explica Bobby. – Você me apresentava, eu embarcava. Só pra ver como era.

Nossa! Admito que soa até um pouco sexy. Dá pra sentir o apelo. Mas talvez seja por isso que eu estou aqui, pra conhecer gente que leva o apelo além.

– Você acha que Humble faz cena só pra conseguir que eles lhe deem remédio? – pergunto, enquanto espalho cream cheese num pãozinho. Comecei a pedir pãozinho XX no café da manhã; são de longe a melhor opção.

– Esse é o tipo de coisa que você só pode especular – diz Bobby. – Olha, lá vem a sua garota.

Ela entra apressada com uma bandeja e senta num canto; toma o suco, come um pouco de mingau de aveia. Ela me dá uma olhada. Eu aceno, o mais discretamente que consigo, pra que as pessoas confundam o gesto talvez com alguma espécie de tique nervoso. Não a vi mais desde domingo; não sei o que ela fez ontem o dia inteiro. Não sei como faz pra comer se não sai do quarto. Mesma coisa o Muqtada. Será que eles entregam comida em domicílio pra ela? Ainda tem muita coisa nesse lugar que eu desconheço.

– Hmm... Ela é uma belezinha – diz Johnny.

– Vamos lá, cara, para com isso. Ela deve ter só treze anos – diz Bobby.

– E daí? *Ele* também tem uns treze anos.

– Tenho quinze.

– Bom, então deixa ela por conta *dele* – diz Bobby pra Johnny. – Vamos deixar o pessoal de treze com o pessoal de treze.

– Eu tenho quinze – insisto.

– Craig, provavelmente você deveria esperar mais alguns anos, porque sexo aos treze anos pode bagunçar sua cabeça.

– Eu tenho quinze anos!

– Hmm... com quinze anos eu já fazia isso – diz Johnny.

– É – diz Bobby. – Com *garotos*.

Tempo. Se Ronny estivesse aqui, ele diria bem alto: “Tempo”.

– Hmm. Essa comida tá foda. – Johnny empurra o waffle de lado. – Garoto – diz ele –, faça isso por mim. Se ficar com ela, enlouqueça a menina um pouco. Você entende o que eu quero dizer?

– Para com isso – diz Bobby olhando pra Johnny. – Você tem uma filha dessa idade.

– Eu colocaria o garoto com a minha filha também. Provavelmente seria bom pra ela.

– Esperem um pouco vocês dois, como é que podem saber alguma coisa disso? Eu só falei com a menina uma vez, e foi bem pouco tempo. Não rolou nada.

– É, mas você entrou no centro de atividades com ela.

– Aqui a gente percebe tudo.

Sacudo a cabeça. – Que é que vai rolar hoje?

– Às onze vem o garoto da guitarra. E o Johnny aqui vai tocar.

– Sério?

– Hmm... se pintar inspiração.

Termino meu pãozinho. Sei o que eu vou fazer até o garoto da guitarra chegar: mapas do cérebro. Eu tenho algo como um público agora. Joanie me passou umas canetas de alta qualidade e papel brilhante, quando ajudei a arrumar a bagunça depois da confusão no final do torneio de cartas; então, posso desenhar à hora que quiser. Quando faço isso, as pessoas ficam em volta me vendo trabalhar. A Ebony é a minha maior fã; parece que o que ela mais gosta é de sentar atrás de mim e ver os mapas sendo preenchidos na cabeça das pessoas; acho que ela gosta dos desenhos mais do que eu. A Professora também fica ligada neles; diz que a minha arte é "extraordinária" e que eu podia vender na rua, se quisesse. Agora estou desenvolvendo variações: mapas no corpo de pessoas, mapas em animais, mapas que conectam duas pessoas. É uma coisa que sai naturalmente, me permite passar o tempo e me dá uma sensação de coisa mais concreta do que jogar cartas.

– Vou desenhar um pouco – digo aos rapazes.

– Se eu tivesse metade da sua iniciativa, as coisas teriam sido diferentes pra mim – diz Bobby.

– Hmm... verdade; quero ser você quando crescer – diz Johnny.

Saio do refeitório levando a bandeja.

trinta e sete

O nome do rapaz da guitarra é Neil; ele tem um cavanhaque preto e uma camisa preta e calça de veludo e parece totalmente chapado. Ele chega com uma guitarra elétrica com aparência de vintage – não conheço marcas, mas parece alguma coisa que os Beatles teriam usado – e pluga o instrumento no ampli antes que a gente entre. Tem uma coisa que eu não esperava encontrar na sala – instrumentos em todos os assentos do círculo – e as pessoas correm pra pegar os que querem. Temos visitantes hoje, estudantes de enfermagem que querem saber como é trabalhar em um hospital psiquiátrico, e elas entram conosco e tomam assentos e ficam mediando disputas sobre quem vai ficar com o bongô, a conga, os dois pauzinhos de bater um no outro, o *washboard* e o cobiçado assento junto ao teclado eletrônico.

– Olá, todo mundo! – Neil se mexe na cadeira. – Bem-vindos à pesquisa musical!

Ele toca acordes básicos numa batida meio salpicada que eu acho que deve ser de reggae e depois de um tempo percebo que é *I shot the sheriff*. Ele começa a cantar, tem uma voz horrorosa, parece um sapo jamaicano albino, mas a gente entra no som do jeito que dá, com as nossas vozes e com o instrumento que cada um acabou escolhendo.

Armelio bate na cadeira com umas baquetas, mas fica logo entediado e sai da sala.

Becca, a garota grandona, pergunta se ela pode trocar o bongô (pequeno) pelas minhas congas (maiores), e eu troco com ela. Tento tocar as viradas que vêm depois do refrão do *I shot the sheriff* e Neil percebe que eu estou tentando fazer isso e me dá uma chance de brilhar cada vez que tento, mas eu não consigo fazer a virada muito bem.

Noelle, bem na minha frente, no círculo, sacode as maracas e o cabelo, sorrindo. Eu, de vez em quando, mando ver um repique de bongô especialmente pra ela, mas não tenho certeza se ela percebe.

A estrela do espetáculo é Jimmy.

Eu não havia percebido que os barulhos agudos que ele estava fazendo eram *canto*. Assim que a música começa ele já entra com seu verso, batendo no *washboard* e fazendo soar um falsete penetrante, surpreendentemente dentro do tom. O fato é que ele não canta *I shot the sheriff*. Ele só canta uma frase:

"*How sweet it is!*"

Não importa em que ponto a música esteja ou que música seja; Jimmy fica acompanhando a melodia num murmúrio certinho, e, aí, assim que aparece uma brecha onde ele possa ser ouvido, ele nos lembra: *How sweet it is!* Ele soa um pouco como o senhor Hankey do desenho *South Park*. As estudantes de enfermagem, todas caribenhas como a enfermeira Monica, e jovens, ao contrário dela, absolutamente adoram Jimmy e lhe dão grandes sorrisos, o que estimula sua atividade. Jimmy pode ter poucas frases em seu repertório, mas sabe manter a onda quando há garotas bonitas prestando atenção nele.

Eu mando um repique de bongô dedicado a ele. Ele canta de volta. Estou convencido de que alguma parte dele sabe que nós dois entramos aqui juntos.

Quando *I shot the sheriff* termina num crescendo da percussão que parece destinado a não terminar nunca mais (todo mundo quer tocar a última nota, inclusive eu), Neil começa a sessão Beatles: *I wanna hold your hand*, *I feel fine*. Os Beatles, ao que parece, são a dica pra que as pessoas levantem e dancem.

Quem começa é Becca, à esquerda de Neil. Uma estudante de enfermagem dá a mão pra ela, ela larga a conga de lado e começa a rebolar a bunda enorme no meio do círculo – e nós berramos para incentivar. Ela fica vermelha e ri, e, quando senta, é a vez de Bobby – ele se mexe que nem o John Travolta no *Pulp fiction*, agitando os quadris num movimento lacônico, girando os pés mais do que o corpo.

Johnny se recusa a dançar, mas balança a cabeça. As estudantes de enfermagem dançam umas com as outras e com Neil. Aí a coisa vem pro meu lado. Eu odeio dançar. Nunca fui bom dançando e não digo isso daquele jeito tímido tradicional dos adolescentes: eu realmente não sou bom.

Mas uma estudante de enfermagem estende as duas mãos pra mim, e Noelle está do outro lado da sala.

Coloco meu bongô de lado e tento pensar no que estou fazendo enquanto faço. Sei que não é pra você ficar pensando quando dança. Como é aquela expressão estúpida, *Cante como se não tivesse ninguém ouvindo, dance como se não tivesse ninguém olhando?* – não importa. Eu quero dançar do jeito que Bobby fez, e sei que o jeito de fazer isso é mexer os quadris; então, me concentro neles e penso *um bocado*. Não penso nos braços. Não penso nas pernas. Não penso na cabeça. Penso em mexer os quadris pra trás e pra frente e depois pra fora e pra dentro e em círculos, e de repente a estudante de enfermagem está atrás de mim – estou de olhos fechados – e tem outra na minha frente fazendo um sanduíche de Craig Gilner, e danço como se fosse um daqueles garotos bacanas de discoteca com duas minas – opa, *estou* com duas minas!

Estendo minha mão pra Noelle num acesso de confiança. Ela levanta e vamos para o meio da sala e sacudimos os quadris um pro outro, sem nunca encostar, nunca falar, só sorrindo e mantendo olho no olho. Acho que ela, na realidade, me olha esperando que eu lhe dê alguma dica, então digo: "Mexa os quadris!".

Ela faz isso, com os braços tão fora de lugar quanto os meus, pendendo ao lado do corpo, sem nenhum lugar sexy para ir. Onde será que você tem que colocar os braços quando dança? É como a Questão Universal. Acho que você tem que colocá-los em volta de alguém.

Na vez de Jimmy dançar, ele levanta, deixa o *washboard* no chão, põe o dedo nos lábios e olha para Neil. Neil para de tocar. Jimmy faz uma pirueta ao som desacompanhado da percussão, que a gente faz crescer de volume, e termina aterrissando de joelhos: – *How sweet it is!*

trinta e oito

Depois de guardar a guitarra no estojo, Neil se aproxima de mim.

– Gostei das suas viradas no bongô.

– Sério?

– Sério. Eu ainda não tinha visto você por aqui. Como você se chama?

– Craig.

– Você tem um bom ritmo; manteve o pessoal se mexendo. Ah, espero que você não fique chateado de eu perguntar isso, mas... por que você está aqui? Você parece estar... sei lá, bem.

– Eu tenho depressão – digo. – Fiquei realmente mal. Acho que dentro de uns dois dias eu saio.

– Ótimo, maravilha, bom ouvir isso! Um monte de amigos meus têm isso. – Ele fica balançando a cabeça. – Depois que você sair, já pensou em considerar a hipótese de... trabalhar como voluntário num lugar como esse?

– Voluntário do quê?

– Bom, você toca algum instrumento?

– Não.

– Acho que provavelmente se daria bem. Você tem musicalidade.

– Obrigado. Eu faço artes.

– Que tipo de arte?

Faço ele sair do centro de atividades, passando pelo posto das enfermeiras e pelo telefone, até o meu quarto, onde Muqtada está deitado na cama.

– Craig, ouvi vocês todos na sala de música – diz ele.

– Você devia ter ido.

Neil sorri pra ele: – Olá.

– Hmm.

Pego minha pilha de mapas do cérebro e mostro pro Neil. – Eu faço isso. – Passo pra ele um monte, talvez uns quinze, dos melhores que fiz até agora.

O de cima é um casal, um garoto e uma menina com uma ponte ligando as cidades desenhadas na mente deles.

– Isso é *da hora* – diz Neil. Fica folheando os desenhos. – Faz tempo que você se dedica a esses desenhos?

– Isso depende – digo. – Dez anos, ou então uns dois dias, depende de como você conta.

– Posso ficar com um?

– Não sei se posso dá-los de graça.

– Ah! Bom, aqui está meu cartão. – Neil me passa um cartão de visitas simples, em preto e branco, que o identifica como *guitarrista terapeuta*. – Assim que você sair daqui, e tenho certeza de que vai ser logo, ligue pra mim e aí a gente conversa sobre trabalho voluntário, e... estou falando sério, eu gostaria de comprar alguns desses desenhos. Quantos anos você tem? Você devia estar no andar dos adolescentes, não é? Aquele que eles estão reformando agora, sabe?

– Sou novo – digo.

– Fico feliz por você ter vindo pra cá e conseguido a ajuda de que precisava – diz Neil, e ele aperta minha mão do jeito que as pessoas fazem aqui pra lembrarem a si mesmas que você é o paciente e elas são o médico/voluntário/funcionário. Elas gostam de você, e querem de verdade que você melhore, mas quando apertam sua mão você sente aquela distância, aquela leve desconexão, porque elas sabem que você ainda tem alguma ruptura em algum ponto, que você pode quebrar a qualquer instante.

Neil sai do quarto e eu passo o resto da manhã desenhando e jogando cartas com Armelio. Por volta da uma e meia ligo pra Mãe, conto da cantoria e do torneio de cartas e de como eu dancei, e ela diz que eu pareço melhor e que ela ouviu do doutor Mahmoud que a história de sair na quinta é firme e que ela e o Pai vão estar a postos quando chegar a hora de me pegar. Embora sejam apenas algumas quadras até a minha casa, eles têm que vir me pegar pessoalmente.

No final da tarde, enquanto jogo spit[8] com Armelio e ele vai me triturando, Smitty aparece e diz que eu tenho uma visita.

Sei que não é a Mãe ou o Pai ou a Sarah. Eles ficaram de vir amanhã uma última vez, quando o Pai vai trazer o *Blade II*. Rezo a Deus para que não seja Aaron ou um dos amigos dele.

---

8 Jogo cujo objetivo é desfazer-se de suas cartas o mais rápido possível. [N. E.]

É a Nia.

Eu a vejo pelo janelão do refeitório, e ela parece que andou chorando ou que está a ponto de chorar, ou as duas coisas. Ela chega se insinuando timidamente pelo corredor e eu deixo Armelio sem dizer palavra pra ir encontrá-la.

trinta e nove

– O que você está fazendo aqui? – eu pergunto, e aí me dou conta de que, na verdade, essa pergunta são os outros que deviam fazer *pra mim.*

– O que você acha? – Ela está com uma maquiagem bem leve, que faz os lábios brilharem e dá às bochechas um leve rosado asiático; está com o cabelo puxado pra trás, o que acentua as linhas curvas do rosto. – Vim ver você.

– Por quê?

Ela dá meia volta. – Estou passando por um momento realmente difícil.

– Tudo bem. – Acerto o passo com ela. – Venha cá, o melhor lugar pra conversar é logo ali.

Conduzo Nia pelo corredor com uma familiaridade e confiança que parecem surpreendê-la. Acho que agora já sou um veterano aqui. Uma espécie de macho alfa. O que me faz lembrar: até agora, nada do Humble.

– Aqui. – Faço ela sentar na cadeira em que sentei com meus pais e com Noelle. – O que está acontecendo?

Ela coloca as mãos sobre os joelhos. Veste um pequeno uniforme de combate bege e botinhas pretas; parece um soldado soviético recruta. A luz vem por trás dela e faz sua pele cintilar. Já tinha visto Nia com esse tipo de roupa antes; é uma das que a deixam mais atraente: quando você coloca seios pequenos numa roupa de homem eles ficam ainda mais intrigantes.

– Eu e o Aaron terminamos – diz ela.

– Não! – Arregalo os olhos.

– Sim, Craig. – Ela limpa o rosto. – Depois daquela noite em que ele ligou pra cá, e você contou pra ele que eu tomava Prozac.

– O quê? Você está dizendo que a culpa é minha?

– Eu não estou dizendo que é culpa de ninguém! – Ela bate os braços contra as coxas e respira fundo.

A Professora põe a cabeça pra fora do quarto dela.

– Quem é você? – pergunta Nia.

– Amanda – responde ela. – Amiga do Craig.

– Ah, desculpa, a gente está tentando ter uma conversa. – Nia afasta o cabelo.

– Tudo certo. Mas é bom vocês não gritarem, senão o Salomão vem aqui.

– Quem é o Salomão? – Nia se dirige a mim. – Ele é perigoso?

– Ninguém aqui é perigoso – digo, e, ao dizer isso, coloco minha mão em cima da mão da Nia, na coxa dela. Não sei direito por que faço isso – para confortá-la? Acho que é só um instinto, uma reação. Subconscientemente, suponho que estou achando a coxa dela uma verdadeira delícia e que adoraria ter minha mão ali sem a mão dela servindo de anteparo. Ainda não tive realmente a oportunidade de pôr a mão na coxa de nenhuma garota, e essas coxas bege da Nia parecem o máximo da sedução que um par de coxas é capaz de oferecer. Acho sexy até a própria palavra: *coxa*.

– Craig, oi?

– Desculpa, estava longe.

Ela olha pra baixo, pra minha mão, e dá um sorrisinho forçado. Mas não tira a mão dela. – Você é engraçado. Eu perguntei se você *gosta* daqui.

– Não é ruim. É melhor que a escola.

– Acredito. – Agora a mão dela – a outra mão – está em cima da minha mão e em cima da coxa dela. Penso naquele sanduíche de antes, na hora da dança, na sala de atividades. Sinto o quanto Nia é quente e lembro como eu percebi isso naquela festa, milênios atrás. – Andei pensando em ir prum lugar como esse.

– O quê? – Eu afasto o corpo, mas mantenho minha mão embaixo da dela. – Como assim?

– Andei pensando, sabe, em me internar, passar algum tempo aqui, ou em qualquer lugar como esse, pra me centrar de novo, como você está fazendo.

– Nia. – Eu balanço a cabeça. – Não dá pra você se internar aqui só porque você quer.

– Mas não foi isso que você fez?

– Não!

– O que você fez então? – Ela inclina a cabeça.

– Eu... Eu tive uma espécie de *emergência médica* – explico. – Eu liguei para a Linha Direta de Suicídio e eles me mandaram pra cá.

Nia recosta-se na cadeira. – Você ligou pra Linha Direta de *Suicídio*? – Ela segura minha mão, aperta. – Ah, Craig!

Olho pra minha braguilha. Está aumentando de tamanho. Não tenho como evitar. Nia está muito perto. Esse rosto está tão perto do meu e é o mesmo rosto que vi tantas vezes quando me masturbava. Eu me condicionei a querer esse rosto. Quero a Nia. Sinto-a em mim e quero-a agora, nesse seu uniformezinho do exército russo. Quero ver como ela é depois de tirá-lo. Quero ver como ela é depois de ter tirado só *metade* dele.

– Eu não consegui perceber... – continua ela. – Eu sabia que você pensava em se matar, mas nunca soube que você queria se matar *mesmo*. Se soubesse que era tão *sério* assim, nunca teria contado pro Aaron que você tinha ligado pra mim daquele número estranho.

– Bom, por que você acha que as pessoas vêm pra cá?

Minha mão fica apertando a dela.

– Pra melhorar? – pergunta ela.

– Pois é, exatamente. Mas você precisa estar muito mal mesmo, antes que eles façam você ficar melhor *aqui*.

Nia gira a cabeça e o cabelo desliza por cima dos olhos escuros. – Achei que você tinha ficado mal por minha causa e achei que eu podia fazer você melhorar.

Ela é tão linda! O jeito que ela tem de expor o rosto é como se sempre soubesse quais são os melhores ângulos. Ficamos olhando um pro outro, olho no olho. Vejo os meus nos dela. Fico na expectativa, pronto, ansioso, estúpido, querendo fazer alguma coisa.

Não gosto do meu aspecto. Humble também não iria gostar; não transmite nenhuma força ou poder. Mas eu não tenho mesmo nenhuma força nem poder quando estou com ela. Não tenho nenhuma escolha. Nós iremos fazer o que ela quiser.

– E Aaron? – pergunto.

– Já falei. – Ela baixa o tom para um quase sussurro. – Terminei com ele.

– *Você* terminou com *ele*? – Eu quero isso esclarecido.

– Foi recíproco. Isso é tão importante assim?

– Terminaram de vez?

– É o que parece.

– Você não acha que é um pouco cedo pra vir aqui e... tipo tocar em mim?

Ela sacode a cabeça e projeta o lábio de baixo.

– Eu tenho pensado em você desde que a gente conversou pelo telefone naquela sexta à noite. E agora conheço você *muito melhor*. Você me contou todas essas coisas a seu respeito e você é realmente... não sei... você é maduro.

Você não é que nem todas essas outras pessoas, com seus probleminhas estúpidos. Você é... tipo *realmente perturbado*. – Ela dá um risinho. – Quer dizer, perturbado numa boa. De um jeito que dá experiência pra pessoa.

– Hmm. – Não sei bem o que dizer. Não, peraí, eu sei o que dizer: *Vá embora, saia, não preciso de você; já terminei com você antes pelo telefone; conheci uma garota aqui que é mais legal e mais inteligente,* mas, quando você tem na sua frente uma garota realmente espetacular e ela fica mordendo o lábio dela e falando baixinho e sorrindo – e você está excitado –, o que é que você pode fazer?

– Hmm... ahn... bem... – Voltei a gaguejar. Talvez tenha sido ela que me fez gaguejar. Estou suando também.

– Você não quer me mostrar seu quarto? – pergunta ela.

Essa é uma má ideia. É uma má ideia tanto quanto é uma má ideia pular refeições ou ficar acordado na cama de manhã ou parar de tomar Zoloft, mas não há esperança pra mim agora. Cedo o controle das coisas à minha metade de baixo, que, na realidade, está agora *apontando* pro meu quarto e leva Nia até lá.

quarenta

Muqtada não está no quarto. Não consigo acreditar – é tipo a primeira vez que acontece desde que estou aqui. Olho pros lençóis desarrumados e tento compor uma forma humana, mas não há vulto suficiente pra dar conta dele. Espio no banheiro – nada.

– Você tem um companheiro de quarto? – pergunta Nia.

– Sim... ahn... ele costuma estar sempre por aqui...

– *Ugghh...* – Ela abana a mão na frente do nariz dela. – Tem alguma coisa *cheirando mal.*

– Meu companheiro de quarto é egípcio; acho que ele não usa desodorante.

– Eu *também* acho.

Faço como se estivesse arrumando minhas coisas perto da cama, mas, na verdade, estou apenas pegando os mapas do cérebro e folheando.

– Você não tem TV?

– Não.

– Você lê aqui?

– Gosto de ler lá na sala, com as outras pessoas. Minha irmã me deu uma revista *Star*, mas as enfermeiras pegaram pra ler.

Ela anda na minha direção, falando com ar descompromissado e inocente. – Você se sente sozinho aqui?

– Na verdade, não – digo. Afasto uma mecha de cabelo que grudou na minha testa. Estou realmente suando agora. – A gente convive muito aqui. Eu fiz amigos.

– Quem?

– A mulher com quem você falou aí fora.

– Ela? Meio grossa, não? Ela entrou totalmente de sola na nossa conversa.

– Ela acha que alguém anda espalhando inseticida no apartamento dela, Nia. Ela fica paranoica.

– É mesmo? Que loucura. Isso é realmente loucura.

– Não sei. Talvez ela tenha razão. – Nia está a um metro de mim agora. Ela encolhe os ombros. Eu podia pegá-la e jogá-la na minha cama desarrumada como Aaron tem feito nos dois últimos anos. Esse papo nosso é pura falsidade. – Ela é professora universitária. Pode ter alguma coisa de real nisso.

– Craig ... – Ela está bem na minha frente agora. – Lembra aquele dia que você ligou pra mim... – Ela encosta os dedos na minha testa. – Nossa, como você está suando!

– É, é assim. Sempre que fico nervoso.

– Você está bem? Está suando *de verdade*.

– Estou bem. – Limpo o suor.

– Nossa, Craig, isso é desagradável! – Ela faz cara feia, depois volta pro assunto: – Quando você ligou pra mim, lembra que você perguntou o que eu faria se você chegasse e me agarrasse e beijasse?

– Lembro. – Meu estômago está apertado. O homem está lá embaixo puxando a corda. Achei que tinha controlado o cara. Tenho comido muito bem.

– Eu deixaria – diz ela. – Você sabe que sim.

Agora ela está com os lábios lustrosos, cintilantes, voltados pra mim, e sinto essa incrível dicotomia rolando. É quase como antes de eu vir pra cá, quando estava na cama da minha mãe, quando meu cérebro queria morrer, mas meu coração queria viver. Agora, de modo bem literal, tudo do meu estômago pra cima quer ir correndo pro banheiro, vomitar, ou conversar com Armelio ou com Bobby ou Smitty, botar a Nia pra fora daqui, me preparar pro meu segundo encontro com a Noelle. Mas a metade de baixo ficou tempo demais sendo negada. Ela tem estado disposta a isso há dois anos, e sabe o que quer. Diz que a verdadeira causa de todos os meus problemas é que ela não tem sido satisfeita.

E tampouco são lábios quaisquer esses que me são apresentados agora para corrigir minha falta de diversão. São lábios aos quais eu tive acesso em minha mente durante anos. Fiz coisas terríveis, horríveis, com esses lábios na privacidade do meu banheiro. Então, foda-se. Às vezes, você tem que tentar.

Eu me inclino e agarro Nia e a levo pra cama do Muqtada.

Minha intenção não era bem essa; queria fazê-la dar a volta e colocá-la na *minha* cama, mas ela estava bem na minha frente e não dava pra mudar de direção no meio da manobra. Cubro-a com meu corpo magro e beijo primeiro o lábio superior dela, encaixando-o nos meus lábios, depois faço isso com o lábio de baixo, e aí tento fazer com os dois ao mesmo tempo, só que isso não funciona, é como tentar arrancar os lábios da cabeça dela, e ela ri, o que me oferece seu lindo sorriso pra beijar, os dentes duros e brancos – não me importo –, e então uso minha língua do jeito que tenho visto fazer no cinema e ponho minhas mãos no uniforme militar dela e sinto aquilo que não consegui ter e desejei durante anos pressionado contra meu peito, durinho e complacente ao mesmo tempo. Os dois.

– *Mmmmmm.* – Nia faz mmmmmms, colocando as mãozinhas atrás da minha cabeça. Ela sente meu cabelo; eu me mexo contra o corpo dela. Nem acredito o quanto é boa a sensação. É bom assim, então? E por que raios eu achei de ficar deprimido?

Lembro o que Aaron falou sobre a parte de dentro da bochecha de uma menina, que era como aquele outro lugar, e eu passo a língua no interior da boca dela. Ela estremece; ela gosta disso. É como Aaron disse: ela gosta de sexo; a língua dela vira uma flecha nervosa entrando e saindo da minha boca. Sinto o piercing – uma pequena bolha de metal, algo que acrescenta textura, estranho e obsceno. Esqueça. Vamos lá. Eu alcanço os botões da roupa dela. Meus olhos estão fechados, porque, se eu abrir, acho que talvez fique excitado demais e manche a calça, e a Mãe não me trouxe mais nenhuma outra.

Que saco! O botão que peguei é o do meio. Subo mais um. Não. Não é esse. Mais um.

– Nossa! – Ela se afasta um pouco. – Sempre quis transar num hospital.

– O quê? – Olho pro queixo dela. Ainda estou em cima dela na cama do Muqtada, minhas pernas saindo pra fora, quase batendo na minha cama.

– Isso estava na minha lista de prioridades. – Ela olha pra baixo. – Eu e o Aaron nunca fizemos nada no estilo.

Isso provoca um tranco no meu corpo inteiro: na metade de baixo que queria isso e na metade de cima que me alertou a esse respeito. Não consigo pensar no que dizer: *Por favor, não me compare com o Aaron? Por favor, não mencione o Aaron?* Que *lista de prioridades*? Então eu digo: – Ahn... hmm...

– *Sexo!* – ouço alguém gritar na porta.

É Muqtada.

– Sexo! Sexo na minha cama! *Crianças* fazendo sexo na minha cama! – Ele corre até nós. Eu dou um pulo e me afasto da Nia e ergo as duas mãos, achando que ele vai me agredir, mas ele me puxa e me leva pra perto do corpo dele, quadrado e cheiroso, e me carrega como se eu fosse uma viga de madeira até um canto do quarto.

– Ahn... Muqtada...

– Craig, quem é esse cara? – grita a Nia.

– Eu moro aqui! Você, garota terrível, corrompendo amigo meu!

Muqtada me põe no chão, se vira e fica de braços cruzados encarando Nia, protegendo-me. – Você sai! – Ele aponta pra porta.

– Não tem *porta*?! – Nia olha, surpresa. Com uma rapidez incrível de menina, ela já levantou, arrumou a roupa e pegou a bolsa que estava do lado do travesseiro de Muqtada. Já está com o celular na mão; ele pisca ao lado dela. Ela faz gestos pra mim com o celular na mão.

– Tem porta, sim – digo, ficando na ponta do pé pra falar por cima do ombro de Muqtada. – Só que a gente esqueceu de fechar...

– Não fale com ela! – Muqtada se vira e agita o dedo na minha cara. – Ela estava tentando fazer sexo na minha cama!

– Não era só eu, certo? – Nia avança o rosto na direção dele. Ele se vira. – Caso não tenha percebido, o Craig estava em cima de mim, e a gente não ia fazer sexo.

– A mulher é sedutora. A minha me largou. Eu sei.

– Craig, estou caindo fora daqui.

– Hmm, tá bom! – respondo, ainda atrás de Muqtada. – Ahn... – Eu tento fazer um resumo da coisa. – Gostei de ficar com você... mas, na verdade, eu não gosto de você como pessoa...

– É, a mesma coisa digo eu – retruca Nia.

– O que está acontecendo aqui? – É Smitty, parado na porta. – Muqtada, o que você está fazendo? E essa jovem aqui?

– Eu já estava de saída – diz Nia.

– Você é a pessoa que veio visitar o Craig, certo?

– Não sou mais.

– O que houve aqui?

– Nada – diz Muqtada. – Está tudo certo. – Ele dá um passo de lado, vira-se pra mim e me dá o que eu adivinho ser uma piscada de olho através dos óculos.

– É, está tudo certo. – Eu pego a dica. – O Muqtada entrou e ficou surpreso de ver duas pessoas no quarto.

– Bem, devia ficar surpreso mesmo – diz Smitty – porque não se deve receber visitas no quarto. Não deixe isso acontecer de novo, tá certo?

– Certo.

– Sim, porque você não vai mais me ver – diz Nia, e Smitty olha pra ela como quem não acredita, enquanto ela vai embora, pisando duro pelo corredor, fazendo soar as botinhas a cada passo, dando de ombros.

– Tudo bem – diz ele pelas costas dela. – Por favor, assine sua saída, senhorita.

– Craig, que tipo de garota vai conseguir suportar esse seu... lixo? – diz Nia, dando meia volta, de braços abertos, gesticulando em direção à sala como se fosse a dona do lugar e recuando.

– Cale a boca, Doomba! – grita o presidente Armelio de algum lugar. Ela se vira e não olha mais pra trás.

– Hmm – faz Smitty. – Que menina adorável. Tudo certo, rapazes?

Assentimos como garotos de jardim de infância. – Sim.

– Craig, não quero que esse tipo de coisa se repita, certo?

– Pode deixar.

– Senão você vai ter que ficar por aqui um bom tempo. – Smitty sai do quarto; Muqtada espera alguns segundos e então se dirige a mim.

– Craig, desculpe, mas eu tenho crenças assentadas em relação ao sexo.

– Tudo bem, eu entendo. Você fez o certo.

– Não meti você em encrenca, não é?

– Tranquilo, eu estou bem. Você lidou muito bem com a coisa toda. – Ofereço minha mão pra ele dar um tapinha, mas ele interpreta errado, como se fosse um aperto de mão, então eu tomo a iniciativa e transformo isso num abraço, um abraço grande e cheiroso. Os óculos dele ficam esmagados em cima de mim.

– Fui tentar arrumar música egípcia para tocar no hospital – diz ele. – Você me deu a ideia. Mas eles não têm aqui. Agora vou descansar. – E ele sobe na cama, arruma de novo os lençóis, assume a posição fetal e fica olhando fixo pra mim.

Dou uma olhada na porta. Bem ali, com seus olhos verdes e brilhantes arregalados, vejo Noelle.

Vou correndo pra falar com ela, mas ela voa pro quarto dela e fecha a porta. Vou até lá e fico batendo, mas não há resposta, e, quando Smitty passa por mim, lançando um olhar atravessado, tenho que parar de bater.

Checo as horas no relógio da sala e suspiro. São cinco.

Faltam duas horas para o nosso segundo encontro.

quarenta e um

– Eu queria lhe fazer só umas duas perguntas – diz Noelle, que chega andando rápido às sete da noite e me encontra sentado na cadeira que eu passei a chamar de cadeira de entrevistas, já que eu falo com tanta gente ali. Fico imaginando o que mais pode ter acontecido naquela cadeira – provavelmente já teve gente que urinou nela, lambeu-a, bateu a cabeça nela e ficou andando em volta falando um monte de absurdos. Isso me conforta. Dá a impressão de ser uma cadeira com alguma história.

Achei que Noelle não fosse pintar, então quase nem vim – mas depois decidi que não queria me arrepender de nada. Não quero saber de arrependimentos; são desculpas para pessoas que fracassaram. A partir de agora, quando eu voltar pro mundo, se começar a me arrepender de alguma coisa, vou tentar lembrar a mim mesmo que, seja lá o que for que eu tiver feito, não vai mudar o fato de eu ter estado em um hospital psiquiátrico. É esse aqui o maior arrependimento que eu poderia ter na vida. E não é tão ruim assim.

Noelle parece olhar pra mim como se aguardasse algum comentário.

Mas eu estou impressionado com o aspecto dela. Roupa nova: um jeans apertado com uma cintura perigosamente baixa e uma pontinha de roupa de baixo branca aparecendo. A roupa de baixo parece ter umas estrelinhas cor-de-rosa – será que calcinha de menina tem estrelinhas cor-de-rosa? –, e, antes de ficar tempo demais olhando fixo, elevo meus olhos para a suave curva da barriguinha dela e para a camiseta, que a envolve com alguma espécie de força mística feminina e traz os dizeres ODEIO MENINOS.

Que história é essa de garotas vestidas desse jeito sedutor ficarem aparecendo na minha frente? Acima da camiseta está o rosto dela, emoldurado pelo cabelo loiro puxado pra trás e com o destaque dos cortes.

– Hmm... Por que você está usando essa camiseta? – pergunto. – Está querendo me passar essa mensagem?

– Não. Eu odeio meninos, não você. E uma das razões é essa: eles são muito arrogantes. Por que será? – Ela está em pé, com as mãos nos quadris.

– Bem... – Fico pensando. – Você quer que eu dê tipo uma resposta verdadeira, honesta? – Meu cérebro está funcionando melhor do que antes. Agora, dentro dele, tem pãezinhos e sopa e açúcar e frango. Está afiado quase como era antes.

– Não, Craig, eu quero uma resposta estúpida e falsa. – Noelle revira os olhos. Tenho a impressão de que os seios estão em sincronia com os olhos. Peito de menina é uma maravilha!

– Peraí, você se esqueceu de fazer a pergunta! – Eu sorrio. – Perdeu um ponto.

– A gente não está jogando o jogo agora, Craig. Ainda vamos jogar, mas estou irritada demais pra isso.

– Tá bom, esquece – digo. – Do que é que a gente estava falando?

– Sobre por que vocês, meninos, são tão arrogantes.

– Ah, tá! Bom, sabe como é, nós, garotos, nascemos num mundo que vê a gente como se fosse um pouco mais... A gente tende a conseguir as coisas de um jeito um pouco mais fácil que as garotas. E, portanto, nossa tendência é supor que o mundo foi construído pra nós, e que somos, você sabe, o ápice de tudo o que veio antes. E depois as pessoas dizem pra nós que alimentar um pouco essa atitude é o que se chama *ser fodão*, e que *ser fodão* é um negócio bom, e a gente acaba tendo um pouco isso como base.

– Uau, você é honesto – diz ela, sentando. – Um otário honesto. – *Yes! Ela sentou!* – Quem era essa menina insuportável que estava aqui?

– Uma conhecida minha.

– Ela é linda. – (É impressionante como as garotas podem dizer isso e fazer com que pareça o mais vergonhoso dos insultos.) – Ela é sua namorada?

– Não. Não tenho namorada. Nunca tive namorada.

– Então, era só uma garota que você estava comendo no seu quarto?

– Você viu, então?

– Eu vi tudo: fiquei aqui, olhando pra cama do seu colega de quarto.

– O quê? Você estava *me seguindo*?

– E não posso?

– Bom, acho que não...

– Você não *gosta*? – Ela se inclina pra frente. – Você não gosta que uma pobre garotinha – ela começa a fazer uma voz de desenho animado, segurando o cabelo tipo maria-chiquinha – fique seguindo o grande e poderoso Craig pelo hospício?

– Isso não é um hospício, é um hospital psiquiátrico. – *Mas, sim, sim, na verdade eu gosto de ver ela me seguindo; sim, isso é uma coisa impressionante.* – Não acredito que eu não tenha visto você... – Tento rememorar os instantes com Nia, lembrar se por acaso dei alguma olhada pelo corredor ou pra trás para checar se tinha alguém me vendo.

– É porque você estava num estado de excitação; é por isso.

– Bom, você quer saber quem é ela?

– Não. Perdi o interesse.

– Sério?

– *Lógico que não!* Me conte!

– Tá bom, tá bom. É uma garota que conheço há muito tempo, e ela veio aqui...

– Toda cheia de tesão por você?

– Sim, com certeza, exatamente; ela veio aqui cheia de tesão e eu me aproveitei dela. – Bato a mão na perna. – Nada disso. O que aconteceu, na verdade, é que ela chegou aqui se sentindo sozinha e confusa, acho, e imaginando que deveria estar num lugar como esse aqui...

– Foi muito engraçado quando seu colega de quarto pegou vocês dois no flagra. Isso meio que fez a coisa toda valer a pena.

– Fico feliz de você pensar assim.

– Você nunca vai ser um bom enganador. Você vai ser um desses caras que são pegos na primeira tentativa.

– Isso é bom?

– Você *nem fechou* a porta. De onde você conhece a menina?

– Ela foi namorada do meu melhor amigo, desde que a gente tinha uns treze anos.

– Quantos anos você tem agora?

– Quinze.

– Eu também.

Olho pra ela de outro jeito. Rola alguma coisa entre pessoas que têm a mesma idade. É como você ser despachado na mesma encomenda. Você precisa continuar junto. Porque lá no fundo acredito que o meu ano foi um ano especial: foi o ano que me produziu.

– Então, você deu em cima da namorada do seu melhor amigo?

– Não, eles já terminaram.

– Quando?

– Ah, faz alguns dias.

– Ela não perde tempo!

– Bom, eu acho – e agora penso alto – que ela simplesmente é uma dessas garotas que nunca ficaram *sem* um namorado.

– Às vezes a gente chama esse tipo de garota de putinha. Você acha que ela já namorava aos oito anos?

– Hmm...

– Talvez ela deixasse o cara...

– *Para!* Para! Não quero ouvir mais.

– Acontece. – Noelle olha pra mim.

Eu concordo com um gesto de cabeça, faço uma pausa e deixo a coisa se assentar. De fato, acontece.

– Hmm... E *você*, como está? – pergunto.

– Você acha que é um cara realmente inteligente, né?

Eu rio. – *Não*. Aliás, essa, na verdade, foi uma das razões de eu ter vindo pra cá. Achar que era burro.

– E por que você pensaria assim? Você está numa escola superpuxada.

– Eu não estava indo bem lá.

– Que média de nota você tinha?

– Noventa e três.

– Ah, tá! – Noelle concorda.

– Pois é. – Cruzo os braços. – Acho que você é que é inteligente de verdade. Provavelmente você consegue tirar boas notas.

– Na verdade, não. – Ela apoia o queixo nas palmas das mãos, como alguém numa pintura. – Você não é muito bom nisso de fazer elogios.

– Como assim?

– Você dizer que me acha *inteligente!?* Que é isso, cara?!

– Você é atraente, também! – digo. – E agora? Funcionou melhor? Você é atraente! Eu já disse isso antes? Disse outro dia, não foi?

– Atraente? Craig, atraentes são imóveis, casas.

– Desculpa. Você é linda. Que tal? – Não acredito que esteja dizendo isso. Nós dois vamos estar fora daqui em dois dias; é por isso que eu estou dizendo. Sem arrependimentos.

– Linda já é *melhor*. Mas pode melhorar ainda mais.

– Tá bom, tá bom. Você é legal. – Faço estalar meu pescoço...

– *Uuuiiii.*

– Que foi?

– Não faça isso. Especialmente quando está a ponto de me fazer um elogio.

– Tudo bem. E que palavras são melhores do que "linda"?

Ela assume um sotaque do sul dos Estados Unidos: – *Ma-ra-vi-lhooo-sa.*

– Tá bom, tá bom. Você é maravilhosa.

– Não soou bem. Faça do jeito que eu fiz: *ma-ra-vi-lhoooo-sa.*

Eu tento.

– Mas você não é capaz nem de imitar o sotaque do sul? Ah, meu Deus, será que você é americano mesmo?

– Mas é claro! Eu sou *daqui!*

– Do Brooklyn?

– É, do Brooklyn.

– Deste bairro?

– Deste bairro.

– Eu tenho amigos aqui.

– Ah, de repente a gente até se cruza por aí.

– Você é muito terrível. Tente mais alguns elogios.

– Tá bom. – Procuro lá no fundo. Não estou conseguindo. – Hmm...

– Não sabe mais nenhum?

– Não sou muito bom com as palavras.

– Está vendo? É por isso que os nerds da matemática não conseguem arrumar namorada.

– Quem disse que eu sou um nerd da matemática? Já falei pra você que as minhas notas são ruins.

– Você deve ser um desses nerds que não são *inteligentes.* O pior tipo.

– Ouça – eu a interrompo. – Eu, com certeza, estou feliz por você estar aqui conversando comigo, e já conheci um monte de gente aqui dentro.

– Opa – diz ela. – Chegamos àquela parte em que as coisas ficam realmente sérias?

– Sim – digo. E, quando falo isso, do jeito que estou falando, vejo que ela entende que estou levando a sério essa parte de falar a sério. Posso ser sério agora. Passei por uma merda bem séria e posso ser sério como qualquer cara mais velho.

– Gosto muito de você – começo, sem arrependimentos –, porque você é engraçada e inteligente e porque parece que gosta de mim. Sei que essa não é uma boa razão, mas não posso fazer nada; se uma menina gosta de mim, eu tendo a gostar dela em retribuição.

Ela não diz nada. Aproximo minha cabeça da dela. – Hmm, você quer dizer alguma coisa?

– Não, não! Está ótimo. Continue.

– Tá bom. Eu andei pensando em como colocar isso. Gosto de você por todas essas coisas, mas também gosto de você por causa dos cortes no rosto...

– Ah, não! Você é fetichista?

– Quê?

– Você é que nem aqueles caras que têm fetiche por sangue? Teve alguém assim aqui antes. Ele queria fazer de mim tipo Rainha da Noite dele, algo nessa linha.

– Não! Não é nada disso. É mais o seguinte: quando as pessoas têm problemas, sabe como é... Eu venho aqui e vejo que as pessoas de todos os cantos têm problemas. Quer dizer, as pessoas de quem fiquei amigo aqui são mais daquele bando das pessoas excluídas, caras velhos dependentes de drogas, gente que não consegue manter um emprego, mas a toda hora entra alguém novo que parece que acabou de sair de uma reunião de negócios.

Noelle concorda. Ela viu esse pessoal também: o rapaz novo magricela que chegou hoje com uma pilha de livros, como se viesse pra um retiro de leitura. O outro rapaz que veio ontem, de terno, e disse pra mim, do jeito mais natural do mundo, que ouvia vozes e que elas eram um pé no saco; elas não diziam nada assustador; pelo contrário, vinham com o discurso mais banal e ele tinha que aguentar.

– E não só aqui: em tudo o que é lugar. Meus amigos todos agora estão ligando pra mim: um está deprimido, o outro também. Eu vejo o que os médicos dizem, e há estudos que mostram que um quinto dos americanos sofrem de algum distúrbio mental, e que o suicídio é a segunda maior causa de morte entre os adolescentes, e esse lixo todo... Quer dizer, *todo mundo* está com problemas.

– E o que você conclui disso?

– Que cada um lida com seus problemas do seu jeito. Por exemplo, parar de falar e de comer, e vomitar o tempo todo...

– Você vomitava?

– Sim, pra caramba. E parei de dormir. E, quando comecei com isso, meus pais perceberam, e meus amigos também, quer dizer, mais ou menos, eles tipo ficavam me zoando, mas eu consegui continuar no mundo sem realmente dar bandeira do que estava errado. Até que vim parar aqui. Agora a questão é: com certeza, há algo de errado. Ou, talvez, havia algo de errado, porque a sensação é que agora já está melhor.

– O que isso tem a ver comigo?

– Você está aí fora com seus problemas – digo. – Você põe eles na sua cara.

Ela para, põe a mão no cabelo.

– Cortei meu rosto porque tinha muita gente, muita gente *querendo* alguma coisa de mim – ela tenta explicar. – Havia muita pressão, era uma coisa...

– Uma expectativa que você tinha que cumprir?

– Exatamente.

– As pessoas diziam que você era um tesão e então de repente todas elas tratavam você de um jeito diferente?

– Isso.

– Como?

Ela suspira. – Você precisa ser uma santinha ou uma puta, e, se você escolhe uma das duas, as outras pessoas te odeiam por isso, e você já não pode mais *confiar* em ninguém, porque todas elas estão atrás da mesma coisa, e você vê que não pode mais voltar atrás, para como as coisas eram antes...

Ela faz uma cara daquelas que poderiam ser hilárias ou de dar dó – as duas expressões usam muito dos mesmos músculos – e se inclina pra frente.

– E eu não queria ser parte disso – diz ela. – Não queria fazer parte desse mundo.

Agarro-a inclinando-a pra mim, sinto pela primeira vez a suave ondulação do corpo dela. – Nem eu.

Ela coloca os braços dela em volta de mim e a gente fica segurando um ao outro, ainda sentados nas nossas cadeiras, como se fôssemos uma casa construída em cima delas, e eu não mexo minhas mãos, nem ela.

– Eu não queria jogar o jogo do menino inteligente – digo a ela. – E você não queria jogar o jogo da menina bonita.

– O jogo da menina bonita é pior – sussurra ela. – Ninguém quer usar você pelo fato de você ser inteligente.

– As pessoas queriam usá-la?

– Alguém quis. Alguém que não devia ter feito isso.

Eu paro.

– Sinto muito.

– Não foi você.

– Você prefere que eu não toque em você?

– Não, não, não precisa se preocupar. Está tudo certo. Mas... É. Aconteceu. E eu menti antes.

– Sobre quê?

– Não importa que tipo de cirurgia eu faça. Eu me cortei com uma tesoura, Craig. Vai deixar cicatrizes. Eu vou ter cicatrizes pelo resto da vida. Eu não sabia o que estava fazendo. Só queria cair fora do mundo um pouquinho depois disso... dessa *coisa*... e agora não vou mais ser capaz de arrumar emprego nem nada. O que as pessoas vão dizer quando eu for pra uma entrevista de emprego parecendo uma... – Ela funga, dá risada, e sai um pouco de muco do nariz. – ... como um *klingon?*

– Tem lugares na Califórnia onde se fala *klingon*. Você pode arrumar um emprego lá.

– Para com isso.

Ainda estamos segurando um ao outro. Não quero erguer os olhos. Continuo com eles fechados. – Também existem leis antidiscriminação. Eles não podem deixar de contratá-la se você estiver qualificada.

– Mas agora eu pareço uma coisa *grotesca*.

– Eu falei pra você, Noelle – digo no ouvido dela. – *Todo mundo* tem problemas. Simplesmente tem pessoas que conseguem esconder o lixo delas melhor que as outras. Mas as pessoas não vão olhar pra você e sair correndo. Elas vão olhar pra você e achar que podem conversar com você, e que você vai entender, e que você é valente, e que você é forte. E você é. Você é valente e forte.

– Você está melhorando nos elogios.

– Que nada. Não sou ninguém. Eu mal consigo segurar a comida no estômago.

– É, você está pele e osso. – Ela ri. – Precisamos engordar você um pouquinho.

– Eu sei.

– Fico feliz de ter conhecido você.

– Você é simples e honesta, Noelle; esse é o seu jeito. – As palavras vêm na minha cabeça como se sempre tivessem estado lá. – E na África as suas cicatrizes iam fazer o maior sucesso.

Ela funga de novo. – Não gostei de ver você com aquela outra garota.

– Eu sei.

– Você gosta mais de mim do que dela, certo?

– Claro.

– Por quê?

Eu me afasto dela – talvez seja a primeira vez na vida que sou eu que termino um abraço –, porque agora é preciso um certo nível de contato visual.

– Eu devo a você muito mais do que devo a ela. Você realmente abriu meus olhos pra alguma coisa. – Meus olhos de verdade estão há tanto tempo fechados no ombro de Noelle que a sala fica ofuscante. Mas quando se ajustam de novo vejo a Professora, observando-nos da porta, com uma das mãos segurando a maçaneta e a outra o ombro.

– Eu queria lhe mostrar isso. – Estico a mão até debaixo da cadeira pra pegar uma coisa que eu trouxe pro nosso encontro, que mantive aqui embaixo como uma carta na manga. Não achei que o encontro fosse tomar o rumo que tomou; achei que a Noelle ia ficar gritando comigo o tempo todo e que eu teria que fazer algo drástico. Mas agora posso fazer algo drástico e isso pode ser como a cereja do bolo.

Pego o mapa do cérebro do casal e mostro.

– É lindo!

– É um cara e uma mina, está vendo? Não desenhei cabelo, mas dá pra ver que um tem um perfil feminino e o outro, masculino. – Estão deitados, não um em cima do outro, mas de lado, flutuando no espaço. Eles têm pernas e braços esboçados, mas esse é o ponto principal dos meus mapas de cérebros: não preciso gastar um monte de tempo desenhando pernas e braços. O que eles têm e o que importa são os cérebros: inteiros e completos, com pontes giratórias e cruzamentos e praças e parques. São os mais elaborados que eu já fiz até agora: avenidas de mão dupla, alamedas, becos sem saída, túneis, pedágios e rotatórias. O papel é 35 por 42 centímetros, e eu tive espaço pra deixar os mapas enormes; os corpos são pequenos, não têm importância; o elemento-chave para onde seu olho é levado (porque, agora, de certo modo, eu entendo que é assim que as obras de arte funcionam) é uma ponte alta entre as duas cabeças, mais comprida até que a Verrazano, com uma confusão de rampas, como se fossem fitas, espremidas em cada extremidade dela.

– Acho que é o melhor que fiz até agora – digo.

Ela dá uma olhada. Vejo que o vermelho dos olhos dela vai diminuindo. Ela não tem aquelas trilhas que as lágrimas deixam no rosto ao escorrer e secar. As lágrimas dela caíram direto na minha camisa; agora deixam meu ombro úmido e frio.

– Foi você a pessoa que sugeriu que eu fizesse algo da infância – continuo. – Eu costumava fazer esses desenhos quando era pequeno, e tinha esquecido o quanto isso era divertido.

– Aposto que você nunca fez mapas tão bons como esses.

– Não, quer dizer, esses são mais fáceis de fazer, porque não preciso terminar.

– São lindos!

– Obrigado por me dar o empurrão inicial. Devo muito a você.

– Obrigada. Posso ficar com ele? – Ela ergue os olhos.

– Ainda não. Preciso dar uma arrumada nele primeiro. – Fico em pé, estico as costas, encolho os ombros na frente dela.

Faça isso, soldado.

Sim, senhor!

– Mas... hmm... eu fiquei imaginando se eu não poderia ficar com seu número de telefone, pra poder ligar pra você quando a gente sair daqui.

Ela sorri, e os cortes contornam o rosto como se fossem os bigodes de uma gata. – Você é esperto.

– Sou um garoto – digo.

– E eu odeio garotos – diz ela.

– Mas um rapaz é diferente – digo.

– Talvez um pouco – diz ela.

quarenta e dois

Na hora do jantar, Humble está de volta. Roupa nova, rosto barbeado brilhando e olhos que não se abrem totalmente; ele se acomoda na mesa de sempre do refeitório, debaixo da TV, uma mesa que todo mundo deixou vazia durante o tempo que ele esteve fora. Noelle está ali também, na mesa ao lado, virada de costas pra ele. Eu entro, digo oi pros dois, junto as mesas e sento entre os dois, sorrindo.

– Noelle, não sei se você já foi apresentada ao Humble.

– Ainda não – diz ela. Está sorridente ainda. Desde o nosso encontro, acho eu.

– Humble, Noelle. Noelle, Humble.

– *Hmmmmmm...* – diz ele, apertando os olhos. – Esses cortes no seu rosto são uma *viagem*.

– Obrigada. – Eles se apertam as mãos.

– Você tem um bom aperto de mão pra uma garota – diz Humble.

– Você também tem, pra um garoto.

Meu jantar é feijão e cachorro-quente e salada, com cookies e uma pera no final. Dou conta de tudo.

– E, então, pra onde foi que eles levaram você? – pergunto entre uma mordida e outra.

– Pro outro lado do saguão, na seção geriátrica – diz Humble.

– Junto com os idosos? – pergunta Noelle.

– Isso. É pra onde eles levam quando precisam deixar você *dopado, fora do ar*.

– Onde você ouviu o termo "aloprado"? – pergunta Noelle.

– Aloprado? – Humble limpa um pedaço de alface do dente com o polegar.

– Ela entendeu você dizer "aloprado" em vez de "dopado" – explico.

– Dopado, aloprado... é tudo a mesma coisa. Aloprado é termo antigo. Um tio meu tinha esse apelido, Aloprado... Está rindo do quê? Cara, não me provoca. Esse menino é encrenqueiro.

– Deixa quieto – diz Noelle. E me dá uma joelhada na coxa por baixo da mesa. Incrível. Desde o quinto ano que nenhuma garota faz isso comigo. – Não liga, ele gosta de zoar.

– Eu sei – diz Humble. – É porque ele é inteligente demais, sorte dele. Ele chega aqui, todo detonado. Já vi isso antes. Vejo o tempo inteiro, mas com pessoal de *vinte, trinta* anos. Esse garoto é tão inteligente que ficou detonado na metade do tempo. Está tendo uma crise de meia-idade na adolescência.

– Nada de crise da meia-idade – digo. – Meu problema é a crise do *sexto de idade.*

– Que diabo é isso?

– Bom... – Olho pra Noelle. Será que ela não vai me dar outra joelhada? Não tenho certeza se devo falar ou não. Não quero que ela fique entediada. Mas sei que o Humble não acha ruim de eu ficar falando e se ela *também não achar* vai ser que nem ganhar de goleada.

– Então, primeiro tem a crise do quarto de idade – explico. – É como com as personagens do *Friends:* as pessoas piram porque ainda não casaram. Pessoal na faixa dos vinte. Provavelmente é verdade que as pessoas têm essas crises de um quarto de idade; não estou certo. Mas sei que agora as coisas andam mais depressa. Acontecem antes, e você não precisa chegar aos vinte anos e já tem opções suficientes de coisas pra fazer com a sua vida a ponto de começar a pirar. Hoje tem coisa demais pra você comprar, e jeitos demais de você passar o tempo, e especialidades demais que você precisa começar a dominar já desde muito cedo na vida... tipo balé, certo, Noelle? Quando foi que você começou a estudar balé?

– Com quatro anos.

– Certo. Eu comecei o tae bo aos seis. Quer dizer, você tem *pessoas* demais atrás do sucesso e um monte de faculdades onde você tem que entrar, e muitas mulheres, e você acha que precisa comer todas elas...

– Você vai deixar esses dois malucos desse jeito – diz Johnny do outro lado da sala.

– Por acaso estamos conversando com você? – pergunta Humble.

– Hmm, vai se lascar, vai!

– O que você falou aí, valentão? Que tal se eu arrancar sua cabeça fora? Você gostaria disso...

– Meninos. – Noelle fica em pé e afasta o cabelo dela do rosto, que agora está vermelho, além de cortado. Todo mundo fica quieto.

– Bom, como eu dizia – continuo –, em vez de uma crise do quarto de idade, agora as pessoas têm a crise do quinto de idade: tipo quando você tem uns dezoito anos, e uma crise do sexto de idade: quando você tem catorze. Acho que é isso que um monte de gente tem.

– É o que você tem.

– Não só eu. É o... ahn... será que eu continuo?

– Sim – diz Noelle.

– Bem, tem um monte de gente que ganha a maior grana com as crises do quinto e do sexto de idade. De repente, eles têm à disposição milhares de consumidores alucinados e dispostos a comprar creme facial, jeans de grife, cursinhos de vestibular, camisinhas, carros, motos, livros de autoajuda, relógios, carteiras, meias, o caralho a quatro... todo o lixo que os caras de vinte e tantos anos costumam comprar, agora eles fazem os de dez a vinte comprarem. Eles dobraram o mercado deles!

Bobby puxou uma cadeira e sentou do meu lado. – Esse garoto é um lunático surtado – diz ele.

– Espero que os caras deixem ele ficar aqui um bom tempo – diz Humble.

– Então – continuo meu raciocínio –, não vai demorar e vamos ter também as crises do sétimo de idade e do oitavo. Com o tempo, um bebê vai nascer e os médicos vão olhar pra ele e saber na hora se ele está ou não equipado pra lidar com o mundo e, se concluírem que ele não parece feliz, vão receitar antidepressivos e encaixá-lo em alguma faixa específica como consumidor.

– *Hmmmmmmmmmmm* – faz Humble. Imagino que talvez ele vai acrescentar alguma coisa, mas em vez disso ele continua: – *Hmmmmmmmmmmm*.

E então:

– O seu problema é que você tem uma visão de mundo totalmente moldada pela depressão. – Ele se inclina pra frente. – O que você me diz da *raiva*?

– Eu nunca fui de ter raiva.

– Por quê?

– Tem muito mais raiva dentro da minha cabeça do que eu seria capaz de colocar pra fora.

– Mais biscoitos!

É uma das enfermeiras avisando. Fazemos fila, todos; são de cereais com manteiga de amendoim. Estou dando passinhos na fila e Noelle me cutuca por trás; quando me viro, ela afasta o rosto, como se eu estivesse tentando beijá-la e ela não quisesse.

– Você é uma encrenca – digo.

– E você é um bobo – retruca ela.

Consegui. Conversei com ela e ela gostou de mim; ela me achou inteligente. Começo a traçar um plano. Assim que eu pegar os biscoitos, vou até o telefone e ligo pro Pai, que já ficou de trazer o *Blade II* amanhã à noite. Quero que ele traga também mais uma coisa.

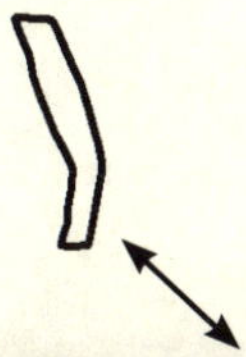

PARTE 9: SEIS NORTE, QUARTA-FEIRA

quarenta e três

Este é o seu último dia inteiro no hospital, é o que eu penso quando levanto – e como ninguém pega amostra do meu sangue hoje (isso só aconteceu uma vez desde o domingo), então não acordo supercedo, mas mesmo assim sou o primeiro a chegar às salas. Tomo uma ducha e penso em como a vida seria horrível se não jorrasse água quente do chuveiro quando você precisa. Já tentei tomar ducha fria e é um negócio maravilhoso quando termina, mas durante o banho a sensação parece com alguma forma de tortura animal. Mas, de novo, o ponto é que quando você toma um banho frio espera-se que entre e saia o mais rápido possível; é por isso que eles fazem assim no exército.

Isso mesmo! Quer tentar, soldado?

Acho que não, senhor.

Vamos lá, o que há com você? Você já avançou bastante. Quer que a coisa continue assim ou não?

Mas eu preciso de um banho frio pra manter a coisa andando?

Isso mesmo. Menos tempo no chuveiro, mais tempo no campo de batalha.

Ótimo.

Sou capaz de fazer isso. Seguro e giro lentamente o registro da temperatura do chuveiro pra esquerda e então concluo que nunca vou conseguir fazer isso gradualmente, que vai ter que ser como quando a gente arranca um *band-aid* – puxando de uma vez. A água passa de quase fervendo pra gelada, e faz isso tão rápido que parece queimar. Encolho o ventre pra fugir da água, mas sei que isso é trapacear; então, fico normal e me ensaboo furiosamente. Perna: em cima!, embaixo! A outra perna: em cima!, embaixo! Também no rego: uh, esfrega, esfrega, esfrega. Peito: limpa. Braço: embaixo!, em cima! O outro braço: embaixo!, em cima! Pescoço, rosto, vira, lava a bunda e pronto! Correndo pra toalha. Enrolo ela em mim e tremo.

Fico tão desesperado pra vestir a roupa que minha meia fica grudada no pé meio molhado. Saio e vou conversar com Smitty.

– Você está bem?

– Primeiro banho frio.

– Do dia?

– Da minha *vida*.

– Beleza, isso vai acordá-lo!

– Quais são as notícias?

Smitty segura o jornal. Parece que tem um novo candidato à prefeitura de Nova York prometendo dar uma *lap dance*[9] de presente pra quem votar nele. É um multibilionário, e por cem dólares cada *lap dance* ele acha que pode garantir a eleição. Tem um monte de mulheres apoiando o cara.

– Isso, sim, é uma coisa maluca. – Estou tiritando de frio. – É de pensar... quem são esses que estão aí fora e quem são esses que estão aqui dentro, né?

– Exatamente. Melhor pôr um pouco de música aqui.

Smitty liga o rádio.

– Por falar nisso, tenho uma pergunta: posso tocar um pouco de música na sala à noite? Lá na outra ponta?

– Que tipo de música?

– Sem letra, não se preocupe, não é nada ofensivo. É uma coisa que uma das pessoas da sala vai gostar de ouvir. Tipo um presente.

– Vou ter que checar primeiro.

– Tá bom. E você já sabe que eu estou trazendo aquele filme, o *Blade II*, para assistir à noite com o grupo todo.

– Pense bem nisso. Você está trazendo um filme de vampiro pra um andar cheio de pacientes psiquiátricos.

– Eles podem lidar bem com isso.

– E eu? Não vou ter nenhum pesadelo depois de ver o filme?

– Certeza que não.

– Pesadelos são um grande problema no meu trabalho, Craig.

– É verdade.

Smitty suspira, larga o jornal e levanta.

– Quer que eu tome seus sinais vitais?

---

9. *Lap dance* é uma dança erótica apresentada em clubes de strip-tease, na qual a dançarina se apresenta nua ou seminua e senta no colo (*lap*) do espectador. [N. T.]

Ele me faz sentar, põe o medidor de pressão, bombeia e coloca as pontas macias dos seus dedos no meu pulso. Hoje estou com 120/70. Primeiro dia que não estou perfeito.

quarenta e quatro

– Como você está? – pergunta a doutora Minerva.

São onze da manhã. Eu suspiro. Depois dos sinais vitais teve o café da manhã, onde o rapaz que tem medo da gravidade e o Robert Pau de Macarrão não deram as caras – Humble e Noelle me contaram que os dois foram dispensados. Lá pelo final da refeição, Noelle encostou a perna dela na minha durante todo o tempo que levei pra tomar o primeiro gole do chá Swee-Touch-Nee pós-café da manhã, e foi um longo gole. Depois, Monica avisou que iriam passar o *Blade II* à noite em frente da sala de fumantes e todo mundo ficou animado, especialmente Johnny: "Hmm, esse filme é legal; tem um monte de vampiro morrendo". Nenhum comentário dele sobre a história de tocar música, mas, seja como for, ela ainda não tinha chegado.

Tomei o Zoloft no copinho de plástico e desenhei alguns mapas de cérebro, perto da janela, no canto da sala, ao lado de Jimmy. Conferi minhas mensagens telefônicas, comecei a pensar seriamente sobre o que ia fazer na hora em que saísse – iria tomar uma xícara de café? Andar até o parque? Ir pra casa e ver meus e-mails? – e isso me fez começar a pensar nos e-mails, e de repente fiquei realmente contente por ter que ir ver a doutora Minerva.

– Estou bem, acho.

Ela olha pra mim, calma e sóbria. Talvez seja ela a minha Âncora.

– Qual é a sua dúvida, Craig?

– Não entendi.

– Você disse: "Estou bem, acho". Por que esse *acho*?

– Maneira de dizer – respondo.

– Esse não é um lugar do qual você deva sair se não estiver se sentindo de fato melhor, Craig.

– Certo... bom, é que eu fiquei pensando nos meus e-mails.

– E então?

– Fico preocupado em sair daqui e ter que checar meus e-mails. Os telefones já me deram problemas, mas os e-mails podem ser mortais.

– Mortais... Como é que e-mails podem ser mortais, Craig?

– Bom... – Eu me recosto na cadeira, respiro fundo. Então uma coisa me passa pela cabeça. – Você lembra como eu tinha muita dificuldade pra começar e terminar minhas frases antes?

– Sim.

– Ultimamente, não.

– É mesmo?

– Sim, está acontecendo o oposto, tipo as palavras conseguem simplesmente brotar, do jeito que costumava ser quando eu tinha problemas na classe.

– E isso foi... – Ela se concentra em escrever isso no seu bloco de notas.

– Um ano atrás... antes de eu ir pra Executive Pre-Professional.

– Certo. Agora me conte sobre os e-mails.

– Os e-mails... – Coloco as mãos em cima da mesa. – Eu odeio essa parte. Tipo neste exato momento eu deixei de ver meus e-mails já faz cinco dias, certo?

– Desde sábado. – Ela concorda.

– Isso mesmo. Agora, o que será que as pessoas devem estar pensando, tentando me localizar? São pessoas que provavelmente já têm alguma ideia de onde estou, porque a Nia passou pro Aaron o número de telefone e ele descobriu de onde era.

– Certo, e isso foi um grande motivo de vergonha pra você.

– Sim. Mas, mesmo que alguém não tenha ideia de onde estou, o que será que estão pensando? *Cinco dias*. Vai ver que eles acham: *O cara está louco. Deve ter tomado alguma overdose ou algo assim.* Todo mundo vai esperar que eu dê uma resposta na hora, e eu não sou capaz disso.

– Quem se comunica com você por e-mail, Craig?

– Pessoas que cobram trabalhos de escola, professores, clubes da escola, avisos sobre eventos de caridade dos quais eu deveria participar como voluntário, convites pro futebol, basquete, squash da Executive Pre-Professional...

– Ou seja, a maioria está relacionada com a escola.

– *Todos* estão relacionados com a escola. Os meus amigos não mandam e-mail. Eles ligam.

– E por que você simplesmente não ignora os e-mails?

– Não posso!

– E por que não?

– Porque então as pessoas ficariam ofendidas!

– E aí o que aconteceria?

– Bom, aí eu não iria participar dos clubes, nem obter créditos ou participar das coisas, ou ganhar créditos adicionais... Ou seja, eu iria *fracassar*.

– Na escola.

– Certo. – Faço uma pausa. Não, não exatamente na escola. É o que vem depois da escola. – Quer dizer, na vida.

– Ah. – Ela faz uma pausa. – Na vida.

– É.

– Fracassar na escola é fracassar na vida.

– Bom... Eu estou na escola! Essa é a única coisa que se espera que eu faça. Sei que tem um monte de gente famosa que não foi bem na escola, como James Brown; ele abandonou no sexto ano pra virar artista, eu respeito isso... mas não é isso que vai acontecer comigo. Eu não vou ser capaz de fazer nada a não ser trabalhar o máximo possível o tempo inteiro e competir com todos os que eu conheço o tempo todo pra chegar lá. E, neste exato momento, a escola é a única coisa que eu preciso fazer. E eu estou desligado dos e-mails e não posso ficar assim.

– Mas, na realidade, você não define a escola como uma coisa, e sim como várias coisas diferentes, Craig: atividades extracurriculares, mais esportes, mais voluntariado. Isso sem falar nos trabalhos todos.

– Certo.

– O quanto você diria que está ansioso em relação a tudo isso, Craig?

Relembro o que Bobby disse, sobre a ansiedade ser uma condição *médica*. Os e-mails têm ficado nos bastidores da minha mente desde que eu cheguei aqui, aquela sensação incômoda de saber que, quando eu sair, vou ter que sentar no computador umas cinco ou seis horas repassando tudo o que perdi, respondendo tudo na ordem inversa, porque é desse jeito que eles entram, e, portanto, vou ter que responder por último àqueles e-mails que chegaram há mais tempo. E, então, enquanto estiver respondendo a esses e-mails, vão *chegar* outros, e vão ficar em cima da pilha e zombar de mim, me fazendo cair na tentação de responder a eles antes de cavoucar nos mais antigos, dizendo que eu preciso responder a eles primeiro, no lugar daqueles poucos que têm a ver realmente com algo que me interesse. Esses vão ficar por último, e, na hora que eu tiver tempo de lidar com eles, já vão estar tão desatualizados que só vou poder pedir desculpas: *Desculpa, cara, não tive condições de responder antes meus e-mails. Não, não é que eu seja alguém muito importante, foi só incompetência.*

– Craig?

– Muito ansioso – respondo.

– A ansiedade com os e-mails, o comentário sobre fracasso... Esses são assuntos que você já levantou antes. Eles deixam você muito aflito.

– Eu sei. Eu estou suando.

– Está?

– A-hã. E já fazia um tempão que eu não suava.

– Você tem ficado longe dos seus Tentáculos.

– Certo. Mas agora acabou. Agora tenho que voltar e eles estão todos lá, me esperando.

– Você lembra o que eu perguntei da última vez, se você tinha ou não encontrado Âncoras aqui?

– Lembro.

Ela faz uma pausa. Quando quer fazer uma pergunta, muitas vezes a doutora Minerva simplesmente indica que poderia fazer uma pergunta.

– Acho que encontrei uma Âncora – suspiro.

– E qual é?

– Posso levantar e ir pegá-la?

– Claro!

Saio da salinha e sigo pelo corredor, onde Bobby está conduzindo um novo recruta em seu *passeio* de boas-vindas – um cara negro, de dentes desalinhados e um agasalho azul manchado.

– Esse é o Craig – diz Bobby. – Ele é bem novo, mas segura a onda. Ele faz desenhos.

Eu estendo a mão pra cumprimentar o homem. É isso mesmo. Eu faço desenhos.

– Prazer. Ser Humano – diz o homem.

– Esse é o nome dele – explica Bobby, revirando os olhos.

– E o seu nome não é Craig; é Ser Humano também – diz o homem.

Eu concordo, concluo o aperto de mão e continuo andando até meu quarto. É literalmente como me safar de um monstro – quanto menos penso nos e-mails e na doutora Minerva e no fato de que vou ter que sair e voltar para a Executive Pre-Professional, mais calmo eu fico. E, quanto mais perto eu fico dos mapas do cérebro, dessa pequena coisa estúpida que eu consigo fazer, mais tranquilo fico.

Passo por Muqtada – olhando fixo, tentando dormir – e pego os desenhos que estão na tampa do aquecedor. Arrumo os desenhos numa pilha e cruzo de novo com Bobby e o Ser Humano – que agora está explicando que seu sobrenome verdadeiro é Green e que é disso que ele precisa, de um pouco de verde. Volto pra salinha.

– Acho que estou gostando daqui – digo pra doutora Minerva.

– Dessa salinha?

– Não, do hospital.

– Quando você sair, uma ideia é você voltar aqui como voluntário.

– Conversei com Neil, o rapaz da guitarra, sobre isso. Acho que vou experimentar. Isso pode me dar créditos na escola!

– Mas é essa a razão pela qual você quer fazer trabalho voluntário, Craig?...

– Não, não... – Balanço a cabeça. – Foi só uma *brincadeira.*

– Ah, tá! – A doutora Minerva ilumina seu rosto com um largo sorriso. – E, então, o que temos aqui?

Solto a pilha em cima da mesa. Deve ter umas duas dúzias de desenhos agora. Nada de inovações malucas, só variações sobre o tema: porcos com mapas do cérebro que lembram St. Louis, o meu casal para Noelle, unido pela longa ponte, uma família de metrópoles.

– Suas obras de arte – diz ela.

Ela vai passando os desenhos, e dizendo: "Nossa, que bonito!", quando chega aos particularmente bons. Eu organizei essa pilha ontem à noite – não só pra doutora Minerva, mas pra qualquer um. Os mapas do cérebro têm certa ordem. Desde que comecei a fazê-los, ficou claro que eles precisam estar empilhados na hora de apresentá-los.

– Craig, esses aqui são maravilhosos!

– Obrigado. – Eu sento. Estávamos os dois em pé. Eu nem tinha percebido.

– Você começou a fazer esses desenhos porque era o que costumava fazer quando tinha quatro anos?

– Isso mesmo. Quer dizer, eu fazia algo parecido.

– E como é que eles fazem você se sentir?

Olho pra pilha. – Fazem me sentir incrível.

Ela se inclina pra frente. – Por quê?

Preciso pensar nessa resposta e, quando a doutora Minerva me faz pensar, eu não fico constrangido nem tento escapar. Olho pra esquerda e coço o queixo.

– Porque sou eu que faço – digo. – Eu faço os desenhos e eles ficam prontos. É quase como... sei lá, fazer xixi?

– É... – A doutora Minerva balança a cabeça, em assentimento. – Uma coisa que você gosta de fazer.

– Certo. Eu faço; e dá certo; e é uma sensação boa; e eu sei que é uma coisa boa. Quando eu termino um desses desenhos, sinto que de fato fiz alguma coisa, e, aí, o resto do meu dia, posso ficar fazendo qualquer bobagem, ver e-mails, telefonar, todo o resto.

– Craig, já pensou no fato de que você talvez seja um artista?

– Tem outras coisas também que eu pensei – continuo. *O que foi isso que ela disse?* – Primeiro, fiquei imaginando uma vela perpétua, tipo uma vela no chão e outra vela dependurada de cabeça pra baixo em cima dela, e, conforme a primeira vela derrete, a cera é mantida derretida por alguma espécie de unidade aquecida, e então é bombeada pra cima até a segunda vela e pinga pra baixo como naquelas formações de estalactite-estalagmite, e depois fiquei pensando também: e se eu encher um sapato com chantili? Um sapato de homem, comum, cheio de chantili? Isso é muito fácil de fazer. E aí eu podia seguir em frente: uma camiseta cheia de gelatina, um chapéu cheio de purê de maçã... isso é arte, certo? Esse tipo de coisa. O que você acha dos artistas?

Ela ri. – Você parece estar curtindo o que está fazendo aqui.

– É, quer dizer, não é a coisa mais difícil do mundo.

– Você não está suando agora.

– Essa é uma boa Âncora pra mim – digo. Eu concordo. Concordo com isso. É estúpido concordar com isso. Significa que eu não sou um cara prático. Mas, de novo, eu já estou num hospício; o quanto eu posso ser prático nessas condições? E talvez tivesse que desistir de ser prático.

– Está certo, Craig. Essa *pode* ser sua Âncora.

A doutora Minerva olha fixo pra mim, sem piscar. Fico olhando o rosto dela, a parede atrás, a porta, as sombras, a mesa, minhas mãos em cima da mesa, os Mapas de Cérebro entre nós. Aquele mapa que está em cima de todos eu podia fazer um pouco melhor. Podia tentar colocar um pouco de textura de madeira nele, junto com as ruas. Nós de madeira na cabeça das pessoas. Talvez ficasse bom.

– Essa pode ser minha Âncora – concordo. – Mas...

– O quê, Craig?

– O que eu vou fazer a respeito da escola? Não posso ir pra Executive Pre-Professional para aprender arte.

– Eu vou agora lançar uma ideia que talvez pareça maluca.

A doutora Minerva recosta-se na cadeira, depois inclina o corpo pra frente. – Você já chegou a pensar alguma vez em ir para *outra escola*?

Fico olhando fixo à frente.

Nunca havia pensado nisso. Sinceramente, não.

Nem uma vez sequer, nunca em toda a minha vida, nunca desde que entrei lá. É a *minha escola*. Eu batalhei mais pra entrar lá do que batalhei por qualquer outra coisa na vida. Fui pra lá porque, ao sair, seria capaz até de ser presidente da República. Ou advogado. Rico, esse é o ponto. Rico e bem-sucedido.

E veja pra onde ela me levou. Um ano estúpido – nem chegou a ser um ano, foram uns nove meses – e aqui estou eu, não com um, mas com dois braceletes no meu pulso, do lado de um médico de doido numa salinha ao lado de um saguão onde tem um cara chamado Ser Humano andando pra lá e pra cá. Se eu ficar nisso mais três anos, onde é que eu vou parar? Vou virar um completo fracasso. E se eu *insistir*? E se eu conseguir, se eu conviver com a depressão, entrar na Faculdade, cursar a Faculdade, fizer pós-graduação, arrumar um Emprego, ganhar Dinheiro, ter Filhos e uma Esposa e um Carro Bacana? Em que tipo de lixo eu vou ter me enfiado então? Eu vou estar *completamente* doido.

Não quero ficar *completamente* doido. Não gosto *tanto assim* de ficar aqui. Gosto de ser um pouco louco: o suficiente pra trabalhar de voluntário aqui, mas não o suficiente pra ficar voltando, e voltando e voltando sempre.

– Sim – digo. – Sim, já pensei nisso.

– Quando? Acabou de pensar agora?

Sorri. – Exatamente.

– E o que você acha?

Bato as mãos uma na outra e levanto. – Acho que preciso ligar pros meus pais e dizer a eles que eu quero mudar de escola.

quarenta e cinco

– Craig, visita pra você – Smitty enfia a cabeça no refeitório. Afasto a cadeira da mesa, onde estou jogando um pôquer pós-almoço com Jimmy, Noelle e Armelio. Jimmy, na verdade, não tem ideia de como jogar, mas a gente lhe dá cartas, que ele coloca viradas pra baixo, e então sorri, e a gente continua lhe dando mais fichas (estamos usando tiras de papel; os botões ficaram guardados depois da bagunça que a gente fez), porque ele sempre enfia as dele no bolso ou põe na boca e mastiga.

– Já volto – digo.

– Esse garoto, sempre muito ocupado – diz Armelio.

– Ele se acha muito importante – diz Noelle.

– Eu acordei, e a cama tava pegando *fogo!* – diz Jimmy.

Todos olhamos pra ele. – Tudo bem com você, Jimmy? – pergunto.

– Minha mãe me acertou na cabeça. Ela me acertou na cabeça com um *martelo.*

– Uau. – Eu me viro pro Armelio. – Eu ouvi ele dizendo esse tipo de coisa lá embaixo na sala de emergência. Ele já falou disso antes?

– Não, *nã-nã-nã*, companheiro.

– Ei, Jimmy, está tudo certo. – Ponho a mão no ombro dele. Ao mesmo tempo, mordo a língua pra não rir. Você não pode ficar achando que alguém é hilário e querer ajudá-lo ao mesmo tempo.

– Ela me acertou *na cabeça* – diz ele. – Com um *martelo*!

– É, mas agora você está aqui – diz Noelle. – Você está seguro. Ninguém vai acertar sua cabeça com nada.

Jimmy concorda. Mantenho minha mão no ombro dele. Continuo mordendo a língua pra não rir, mas não consigo evitar e às vezes escapa uma risadinha, e ele me olha e percebe. Ele sorri pra mim, e então ri também, e pega as cartas dele e me dá um tapa nas costas.

– Vai *acontecer* com você – diz.

– Tá bom. Eu sei que vai.

Peço licença pra sair da sala e sigo pelo corredor. Bem lá no final está o Aaron, segurando o disco que eu pedi. Meu Pai não tinha esse LP.

– E aí, mano? – diz ele meio encabulado, e, conforme vou chegando perto, ele encurva o vinil na parede. É um imbecil, mas eu também não sou perfeito, então eu chego e dou um abraço nele.

– E aí?

– Bem, você tinha razão. Meu pai tinha o disco: *Mestres egípcios – Volume três*.

– Cara, eu te agradeço muito. – Pego o disco. Tem uma foto na capa do que parece ser o Nilo ao entardecer, com uma palmeira inclinada pra esquerda, uma lua brilhante e o céu púrpura no horizonte.

– Certo. Olha, me desculpe pelo que aconteceu – diz Aaron. – Ah... eu... tive uns dias meio esquisitos.

– Quer saber? – Olho bem nos olhos dele. – Eu também.

– É, aposto que sim. – Ele sorri.

– Bem, a partir de agora, toda vez que você fizer merda, vai poder dizer: "Ah, Craig, eu tive uns dias meio esquisitos", porque aí eu vou saber do que você está falando.

– Como é aqui dentro? – pergunta ele.

– Tem gente que levou uma vida fudida durante anos e anos, e tem gente que nem eu, que levou uma vida fudida... você sabe... por menos tempo.

– Estão dando algum remédio novo pra você?

– Não, os mesmos de antes.

– E você se sente melhor?

– Sinto.

– O que mudou?

– Vou sair da escola.

– Você *o quê*?

– Chega. Vou pra algum outro lugar.

– Pra onde?

– Não sei ainda. Vou conversar com os meus pais sobre isso. Algum lugar onde tenha artes.

– Você quer fazer artes?

– É. Fiz algumas coisas aqui. Sou bom nisso.

– Mas você também vai muito bem na escola, cara.

Dou de ombros. Não preciso mesmo explicar isso pro Aaron. Ele foi rebaixado de meu amigo mais importante pra um amigo simples, e também mereceu isso. E sabe que mais? Eu não devo nada às pessoas, e não preciso falar pra elas nada além do que eu sinto que preciso falar.

– E como vai a Nia? – pergunto. Aqui, preciso pisar em ovos. – Peguei sua mensagem, você dizendo que a coisa estava complicada.

– A gente acabou se acertando. Foi culpa minha. Pirei quando ela contou que tomava remédio e então a gente terminou por um tempo, tipo alguns dias.

– Mas por que você pirou por causa disso?

– Eu não preciso mais dessa história na minha vida, entende? Quer dizer, já chega o meu pai.

– Ele toma remédio?

– Todo tipo de remédio que você pode imaginar. A minha mãe também. E depois eu, com a maconha... pra resumir, não tem ninguém em casa que não esteja bem drogado, a não ser o peixe.

– E você não queria que a sua namorada estivesse também.

– Ela fumar, tudo bem; é que... Não sei explicar direito. Acho que você vai ter que sair com alguém por bastante tempo pra entender. Se você está com alguém e de repente fica sabendo que a pessoa precisa... *tomar* alguma coisa todo dia, você então pensa... o quanto será que você pode ser bom pra essa pessoa?

– Isso é totalmente estúpido – digo. – Eu conheci uma garota aqui dentro...

– É mesmo?

– É, e ela está bem fudida, tanto quanto eu, mas eu não vejo isso como problema. Vejo isso como uma oportunidade de me conectar com ela.

– É, tá certo.

– As pessoas estão fudidas neste mundo. Prefiro ficar com alguém que está fudido, mas que se mostra aberto em relação a isso, e não com alguém perfeito e... sabe como é, pronto pra explodir.

– Desculpe, Craig. – Aaron me olha com profundidade e ergue a mão aberta pra eu dar um tapinha nela. – Desculpe, eu fui um bosta com você.

– Você *foi* um bosta. – Dou um tapinha na mão dele. – Esse disco compensa isso em parte. Mas não faça isso de novo.

– Tudo bem – concorda ele.

Ficamos quietos um tempo. Ainda estamos no cruzamento dos corredores, perto da entrada da Seis Norte. As portas duplas pelas quais entrei estão a dois metros dele.

– Bom, é o seguinte – diz ele. – Curta bastante o disco. E... eles têm toca-discos aqui?

– Eles ainda fumam cigarro aqui dentro, Aaron. Estão meio que atrasados no tempo.

– Curta e me dê um alô, peço desculpas de novo. Acho que durante um tempo você não vai querer saber de relaxar.

– Não sei. Posso não querer relaxar nunca mais.

– Você quase se matou quando veio parar aqui? – pergunta Aaron. – Isso foi o que a Nia me contou.

– É.

– Por quê?

– Porque eu não estava sendo capaz de lidar com o mundo real.

– Craig, não se mate, tá?

– Valeu!

– Só isso... não se mate.

– Não vou.

– A gente se vê logo, cara.

Aaron dá meia volta e as enfermeiras abrem a porta pra ele. Não é um mau garoto. É só alguém que ainda não fez sua estadia na Seis Norte. Levo o disco pro Smitty guardar atrás do posto das enfermeiras.

quarenta e seis

A Seis Norte não precisa de sistema de som porque o presidente Armelio cuida disso, mas dispõe de um, usado regularmente para mensagens simples e cíclicas, tipo "O almoço está servido", "Medicação" e "Fumantes, por favor, para a sala de fumantes". Esta tarde, ele transmite uma mensagem mais longa, cortesia da Monica.

"Senhoras e senhores, esta tarde nosso paciente Craig Gilner, que está indo embora amanhã, irá fazer um desenho para cada uma das pessoas do andar. Se você quiser ter sua peça personalizada da arte de Craig, venha até o final do corredor, ao lado do refeitório. Certo? Fim do corredor do refeitório, em cinco minutos. Divirtam-se!"

Sento na cadeira mais ao fundo, junto da janela de onde se vê a avenida que cruza com a rua onde moro, bem perto da minha vida real. Olho pra minha cadeira de entrevistas, onde me encontrei com meus pais e com a Noelle. Tenho à minha frente um segundo grupo de cadeiras, como se fosse uma mesa de desenho, com caixas de jogos empilhadas e em cima de tudo um tabuleiro de xadrez. Meio mambembe, mas vai servir.

O presidente Armelio é o primeiro a se aproximar. Ele se planta à minha frente, com seu peito estufado e seguro de si, como um torpedo.

– Oi, companheiro, isso é ótimo! Você vai desenhar pra mim uma das suas cabeças com um mapa dentro?

– Isso mesmo.

– Bom, então vamos lá, companheiro. Eu não tenho o dia inteiro!

Certo. Vou ter que fazer o Armelio rápido porque ele é apressado. Faço o esboço da cabeça e dos ombros dele sem pensar no que virá depois e começo a traçar o mapa do cérebro dele. Estradas, é isso que o Armelio tem na cabeça – estradas de seis pistas se estendendo paralelas, rasgando uma cidade, com decisão e o mínimo de rampas de acesso. Ele não tem ruazinhas tranquilas, nem parques; só estradas e uma grade, e também não tem rios. As estradas também quase não se ligam, porque o Armelio não mistura seus pensamentos; ele tem um e aí fica nele, e depois passa pro seguinte. É um jeito ótimo de viver. Especialmente quando o principal pensamento é querer jogar cartas. As cartas têm que ser representadas em algum lugar no cérebro do Armelio. Então, esboço algumas ruas dentro de um ás de espadas bem no meio – não é lá um ás de espadas perfeito, mas o Armelio vai entender.

– Espadas! Companheiro, eu trituro você no jogo de espadas.

Coloco minhas iniciais no desenho, bem grandes e enfáticas, "CG", como se fosse "computação gráfica".

– Vou guardar isso; vou mesmo – diz Armelio. – Você é um bom garoto, Craig. – Ele me cumprimenta com um aperto de mão. – Quer o telefone de onde vou ficar depois que sair?

– Claro. – Pego um pedaço de papel.

– É de uma casa de adultos – diz Armelio. – Você vai ter que perguntar pelo Spyros, que é meu outro nome. – Ele me passa o número e fica de lado, e lá está a Ebony, com sua bengala e sua calça de veludo, estalando os lábios.

– *Ouvi dizer*... que você estava desenhando seus cérebros para as pessoas – diz ela.

– Isso mesmo! E você sabe quem foi a primeira pessoa que falou que eram cérebros?

– Eu!

– Exatamente. Agora, veja só – aponto para a minha pilha de desenhos no chão –, agora eu tenho todos esses aí.

– Então você já me pagou, certo? – Ebony ri.

– Ainda não; ainda não cheguei lá. Como artista.

– Eu sei. Não é fácil.

– Então, só vou poder lhe dar um mapa de cérebro, tá bom?

– Está ótimo!

Desenho a cabeça dela à mão livre, olhando pra ela, não pro papel. Olho pro desenho e ficou bom. O cérebro da Ebony... que é que tem ali? Um monte de círculos, ou seja, todos os botões que ela roubou. Ela era doida por esses botões. Não fazia bobagens no jogo. Planejava tudo muito bem. E, considerando todo o seu talento em apostar, o mapa dela precisa ter algo como a Strip de Las Vegas. Então, faço uma grande avenida no meio de tudo e um monte de rotatórias em volta, com parques circulares, shoppings circulares, pequenos lagos circulares. O resultado fica menos parecido com uma cidade e mais com um colar, com uma corrente central e toneladas de joias amontoadas pendentes.

– *É lindo!* – diz ela.

– Pronto, então. – E entrego o desenho pra ela.

– Você gosta de fazer esses desenhos, hein?

– Gosto. Isso me ajuda, sabe... ajuda a sair da depressão. Eu vim parar aqui por causa da depressão.

– Imagine ter depressão com *onze anos* – diz Ebony. – Se todos os meus filhos estivessem nessa sala, ela estaria lotada, pode ter certeza.

– Você tem filhos? – pergunto, baixinho.

– Tive treze abortos – diz ela. – Imagine. – E ela olha pra mim sem um pingo daquele humor ou atitude que ela usualmente mostra, apenas com olhos arregalados e questões sem resposta.

– Sinto muito – digo.

– Eu sei. Sei que você entende. Mas é isso.

Ebony sai andando com esforço, mostrando a todos seu retrato ("Sou eu! Está vendo? *Eu!*"). Ela não me deixa nenhum número de telefone. Humble é o próximo.

– Tudo bem, cara? Que tipo de golpe você está aprontando aí?

– Nada, não. – Começo pela cabeça careca do Humble. É fácil desenhar carecas. Sabe, se tivesse que fazer isso agora, acho que conseguiria desenhar até a ponta de baixo de Manhattan. Olho pro Humble. Ele ergue as sobrancelhas.

– Vê se me faz bonito, hein?

Eu rio. Dentro da cabeça do Humble tem um caos industrial.

Não faço nenhum quarteirão pequeno, só grandes – aquele tipo de quarteirão com lojas de madeira e fábricas, e bares, onde o Humble poderia ficar zanzando ou trabalhando. Ponho um oceano nesse desenho, para representar sua cidade natal, Bensonhurst, que fica junto do mar, e onde ele comeu todas as garotas tempos atrás. Depois coloco várias estradas, cobrindo as ruas, passando por cima delas, acrescentando cruzamentos malucos sem nenhum motivo, fazendo com que o todo pareça violento e aleatório, mas ao mesmo tempo poderoso e verdadeiro – o tipo de mente que poderia produzir algo grande se você a equipasse direito. Ao terminar, dou uma olhada geral.

– Acho que ficou bom. – Ele dá de ombros.

Dou uma risadinha. – Obrigado, Humble.

– Quero que você se lembre de mim – diz ele. – Sério. Quando você virar um grande artista ou algo assim, você precisa me convidar pra uma das suas festas.

– Combinado – digo. – Mas como é que eu vou encontrá-lo?

– Ah, é verdade... Eu tenho um número! – diz Humble. – Vou ficar no Paraíso à Beira-Mar; é a mesma casa de adultos pra onde o Armelio está indo, só que eu vou ficar em outro andar. – Ele me passa o número; eu coloco no mesmo pedaço de papel onde anotei o do Armelio.

– Você nunca vai ligar – diz Humble.

– Vou, sim – digo.

– Não vai, não; tenho certeza. Mas não tem problema. Você vai ter muito que fazer. Só não pire de novo.

Apertamo-nos as mãos. A próxima é Noelle.

– Oi, garota!

– Nem ouse começar a me chamar desse jeito. É muito gentil isso que você está fazendo.

– É o mínimo que eu podia fazer. São pessoas tão legais, todos eles!

– Você é praticamente uma celebridade agora. Todo mundo quer saber se eu sou sua namorada.

– E o que você responde?

– Que não! E saio fora.

– Boa.

– E, então, qual é a ideia? Você já fez um desses pra mim. Só que disse que ainda não estava pronto.

Pego o que fiz pra ela, com o rapaz e a garota ligados pela ponte, e anoto meu número de telefone no verso.

– Ah, meu Deus!

– *Agora*, sim, está pronto. – Eu sorrio, ficando em pé. Eu me inclino na direção dela e cochicho: – Ele me exigiu o dobro do tempo dos outros. E eu vou fazer um melhor ainda pra você depois que eu sair...

Ela me afasta. – É, como se eu quisesse muito essa sua arte besta.

– Você *quer*. – Chego perto de novo. – Eu notei como você olhou antes pro desenho.

– Vou ficar com ele só pra você se sentir bem – diz ela. – É só por *isso*.

– Então, tá!

– Ótimo.

Ela se inclina e me beija no rosto. – Obrigada, de verdade.

– Por nada... Ei, o que você vai fazer hoje à noite?

– Bom... Pelo jeito, vou ficar passeando aqui pelo hospital psiquiátrico. E você?

– Tenho grandes planos – digo. – A gente marcou de ver um filme...

– Certo, mas não vou ver esse filme podreira.

– Eu sei. – Baixo o tom pra um sussurro. – Mas, quando estiver na metade, você não quer se encontrar comigo no meu quarto?

– Brincadeira, né?

– Não, sério.

– Seu colega de quarto vai estar lá. Ele sempre está lá!

– Confie em mim. Vá até meu quarto.

– A ideia é a gente ficar se pegando lá. É isso?

– Já que você quer saber, é isso, sim.

– Aprecio sua honestidade. Vamos ver.

Abraço-a. Ela continua segurando o mapa do cérebro enquanto me abraça.
– E eu já tenho seu telefone – digo.

– Se você perder, não vai ter uma segunda chance – diz ela. – Não dou meu telefone duas vezes.

Lanço um rápido olhar pidão pra ela quando nos afastamos, e ela fica de lado.

Bobby é o próximo.

– Quem é esse cara atrás de você?

– Hmm... quem você acha? – responde Johnny.

– Venham os dois juntos, então. Vou fazer um desenho só, pros dois.

– Legal – diz Bobby, ficando em pé de lado, Johnny fica junto dele, e começo a desenhá-los, e o cabelo despenteado e a roupa folgada dos dois me levam a traçar grandes linhas.

– Quer dizer que ele está *desenhando* a gente? – Johnny pergunta pro Bobby.

– Fique quieto, tá bom?

– E por onde vocês costumavam andar? – pergunto ao Bobby, sem tirar o olho do papel. – Naqueles tempos em que vocês eram qualquer nota?

– O quê? Você vai desenhar isso?

– Não. – Olho pros dois. – Pergunto só de curioso. Que bairro era?

– Era no Lower East Side, mas não vá desenhar o Lower East Side – diz Bobby. – Não quero voltar lá.

– Tudo bem, faz sentido. Onde vocês querem morar?

– No Upper East Side, junto com todo o pessoal rico – responde Bobby.

– Hmm, eu também – diz Johnny.

– Espere um pouco, já sei, vou fazer você com uma guitarra – digo.

– Opa, legal!

Começo pelos cérebros de Bobby e Johnny. No do Johnny, acho divertido desenhar uma guitarra na grade de ruas – algumas ruas diagonais se juntam formando o corpo do instrumento e depois uma avenida grande e larga faz o braço, e um parque, a cabeça. Depois passo pro Bobby. Conheço o Upper East Side muito bem; fica em Manhattan e o que ele tem de grande é o Central Park; então, desenho o parque dentro da parte esquerda da cabeça dele. Depois faço aquela majestosa grade de ruas ricas. Sei que o Museu Guggenheim fica por ali; marco o museu com uma seta e depois coloco um X bem do lado dele, numa esquina onde um apartamento custa uns 20 milhões de dólares, e escrevo *Apartamento do Bobby*.

– Apartamento do Bobby! Isso mesmo! É pra lá que eu vou. – Ele ergue os braços. – Sempre em frente.

– Curtam bastante. – Entrego a obra pra eles.

– Quem fica com o desenho? – pergunta Johnny. – Você quer que a gente rasgue pela metade?

– Não, cara, a ideia é a gente ficar com ele juntos, já que somos *amigos* – diz Bobby. – Eu vou tirar uma xerox.

– Onde fica a máquina de xerox daqui?

– Aqui não tem! Eu tiro xerox quando sair.

– E aí eu fico com quê?

– Com uma cópia!

– Não quero uma cópia!

– Você ouviu isso, cara? Para ele nada está bom o suficiente...

– Ei, Bobby – eu interrompo. – Seja como for, eu posso ficar com o telefone de vocês pra gente conversar depois que vocês saírem?

Johnny começa a dizer alguma coisa, mas Bobby interrompe a conversa: – Não é uma boa ideia, Craig.

– Não? Por quê?

Ele suspira. – Eu tenho entrado e saído deste lugar um monte de vezes, certo?

– Tá.

– Tem coisas boas nesse lugar, quer dizer, a comida é a melhor do pedaço; tem gente legal aqui... mas ainda não é um lugar pra se conhecer gente.

– Por que não? Eu conheci vocês aqui e vocês são muito legais!

– Bom, está certo, mas vai ser pior ainda quando você tentar ligar pra mim ou pro Johnny e descobrir que a gente tomou alguma *overdose* ou levou um tiro, ou voltou pra cá pior ainda, ou simplesmente sumiu do mapa.

– Essa é uma visão muito negativa.

– Já vi isso antes. Olha, faz o seguinte: simplesmente se lembre de nós, tá bom? Se a gente se encontrar no mundo lá fora, isso só vai estragar tudo. Você vai ficar constrangido comigo e eu... – Ele sorri. – ... eu poderia ficar constrangido comigo também. E eu poderia ficar constrangido em relação a *você*, se você não estivesse conseguindo segurar sua onda.

– Valeu. Certeza que não vão dar seus telefones?

Bobby me cumprimenta. – Se a gente precisar, a gente se encontra.

Johnny aperta minha mão. – O mesmo que ele disse.

O último da fila é Jimmy.

– Eu já lhe disse isso? Você joga aqueles números...

– E aí acontece com você! – respondo.

– *É isso aí!* – Ele sorri.

Ah, Jimmy! O que será que está no cérebro do Jimmy? Caos. Desenho a cabeça dele quase careca e os ombros e depois começo a pôr dentro as estradas mais complicadas, desnecessárias e malucas, de orelha a orelha. Conecto as estradas em intrincadas rampas tipo espaguete. Num dos cruzamentos, cinco estradas se encontram; preciso apagar e redesenhar as rampas algumas vezes. Depois coloco a grade de ruas – uma grade projetada por um designer hiperativo, com quarteirões seguindo em diferentes direções. Quando o mapa de Jimmy está pronto, tenho a impressão de que é o melhor de todos – um catálogo de uma mente esquizofrênica, mas que de algum modo funciona.

– Está pronto – digo a Jimmy. Ele arrumou um assento do meu lado, pra poder me ver trabalhar.

– Vai acontecer com você! – diz ele e pega o mapa. Tenho vontade que ele finalmente se abra comigo, que me chame de Craig, que lembre que nós dois fomos internados no mesmo dia, mas ele ainda é o Jimmy – seu vocabulário ainda é restrito.

Ficamos sentados nas nossas respectivas cadeiras; eu tiro um cochilo. Fazer arte a pedidos cansa. Mas a última coisa que eu vejo antes de adormecer é Jimmy desenrolando seu mapa do cérebro do meu lado e comparando com o da Ebony, que, é claro, diz que *o dela é muito mais bonito*. Até que não é uma má visão pra cair no sono.

quarenta e sete

– Craig, tudo bem com você? – pergunta a Mãe. Eu dou um pulo e por um instante fico atarantado achando que tudo aquilo é um sonho ainda, a história toda da Seis Norte, mas então penso: onde é que o sonho teria começado? Se fosse um pesadelo, deveria ter começado em algum lugar antes que eu ficasse mal; seria como um sonho de um ano de duração. A gente não tem sonhos assim. E, se fosse um sonho bom, isso significaria que eu ainda estaria lá atrás onde ele começou, debruçado na privada da casa dos meus pais ou deitado na cama ouvindo meu coração. Descartei tudo isso.

– Sim! Estou bem. Nossa! – Sento direito. Estão todos ali: o Pai, a Mãe, a Sarah.

– Você está forçando a barra pra ver se dorme? – pergunta a Mãe. – Está deprimido?

– Tomou muito remédio? – pergunta Sarah. – Está conseguindo me ouvir?

– Meu Deus, eu estava só tirando uma sonequinha!

– Ah, tá certo! São seis horas.

– Uau, dormi bastante! Eu estava desenhando mapas do cérebro pras pessoas.

– Xii, rapaz! – diz o Pai. – Isso não me cheira bem.

– O que são mapas do cérebro? – pergunta Sarah.

– São os desenhos que ele faz – diz a Mãe. – É por causa disso que ele pretende mudar de escola. Lidar com arte deixa você mais feliz, não é, Craig?

– Sim, quer ver?

– Quero, claro!

Pego a pilha que está do meu lado e passo pra eles. Acho que é pra isso que eu estava criando essa pilha: pra mostrar pros meus pais.

– Alguns dos melhores são os que acabei de fazer e de dar pros pacientes.

– Muito original – diz o Pai.

– Eu gostei desse aqui – diz Sarah, apontando pro porco com a quase St. Louis dentro dele.

– Estou vendo que você investe um bom tempo neles – diz a Mãe.

– Sim, e esse é o ponto: na verdade, eles não me tomam muito tempo – explico. – E, para ser sincero, estou começando a ficar um pouco enjoado disso; quero começar a fazer uma coisa diferente.

– Mas, diga, como é que você está se sentindo, Craig? – O Pai coloca a pilha de novo no chão.

– Você *parece* bem melhor – diz a Mãe.

– Sério?

– Sim – confirma Sarah. – Você não parece mais completamente pirado.

– Eu parecia completamente *pirado*?

– Ela não quer dizer pirado, *pirado* – diz a Mãe, olhando pra nós dois.

– Ela só quis dizer que quando você estava deprimido você parecia um pouco caído. Não é isso, Sarah?

– Não, ele parecia pirado mesmo.

– Com afeto plano, é assim que os médicos falam. – Eu sorrio.

– Certo, mas, bem, você não tem isso tanto agora – diz Sarah.

– Quer dizer então que você quer largar a escola? – O Pai traz todo mundo para as questões concretas.

– Não quero *largar* a escola. – Viro-me pra ele. – Quero me *transferir* pra outra.

– Sim, mas isso significa que você vai sair da escola em que está agora...

– Ele não está conseguindo lidar com a escola! – diz Sarah. – Veja...

– Um minuto. Deixem-me falar – digo. – Gente. – Olho para os três, um por vez. – Uma coisa que eles fazem aqui dentro é dar a você um bocado de tempo pra pensar. Vou explicar melhor: depois que você entra, o tempo simplesmente desacelera...

– Bem, você não tem mais interrupções; provavelmente é isso que...

– E eu acho também que os relógios ficam meio desligados...

Faço um gesto com a mão. – O ponto é que você tem tempo pra pensar em como foi que veio parar aqui. Porque, obviamente, ninguém quer voltar. Eu não quero voltar...

– Bom. Nem eu – diz o Pai. – Aquilo que eu disse da última vez, sobre querer vir pra cá, era brincadeira, viu?

– Tá bom. Ei, você trouxe o filme?

– Claro. Posso ver uma parte pelo menos com você?

– Claro. Bom, de qualquer modo, andei pensando bastante em quando foi que as coisas começaram a piorar pro meu lado. E entendi: foi depois que entrei no ensino médio.

– A-hã – diz a Mãe.

– Aquele foi o momento mais feliz da minha vida. O dia mais feliz. E a partir dali tudo começou a ir ladeira abaixo.

– Certo. Isso também acontece com um monte de adultos – diz o Pai.

– Você quer parar de interromper – interrompe Sarah. O Pai segura as mãos dele atrás das costas e endireita a coluna.

– Tudo bem, Sarah. Eu só estava querendo... Acho que eu me concentrei em entrar na Executive Pre-Professional porque era uma espécie de desafio. Eu quis ter esse sentimento de vitória. Eu nunca havia pensado realmente no fato de que teria... sabe como é, que *frequentar* a escola.

– Então, o que você quer é estudar arte – diz a Mãe.

– Bem, vamos pensar juntos. Na realidade, eu nunca gostei de matemática. Até ia bem, mas só porque gostava de ter informação básica na minha frente e lidar com ela, pra conseguir aquela sensação de ter feito o que precisava ser feito. Também nunca gostei de inglês. Isso aqui – aponto pros mapas do cérebro –, isso é algo diferente. É uma coisa que eu *adoro* fazer. Então, é melhor eu fazer.

– E é bom que você adore mesmo fazer – diz o Pai –, porque vai ser uma vida dura. São geralmente os artistas que terminam em lugares como esse aqui.

– Bom, então ele tem que ser artista mesmo, porque já está aqui! – diz Sarah.

– He. É muito simples – fico em pé. – Deem uma olhada em volta. Eu tentei ir pra melhor escola de ensino médio da cidade. E acabei aqui.

– Verdade. – A Mãe olha pra trás. Salomão atravessa correndo nosso campo visual.

– Se eu não fizer nenhum tipo de mudança radical, vou sair daqui achando que as coisas estão diferentes do que eram antes, mas vou acabar voltando direto pra cá de novo.

– Certo – diz a Mãe. – Estou com você, Craig.

– Em que escola de artes você pensa estudar? – pergunta o Pai.

– Talvez a Manhattan Arts Academy? Acho que com as minhas notas eu consigo fácil uma transferência...

– Ah, mas, sabe, Craig, esse é o tipo de escola pra meninos que estão baleados – diz o Pai.

Olho pra ele. – Jura, Pai? – Eu ergo o pulso, mostro os braceletes. Agora me orgulho deles. Eles são verdadeiros, e as pessoas não podem zoar com eles. E, quando você diz a verdade, você fica mais forte.

O Pai fica quieto um minuto, olhando pros pés dele, e então ergue os olhos.

– Ok – diz ele. – Nós vamos fazer o que tivermos que fazer. Mas você vai ter que ficar na escola até sair a transferência, ou seja... até o fim do ano, pelo menos, acho eu.

– Sem problema – digo.

– Ele vai ficar. A gente vai ajudar.

– Jantar, aprontem-se para o jantar! – O presidente Armelio vem na nossa direção. – Craig e sua família, o jantar está sendo servido!

– Como você tem comido? – pergunta a Mãe enquanto estico as pernas.

– Tenho comido bem. Isso é bom.

– Isso é maravilhoso, Craig.

– Ok. Então, vou deixar o DVD aqui com você. – O Pai me entrega o DVD. – E vou voltar pra assistir com você depois que tiver jantado. A que horas você acha?

– Sete horas está bom. Mas o horário de visita termina às oito. Você não vai conseguir assistir inteiro.

– Vamos ver quanto tempo consigo ficar. Você vai se surpreender.

Fico na minha, mas, na realidade, não quero que ele continue aqui todo esse tempo. Vou ver se consigo que Smitty ponha ele pra fora.

– Vejo você amanhã – diz a Mãe. – O pessoal disse que é pra gente pegar você logo de manhã cedo, antes de eu ir pro trabalho.

– Vou estar pronto.

– Tenho quilos de comida boa em casa.

– Eu vejo você quando voltar da escola. – Sarah me abraça pela cintura. – Estou muito feliz de você voltar pra casa.

Dou tapinhas carinhosos na cabeça dela. – Você fica meio constrangida nesse lugar, né?

– Fico, mas não esquenta com isso.

– Eu fico também – digo. – Só que é um tipo bom de constrangimento.

quarenta e oito

Blade II... Bom, você precisa ser fã de filmes de ação pra gostar dele. Eu adoro filmes de ação. Eles são como o *blues;* há uma certa fórmula. Você tem o herói e o vilão e a mocinha. O herói quase morre, mas não morre, e, se houver um cachorro, o mesmo vale pra ele. Em geral há um subvilão com alguma característica facial bem destacada, e ele acabará sendo morto numa máquina de impressão ou numa piscina.

O enredo do *Blade II* é que o Blade é um cara que anda por aí matando vampiros. Ele usa uma capa de couro *com uma espada presa nas costas*; ele geralmente fica só andando com essa coisa. Imagino que é bem possível você ficar andando por uma cidade com uma espada sem ninguém perceber, mas as chances de você não cortar sua bunda com ela parecem nulas, especialmente se você fica o tempo todo correndo ou dando piruetas.

Bem, mas a grande atração é o jeito de os vampiros morrerem. Eles se dissolvem digitalmente em cinzas multicoloridas – *em câmera lenta*. Seria capaz de ficar o dia inteiro vendo vampiros morrendo. É um jeito muito limpo de morrer; eles não deixam um corpo, nada disso.

Explico tudo isso a Humble enquanto ajudamos Monica a trazer a TV do centro de atividades, com carrinho e tudo, e plugá-la. Monica não tem a menor ideia de como usar um DVD – fica perplexa diante do conceito todo de um disco de metal brilhante. Colocamos o disco e eu tenho que mexer em alguns ajustes na TV pra fazer a coisa funcionar, mas logo ela explode nos nossos olhos: Blade matando sua primeira leva de vampiros em Praga, escorregando por saídas de incêndio, pulando por cima de motocicletas e acertando gente com a espada.

A plateia é uma boa amostra da Seis Norte – Humble, Bobby e Johnny; a Professora; Ebony; o cara novo, o tal de Ser Humano; Becca; e o Pai. Ele chegou às sete em ponto e sentou-se no canto, bem quietinho, fundindo-se ao resto. Jimmy apareceu assim que ouviu o barulho do filme e sentou do lado dele.

– Oi – disse o Pai.

– É o seu filho? – perguntou Jimmy, apontando pra mim.

– Sim.

– *How sweet it is!*

O Pai concordou e disse: – Sim, sim, ele é um anjo.

Na tela, Blade fatia um vampiro desde a virilha subindo até o crânio.

– Uau! Isso foi *muito doido* – diz Humble. – Você viu isso? É pior do que gonorreia, cara!

– Você já teve gonorreia?

– Que é isso, cara? Já tive de tudo. Você já ouviu aquela frase sobre o pau? Os judeus cortam, os irlandeses gastam.

– *Ufff* – digo. – Você é irlandês?

– Meio – diz Humble.

– Dá pra vocês ficarem quietos? Estou tentando assistir ao filme – diz a Professora.

– Ah, não comece. Você não está dando a menor bola pra esse filme; o Cary Grant não aparece nele – diz Humble.

– O Cary Grant era um *homem de verdade*. Não fale mal dele.

– Eu posso falar o que eu quiser...

– Que é que esse cara está fazendo? – pergunta Bobby.

– Está chupando o sangue da menina, não está vendo?

– É que eu achei que ela fosse vampira.

– E daí? Vampiro também tem sangue.

– Vampiros não têm sangue – diz o Ser Humano. – Vampiros só têm uma coisa *verde* correndo pelas veias, e o verde significa dinheiro.

– Você não sabe o que está falando – diz Humble. – Se o cara bebe sangue, como é que ele não vai ter sangue?

– Eu conheci um monte de vampiros na minha época, e o sangue deles era sempre verde. Eles sugavam todo o meu sangue nos pequenos templos deles.

– Que templos? – pergunta Becca. – Eu frequento templo. É melhor você não ficar falando mal de judeu.

– Eu também sou judia – diz a Professora. – É por isso que eles tentaram colocar inseticida na minha casa.

Noelle vem em direção à TV, andando pelo corredor, vestindo uma saia preta comprida e um top branco com rendinhas em volta dos ombros, e me olha bem no olho. Dou uma espiada em volta; não tem lugar pra ela sentar.

O Pai percebe assim que ela se torna visível. Ele avança o corpo e me dá uma olhada:

Quer dizer, então, filho, que é essa *a razão de você estar se sentindo melhor?*

Dou de ombros.

Ela vem até onde estou. – Não tem lugar pra eu sentar.

– Aqui! – Fico em pé e aponto pro braço da poltrona.

Ela senta bem no meio da poltrona. – Oba, você esquentou pra mim. Obrigada.

– Não, quer dizer, e agora, onde é que eu sento?

Ela dá um tapinha no braço da poltrona.

– Menina danada.

Eu sento e a gente fica vendo o Blade, que continua fatiando mais alguns vampiros. Entre os tópicos discutidos pela plateia estão cirurgia, a lua, frango, prostituição e empregos no Departamento de Limpeza. O Pai recosta-se na cadeira e deixa os olhos se fecharem. Tinha uma intuição de que isso iria acontecer. Assim que o vejo com a respiração pesada e regular, levanto, me aproximo do Smitty e lembro a ele que já são mais de oito horas.

– Você quer eu ponha seu próprio pai pra fora daqui? – pergunta ele.

– Preciso ficar mais independente – digo.

– Tudo bem. – Smitty vem comigo pelo corredor.

– Senhor Gilner, desculpe, mas o horário de visita já terminou.

– Ahn... hm! – Ele levanta. – Certo, Craig, então você leva o filme de volta amanhã?

– Levo, pai – respondo. – Obrigado.

– Eu é que agradeço você ter vindo aqui e procurado ajuda. – Ele me abraça. Smitty volta pro lugar dele. É um abraço forte, demorado, e bem na frente da televisão, mas ninguém reclama.

– Amo você, pai – murmuro. – Mesmo considerando que eu sou adolescente e que, portanto, não deveria.

– Amo você também – diz o Pai. – Mesmo considerando... eh... Não. Não vou fazer piadinha com isso. Eu te amo, e pronto.

A gente se separa, dá um aperto de mão e ele sai pelo corredor, acenando, sem olhar pra trás.

– Até logo, senhor Gilner! – Um coro dos que estão prestando atenção ao filme se faz ouvir.

Chego perto da Noelle e cochicho no ouvido dela.

– Uma coisa já está resolvida. Agora só falta mais um negócio, e então a gente se vê no meu quarto.

– Tá bom.

Sigo pelo corredor e entro no meu quarto, onde o Muqtada assume sua forma característica na cama, virado pra janela, em seu infindável devaneio de morte.

– Muqtada?

– Sim.

– Você lembra que queria ouvir música egípcia?

– Sim, Craig.

– Arrumei pra você.

– Jura? – Ele afasta o lençol de cima. – Onde?

– Arrumei um disco – digo. – Você sabe que a gente está vendo um filme, né?

– Sim, ouvi daqui. Parece bem violento, não é bom pra mim.

– É verdade. Bom, na outra sala, do lado da sala de fumantes, eu pedi pro Smitty colocar música egípcia pra tocar.

– E ele fez isso?

– Está tudo pronto pra tocar. Você quer ir lá ouvir?

– Quero. – Muqtada puxa os lençóis de lado num gesto de esperança e força e determinação. Não é fácil sair da cama. Sei por experiência própria. Você é capaz de ficar ali durante uma hora e meia sem pensar em nada, só preocupado com o que o dia reservou pra você e sabendo que não será capaz de dar conta. E Muqtada fez isso durante anos. Fez isso até precisar ser hospitalizado. E agora está levantando. Não é definitivo, mas é verdadeiro.

Saio do quarto com ele, passando pelo Smitty no posto das enfermeiras e cumprimentando-o com um gesto de cabeça. Ele abre a porta atrás da mesa dele e entra para ligar o toca-discos. A música dos alto-falantes muda, passando da habitual FM leve para os sons de cordas tocadas de modo intenso, e por cima delas uma voz de ousada clareza e sentimentos produz três notas ascendentes e depois sobe até uma nota além do que eu achei que a voz humana fosse capaz de alcançar, soando como um homem que tivesse sido esticado e depois percutido para vibrar um pouco no ar.

– *Umm Kulthum!* – diz Muqtada.

– Sim! Ahn... Quem é ele?

– O maior cantor do Egito! – grita ele. – Como você achou isso?

– Com um amigo, o pai dele tem um monte de discos.

– Esse aqui faz muito tempo que eu não ouvia! – Ele sorri tanto que eu acho que os óculos vão cair do nariz.

Armelio está jogando cartas no fundo do corredor, ao lado da sala de fumantes. – Você está fora do seu quarto, companheiro? Que aconteceu? Incêndio no andar?

– Essa música! – aponta Muqtada. – Música egípcia!

– Você é egípcio, companheiro?

– Sou.

– Eu sou grego.

– Os gregos... eles copiaram toda a nossa música.

– Como assim? – Armelio ergue os olhos. – Não existe nada como a música grega, companheiro.

– Quer sentar, Muqtada? – pergunto.

Ele olha em volta, depois pro toca-discos.

– Acho que o melhor lugar é aqui, bem do lado do alto-falante.

– Sim – diz ele, e senta.

– Não estou gostando dessa música. – Armelio levanta os olhos.

– Que tipo de música você gosta? – pergunto.

– *Techno*.

– Só... *techno?*

– Isso mesmo. *Putz-putz-putz-putz*. Essa onda.

– He-he. – Muqtada ri. – Esse grego é engraçado.

– É claro que sou engraçado, companheiro! Sou sempre engraçado! É que você nunca sai do quarto. Quer jogar cartas?

Muqtada começa a ir embora. Eu fico na frente dele e levanto as duas mãos. – Espere um pouco, homem. Sei que você não pode jogar cartas a dinheiro, mas o Armelio não joga a dinheiro.

– Eu sei. É que eu não quero jogar cartas.

– Tem certeza? Ele não tem mais ninguém com quem jogar.

– É verdade. Meus amigos todos estão vendo aquele filme estúpido. Quer jogar espadas? Eu trituro você nas espadas.

– Muqtada – digo. Ele ainda está olhando pra mim, mãos no braço da cadeira, pronto pra levantar e ir embora. – Lembra quando você me salvou daquela garota?

– Lembro.

– Estou tentando fazer a mesma coisa por você agora, tirar você do seu quarto e salvá-lo. Por favor, jogue com o Armelio.

Ele olha pra mim, depois pros alto-falantes.

– Vou fazer isso por você, Craig. Mas só porque é você. E só por causa da música.

– Ótimo. – Dou um tapinha nas costas dele. – Pega leve com ele, Armelio.

– Você sabe que isso não será possível, companheiro!

Sorrio e sigo pelo corredor, acenando pros dois. Assim que dobro a esquina, começo a correr – não tenho muito tempo –, mas volto pra um passo tranquilo ao passar pelo Smitty e depois, movimentando-me o mais devagar e tranquilo que consigo, entro no meu quarto. Noelle sacou tudo o que estava acontecendo: ela já está lá, sentada na minha cama, olhando pela janela.

– Você é muito esperto – sussurra ela. Eu dou de ombros. – Vem cá e senta. Tem uma paisagem linda pela sua persiana.

quarenta e nove

Sento ao lado da Noelle e a coisa começa na mesma hora, como estava destinado a ser – embora eu não acredite em destino; acredito apenas na biologia, no tesão, e em garotas a fim. Já hesitei tanto, tantas vezes na vida, que é chocante não sentir isso aqui, simplesmente avançar e ter a boca dessa garota aberta para receber a minha, deixá-la à vontade e tocar o rosto dela e sentir os cortes ali, mas entendendo tudo, em vez de pirar com isso, simplesmente passando a mão no pescoço, limpo e liso, e vê-la deitar a cabeça no meu travesseiro, comigo do lado, com as pernas pra fora da cama, ainda no chão, como se eu estivesse sentado na sala de aula, como se minha metade de baixo não tivesse nada a ver com isso. B-E-I-J-A-N-D-O.

– Você é linda – paro pra dizer isso a ela.

– *Psiiiuuu*, eles podem ouvir.

Ela está com a mão no meu cabelo e isso me faz lembrar que minhas mãos poderiam estar fazendo alguma coisa – neste exato momento estão apenas tocando o pescoço dela enquanto tento entender o que ela tem que a torna tão mais sexy que a Nia. É a língua dela, acho – estou diante de uma criatura totalmente diferente da Nia. Nia era pequena e avoada; Noelle é *avassaladora* – ela enfia a língua e quase me preenche inteiro. É como se eu tivesse extraído dela alguma parte escura e profunda, à qual ninguém mais tem acesso. Ela enfia a língua pelos meus dentes e eu mantenho os olhos abertos, embora não haja nada no quarto para se ver, a não ser a tênue luz da lua batendo nela. Ficamos assim, um pressionando o outro, como se cada um de nós tivesse um prêmio a conquistar no fundo de nossas bocas e só pudéssemos pegá-lo com a ponta da língua.

Piração total.

Coloco minhas mãos no top branco dela e ela não me detém. Muito pelo contrário. E lá estão eles, bem debaixo do tecido macio – um de cada lado, que coisa boa –, minhas palmas os envolvem e depois sobem e os envolvem de novo. São maiores que os da Nia; enchem minha mão todinha. Será que eu deveria apertá-los? Tento fazer isso. Olho pra ela. Ela deixa. Aperto os dois de novo, eles inteiros, os dois ao mesmo tempo, e deslizo minha boca pelo queixo e desço pelo pescoço, beijando a parte de baixo, onde ficaria o pomo de Adão, só que essa é uma *garota de verdade*.

Ela move os quadris contra o meu corpo. Não são bem os quadris, é a entreperna – quer dizer, é esse o nome, não? Garotas têm entreperna? Ou elas têm tipo um nome mais bonitinho pra isso? Uau! Até onde será que isso vai? Ela aperta essa coisa – seja lá o nome que tiver – contra a minha coxa. Meus pés deram um jeito de levitar e agora estou na horizontal, na cama, ao lado dela, com as minhas mãos apertando o corpo dela e meus sapatos – meus sapatos Rockports – batendo um no outro.

Ela não fala nada. Tudo está em contato.

– Vou em frente? – pergunto.

Ela acena com a cabeça. Ou talvez tenha só sacudido a cabeça. Não sei. Enfio dois dedos da minha mão direita pela bainha do topezinho dela. Por baixo está o sutiã, tenho certeza – alguma coisa de tecido fino em volta do corpo dela. Mexo meu dedo contra o tecido, sem muita certeza se ela sente alguma coisa. Dá pra sentir o toque mesmo por cima do sutiã?

Ela faz ruídos, como alguém que está a ponto de espirrar. Quando aperto os peitos dela, faz mais; quando mexo na lateral do sutiã, ela não faz ruído nenhum. Então, enfio os dedos dentro da camisa dela e sinto as cúpulas do sutiã – o ponto mais elevado dela. Uns cinco centímetros acima do nível do mar.

– Espera um pouco. – Noelle levanta a bunda da cama e enfia as mãos dela, esticadas, palmas pra baixo, por baixo dela. Agora ficou sem mãos. Bom, ela não estava fazendo nada mesmo com elas, mas é estranho.

– Vai em frente – diz ela.

– Tá bom. – Enfio os dedos, ainda por fora do sutiã, em volta do mamilo dela. Decido tentar uma coisa. Prendo o mamilo entre os nós dos dedos indicador e médio e aperto de leve.

Não dá pra você apertar muito por cima do sutiã, mas os ruídos são imediatos.

– *Hmmm.*

– Ahn? – Olho pra ela.

– *Hmmmmmmm.*

Opa, agora foi bom.

– *Psiiiuuu* – cochicho. – Senão o Smitty ouve e vem aqui.

– Quanto tempo a gente tem? – pergunta ela.

– Não sei. Mais um pouco.

– Você vai ligar pra mim, certo? Quando a gente sair, né? E a gente vai passear junto?

– Eu quero passear com você – digo. – Quero mesmo.

– Era isso que eu queria. Vamos, sim. – Ela sorri.

– E eu vou dizer pras pessoas que eu conheci você onde?

– No hospital psiquiátrico. E aí elas nem vão perguntar mais nada.

Ela solta uma risadinha gostosa – é, uma boa risada. Agora a gente se desconcentrou um pouco da natureza sexual das coisas. Será que eu recupero o pique agarrando ela de novo? Vale a pena tentar.

– *Hmmmmm.*

Tudo certo, beleza, só que agora tem uma outra voz que quer que eu faça *mais uma coisa.* É a mesma voz que me fez ficar dando amasso na Nia; é a voz da minha metade de baixo, mas agora ela parece mais verdadeira, e ela sabe que pode não ter sucesso em tudo o que ela quer fazer, mas insiste em que a gente tente alguma coisa.

A gente precisa testar aquela afirmação do Aaron.

Minha mão desce pelo corpo de Noelle, pela rendinha do topezinho branco, até a saia, que tem um tecido de uma textura diferente. Vou até o final da saia, perto do joelho, impressionado por não sentir da parte dela nenhuma resistência ou hesitação, nem receber nenhum soco na cara. Levanto a saia dela – a essa altura estou realmente correndo risco de criar uma situação difícil – e então encontro a roupa de baixo. Roupa de baixo, não. Calcinha. Uma calcinha de verdade!

Minha nossa! Agora realmente vou saber como é isso!

– Uau!

Noelle fica ofegante.

– É que nem a parte de dentro da bochecha!

– O quê?

Noelle me empurra e me afasta dela. A bainha da camisa dela volta pro lugar; a calcinha é recolocada onde estava; a saia é abaixada; e a garota agora está em pé na cabeceira da cama, olhando fixo pra mim.

– Que foi que você falou das minhas bochechas?!

– Não, não, *psiiiuuu* – digo. – Não estou falando da sua bochecha, hmm... é da sua... da sua outra bochecha.

– Minha *bunda*? – Ela cobre as bochechas dela com o cabelo, e fica segurando, com os olhos arregalados e cheios de raiva, sob a luz da lua.

– Não é nada disso – cochicho. Suspiro. – Deixa eu explicar. Você quer que eu explique?

– Quero!

– Certo, mas isso é tipo informação privilegiada de garoto. Só vou contar porque a gente marcou de se encontrar quando sair daqui.

– Talvez a gente nem faça mais isso. O que foi que você falou das minhas bochechas?

– Não, ouça, não tem nada a ver com as suas bochechas nem com os seus cortes, entendeu?

– Tem a ver com quê, então?

Conto pra ela.

Depois que termino, há uma pausa terrível, cheia de sentido, que poderia conter todo o ódio e todos os gritos e berros do mundo, além da possibilidade de eu ser descoberto tendo levado mais uma garota pro quarto (como é possível que eu tenha feito isso? Será que eu sou um "galinha"?), e aí vou ter que ficar mais uma semana aqui, e nunca mais vou ter papo nenhum com a Noelle, vou voltar pro Ciclo, ficar sem conseguir comer, nem me mexer, nem levantar da cama, que nem o Muqtada. Momentos isolados como esse têm o potencial de levar ao completo fracasso, sempre. Mas também têm o potencial de levar uma garota linda a dizer...

– Essa é a coisa mais estúpida que eu já ouvi na vida.

... e fazer com que coloque o próprio dedo na boca pra testar.

Abraço-a.

– Como assim? – pergunta ela, a boca meio obstruída. – Não entendo. Não tem nada a ver.

Desfaço o abraço. – Você é muito legal. – Olho pra ela. – Como é que você conseguiu ficar tão legal assim?

– Por favor – diz ela. – A gente precisa ir. O filme está quase acabando.

Abraço-a mais uma vez e puxo-a pra cama. E mentalmente me vejo levantando da cama e olhando pra nós dois de cima, olhando de cima pra todos os demais que estão neste hospital, que poderiam ter a boa sorte de estar agarrando uma garota bonita neste exato momento, e então olho pro quarteirão inteiro do Brooklyn, e depois pro bairro todo, o Brooklyn, e depois pra cidade de Nova York, e pra toda a região do Estado de Nova York, Nova Jersey, Connecticut, e pra este pequeno canto dos Estados Unidos – com olhos de laser posso enxergar dentro de cada casa –, e depois olho pro país inteiro e pro hemisfério e agora pra esse estúpido mundo, pra todos, cada um na sua cama, sofá, futon, cadeira, rede, cadeirinha do amor, tenda, todo mundo se beijando e se pegando... e sei que sou o mais feliz de todos.

PARTE 10: SEIS NORTE, QUINTA-FEIRA

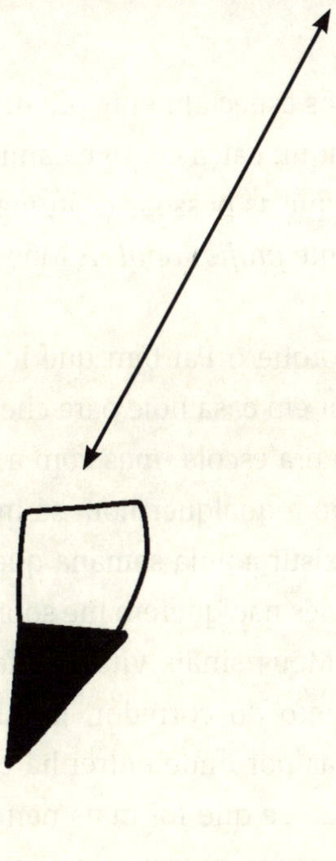

cinquenta

A Mãe e o Pai estão vestidos especialmente pra me levar embora; estou usando o que usei o tempo todo aqui: calça cáqui e camiseta hippie e sapatos de sair, meus Rockports, aqueles que as pessoas costumam tanto elogiar, que fizeram me sentir como um paciente *profissional*. A Mãe nunca me trouxe uma muda de roupas.

Eles chegaram cedo porque o Pai tem que ir trabalhar; ele queria me ver antes disso. A Mãe vai ficar em casa hoje para checar como estou indo. Depois, amanhã, sexta-feira, volto pra escola, mas com a permissão oficial de poder ir até o posto de enfermagem a qualquer hora se me sentir deprimido. Na realidade, não tenho que ir assistir à aula semana que vem; é a política da escola. Sou incentivado a ir, mas eles não querem me sobrecarregar. É um bom acordo.

São 7h45 da manhã. Meus sinais vitais já foram medidos – 120/80 – e estou em pé no cruzamento do corredor, junto do posto das enfermeiras, olhando pras portas duplas por onde entrei há cinco dias. Parece que foram mesmo cinco dias; não parece que foi mais nem menos tempo; a impressão é que passei aqui o tempo que passei realmente. As pessoas ficam sempre falando em *tempo real* – cotação das ações em tempo real, informação em tempo real, notícias em tempo real –, mas aqui acho que o que eu tive foi tempo real em tempo real.

Armelio me dá um aperto de mão uma última vez.

– Boa sorte, companheiro!

Humble diz que eu deveria ficar um pouco mais.

– Você vai perder o rumo lá fora, cara!

Bobby resmunga algo pra mim. Pra ele, essa hora ainda é cedo demais.

A Professora diz que é pra eu continuar fazendo desenhos.

Smitty diz que ouviu Neil comentar que eu estava pensando em fazer trabalho voluntário e espera me ver logo.

Jimmy me ignora completamente.

Ebony diz pra eu ter cuidado com mentirosos e vigaristas e pra respeitar sempre as crianças.

Noelle surge do seu quarto às 7h50, bem na hora em que o café da manhã está rolando e que meus pais estão saindo do posto das enfermeiras onde estavam assinando papéis.

– Eu vou sair de tarde – diz ela. Está de agasalho e camiseta. – Você liga pra mim à noite?

– Com certeza. – Tateio o número dela no bolso, junto com os dois bilhetes dela que eu salvei.

– Como você se sente?

– Sinto que estou podendo dar conta.

– Eu também.

– Você é uma menina bem legal – digo.

– Você é meio tontão, mas tem potencial – diz ela.

– É, estou me esforçando.

– Craig? – me chama a Mãe.

– Oi, gente... ah, essa é a Noelle. A gente ficou amigo aqui.

– Vi você ontem à noite – diz o Pai, apertando a mão dela.

– Prazer em conhecê-la – diz a Mãe. Nenhum dos dois dá uma segunda olhada nos cortes do rosto dela. Meus pais têm certa classe.

– É bom conhecer vocês – diz ela.

– Você ainda está no ensino médio? – pergunta o Pai.

– Na Delfin – diz ela.

– Bem puxada, não é? – pergunta a Mãe.

– É, sim.

– Acho que eles poderiam muito bem mudar todo o sistema. Sabe, duas pessoas como vocês, jovens inteligentes, passando um tempo aqui por causa de tanta pressão!

– Mãe.

– Estou falando sério. Vou escrever pro meu congressista comentando isso.

– Mãe.

– Bom, estou indo – diz Noelle. – A gente se vê depois, Craig. – E, ao girar, ela dá uma levantadinha de perna e joga um tchauzinho pra mim. *Isso conta como um beijo*, penso.

Se meus pais não estivessem aqui, isso teria sido um beijo.

– Você está pronto? – pergunta a Mãe.

– Estou, sim. Tchau pra todo mundo!

– Espere! – Lá do final do corredor, Muqtada vem chegando o mais rápido que consegue, o que não é muito, tipo um andar apressado, e me entrega o disco.

– Obrigado, Craig. Esse garoto, seu filho – ele se volta pros meus pais –, ele tem me ajudado.

– Obrigado – dizem a Mãe e o Pai.

Abraço Muqtada e sinto o seu cheiro uma última vez. – Boa sorte, homem.

– Conforme você for seguindo pela vida, pense em mim de vez em quando e deseje que eu esteja melhor.

– Vou fazer isso.

A gente se separa e Muqtada migra pro refeitório e o cheiro de comida.

Olho pros meus pais. – Vamos embora?

É incrivelmente simples. As enfermeiras abrem as portas pra nós e lá estou eu, do lado de fora, olhando pra aquele cartaz do "*PSSIIUUUUUU!* CURA EM ANDAMENTO" que eu vi quando cheguei. Os elevadores estão lá, de sentinela, à nossa frente.

– Gente – digo pros dois. – Que tal se vocês irem pra casa na frente e eu vou andando logo atrás de vocês daqui tipo um minuto?

– Por quê? Você está bem?

– Só quero andar sozinho um tempinho.

– Repensar as coisas?

– Isso.

– Você não está se sentindo... mal?

– Não. Só quero voltar pra casa andando por minha conta.

– A gente leva suas coisas. – Eles pegam a sacola com roupa suja e os desenhos que eu tinha comigo, mais o disco; dão tchauzinho com a mão e descem de elevador.

Espero uns trinta segundos pra chamar o elevador de volta.

Cá entre nós, não estou melhor. Aquele peso na minha cabeça ainda não foi embora. Sinto o quanto seria fácil ter uma recaída, ficar deitado sem comer, desperdiçar meu tempo e ficar me recriminando por desperdiçá-lo, olhar pra lição de casa e pirar e aí sair e ir relaxar no Aaron, olhar pra Nia e ficar com ciúme de novo, pegar o metrô pra casa e torcer pra que ele tivesse um acidente, pegar minha bike e ir até a Ponte do Brooklyn. Tudo isso ainda está ali.

A única coisa é que não é mais uma opção agora. É apenas... uma possibilidade, do mesmo jeito que é uma possibilidade eu virar pó no próximo instante e ser dispersado pelo universo como uma energia onisciente. Ou seja, não é uma possibilidade muito provável.

Entro no elevador. É grande, lustroso. Tem um monte de coisa pra se olhar no mundo real.

Não sei o que vou fazer hoje, ainda. Provavelmente vou pra casa, dou uma olhada nos meus desenhos e depois ligo pra todo mundo que eu conheço e conto pra eles que estou pretendendo mudar de escola e que a partir de agora eles têm que entrar em contato comigo por telefone e não por e-mail. Mas também posso ir pro parque – como é possível eu nunca ir ao parque? – e ficar batendo bola com os garotos que por acaso estiverem por ali. Ou jogar Frisbee. Lá fora rola um dia real. E lá fora faz um tempo real também.

Atravesso o saguão. Os cheiros! Café e pãezinhos e flores e velas aromáticas da loja de presentes. Por que será que o Hospital Argenon tem uma loja de presentes? Acho que todo mundo precisa ter uma loja de presentes à mão.

Coloco os pés fora, na calçada.

Sou um homem livre. Bom, sou menor de idade, mas uma quarta parte da sua vida você passa como menor de idade, e também pode fazer o melhor possível dessa fase. Bom, sou um menor de idade livre.

Respiro. É um dia de primavera. O ar é como um lençol ondulando em cima de mim, em câmera lenta.

Eu não me curei de nada, mas alguma coisa sísmica está acontecendo dentro de mim. Sinto como se meu corpo tivesse sido embrulhado e jogado em cima da minha coluna vertebral. Sinto o mesmo coração que batia na madrugada daquele sábado e me disse que eu não queria morrer. Sinto os pulmões que vieram fazendo seu trabalho em silêncio dentro do hospital. Sinto as mãos que conseguem fazer arte e acariciar garotas – *pense em todas as ferramentas que você tem*. Sinto os pés que me deixam correr pra onde eu quiser, entrar no parque e sair dele e pedalar minha bike pra circular por todo o Brooklyn e por Manhattan também, desde que eu consiga convencer a Mãe. Sinto meu estômago e meu fígado e toda aquela coisarada molenga que fica ali lidando com a comida, feliz por estar sendo usada de novo. Mas, acima de tudo, sinto meu cérebro, aqui em cima, recebendo sangue e olhando pra fora, pro mundo, e percebendo humor e luz e cheiros e cachorros e tudo o mais que existe – as coisas da minha vida estão todas no meu cérebro, de fato; portanto, nada mais natural que, quando meu cérebro estivesse fudido, tudo na minha vida estivesse também.

Sinto meu cérebro no alto da coluna e sinto-o girar um pouquinho pra esquerda.

É isso. Acontece no meu cérebro agora, depois que o resto do meu corpo se moveu. Não sei pra onde meu cérebro foi. Saiu dos eixos e foi parar em algum lugar. Ficou preso em alguma merda com a qual não foi capaz de lidar. Mas agora está de volta – conectado à minha coluna e pronto pra assumir de novo.

Meu Deus, por que será que eu estava tentando me matar?

É uma coisa imensa, essa Mudança, tão grande quanto eu havia imaginado. Meu cérebro não quer *pensar* mais; de repente, quer fazer.

Correr. Comer. Beber. Comer mais. Não vomitar. Em vez disso, dar um mijão. Depois, um cagão. Limpar a bunda. Telefonar pra alguém. Abrir a porta. Andar de bike. Andar de carro. Andar de metrô. Falar. Falar com as pessoas. Ler. Ler mapas. Fazer mapas. Produzir arte. Falar sobre sua arte. Vender sua arte. Fazer uma prova. Entrar numa escola. Comemorar isso. Dar uma festa. Escrever uma nota de agradecimento a alguém. Abraçar sua mãe. Beijar seu pai. Beijar sua irmã mais nova. Ficar com a Noelle. Ficar com ela de novo. Tocá-la. Segurar na mão dela. Levá-la pra algum lugar. Encontrar os amigos. Andar pela rua com ela. Levá-la a um piquenique. Comer com ela. Ver um filme com ela. Ver um filme com Aaron. Tudo bem, ver um filme com Nia, depois de acertar as coisas com ela. Ficar na boa com mais gente. Tomar café numa cafeteria aconchegante. Contar sua história pras pessoas. Fazer trabalho voluntário. Voltar à Seis Norte. Entrar lá como voluntário e dizer oi pra todo mundo que acompanhou você como paciente. Ajudar as pessoas. Ajudar gente como Bobby. Arrumar livros e música de que as pessoas gostam quando estão lá dentro. Ajudar gente como Muqtada. Ensiná-las a desenhar. Desenhar mais. Tentar desenhar uma paisagem. Tentar desenhar uma pessoa. Tentar desenhar uma pessoa nua. Tentar desenhar a Noelle nua. Viajar. Voar. Nadar. Conhecer. Amar. Dançar. Ganhar. Sorrir. Rir. Segurar. Andar. Dar pulinhos. Tá bom, é meio gay, mas tudo bem, dar pulinhos.

Esquiar. Andar de trenó. Jogar basquete. Correr. Correr. Correr. Correr. Correr pra casa. Correr pra casa e ter prazer nisso. Ter prazer. Pegar esses verbos todos e ter prazer com eles. Eles são seus, Craig. Você os merece porque você os escolheu. Você podia ter deixado todos eles pra trás, mas escolheu ficar aqui.

Então, agora, viva de verdade, Craig. Viva. Viva. Viva. Viva.

Viva.

Ned Vizzini passou cinco dias no setor de pacientes psiquiátricos adultos do Hospital Metodista de Park Slope, no Brooklyn, de 29 de novembro a 3 de dezembro de 2004.

Ned escreveu este livro entre 10 de dezembro de 2004 e 6 de janeiro de 2005.

QUER SABER MAIS SOBRE A LEYA?

Fique por dentro de nossos títulos, autores e lançamentos.

Curta a página da LeYa no Facebook, faça seu cadastro na aba *mailing* e tenha acesso a conteúdo exclusivo de nossos livros, capítulos antecipados, promoções e sorteios.

A LeYa também está presente em:

www.leya.com.br

facebook.com/leyabrasil

@leyabrasil

instagram.com/editoraleya

google.com/+LeYaBrasilSãoPaulo

skoob.com.br/leya

1ª edição Agosto 2015
papel de miolo Avena 70 g/m²
papel de capa Supremo 250 g/m²
tipografia Adobe Garamond Pro
gráfica LIS